FUTURO
PRESENTE

Nelson de Oliveira (org.)

# FUTURO PRESENTE
dezoito ficções sobre o futuro

EDITORA RECORD
RIO DE JANEIRO • SÃO PAULO
2009

CIP-BRASIL. CATALOGAÇÃO-NA-FONTE
SINDICATO NACIONAL DOS EDITORES DE LIVROS, RJ

Oliveira, Nelson de, 1966-.
F996   Futuro presente / Nelson de Oliveira (org.). – Rio de Janeiro: Record, 2009.

ISBN 978-85-01-08576-4

1. Conto brasileiro. I. Oliveira, Nelson de, 1966-.

CDD: 869.93
09-1254                     CDU: 821.134.3(81)-3

Copyright © Nelson de Oliveira, 2009

Capa: Matéria-Prima Editorial

Texto revisado segundo o Novo Acordo Ortográfico da Língua Portuguesa.

Direitos exclusivos desta edição reservados pela
EDITORA RECORD LTDA.
Rua Argentina 171 – Rio de Janeiro, RJ – 20921-380 – Tel.: 2585-2000

Impresso no Brasil

ISBN 978-85-01-08576-4

PEDIDOS PELO REEMBOLSO POSTAL
Caixa Postal 23.052 – Rio de Janeiro, RJ – 20922-970   EDITORA AFILIADA

# Sumário

| | |
|---|---|
| Apresentação: Presença do Futuro | 7 |
| **Aníbal** <br> Andréa del Fuego | 11 |
| **Nostalgia** <br> Luiz Bras | 25 |
| ***A brand new world*** <br> Luiz Roberto Guedes | 67 |
| **Gobda** <br> Maria Alzira Brum Lemos | 83 |
| **Ausländer** <br> Mustafá Ali Kanso | 97 |
| **O vírus humano 2** <br> Maria José Silveira | 135 |
| **Paralisar objetivos** <br> André Carneiro | 157 |
| **Descida no Maelström** <br> Roberto de Sousa Causo | 191 |

| | |
|---|---|
| **O motim** | 233 |
| EDLA VAN STEEN | |
| **Depois da Grande Catástrofe** | 243 |
| DEONÍSIO DA SILVA | |
| **Espécies ameaçadas** | 255 |
| MÁRCIO SOUZA | |
| **História de uma noite** | 281 |
| CHARLES KIEFER | |
| **As infalíveis H** | 293 |
| PAULO SANDRINI | |
| *Requiescat in pace* | 311 |
| HILTON JAMES KUTSCKA | |
| **Vladja** | 339 |
| IVAN HEGENBERG | |
| **A máquina do saudosismo** | 357 |
| ATAÍDE TARTARI | |
| **Ponto crítico** | 367 |
| CARLOS ANDRÉ MORES | |
| **Onde está o agente?** | 405 |
| RINALDO DE FERNANDES | |

## Presença do Futuro

Ninguém se contenta totalmente com o presente. Às vezes, para esquecer o passado — afinal quem se contenta também com ele? —, as pessoas projetam toda sua energia intelectual e emocional no futuro. Para mudar o passado e melhorar o presente, não paramos de tentar controlar o amanhã. Esse impulso natural se chama *esperança*, e por meio dele nosso presente — nossos hábitos, conceitos e preconceitos — invade o futuro, moldando-o.

Quando eu era menino, no interior de São Paulo, costumava sentar à noite na varanda de casa e ficar admirando as estrelas. Fazia isso com muita frequência. Minha fantasia viajava até elas em questão de segundos. O combustível eram meus seriados de tevê prediletos: *Perdidos no espaço, Jornada nas estrelas, Ultraman, Terra de gigantes, O túnel do tempo, Viagem ao fundo do mar...*

Foi nessa época — entre os dez e os doze anos — que eu finalizei minha primeira nave espacial. Media cinquenta centímetros por um metro e era toda de cartolina, com os detalhes cuidadosamente desenhados com canetinhas coloridas. Sua velocidade era ilimitada. Às vezes ela funcionava também como máquina do tempo. Os dinossauros a viram muitas vezes.

O ponto de partida de todas as viagens era minha casa no interior paulista, antes de 1980. Nesse passado distante não havia a realidade virtual, a clonagem, o computador pessoal, a internet, o celular, o CD, o DVD, o videogame, o videocassete, o teste de DNA, a pesquisa com as células-tronco, nada disso. Nessa época o Brasil ainda era governado pelos militares, a Guerra Fria seguia mais quente do que nunca e o arsenal atômico das superpotências prometia, ao menor vacilo, pôr fim à vida na Terra.

Mais tarde eu parei de construir naves de cartolina e comecei a viajar por livros e filmes. A literatura e o cinema sempre foram — e sempre serão — parceiros generosos da fantasia e da ficção científica.

Os contos reunidos neste livro são endereçados a todos os leitores, jovens ou adultos, que não se contentam apenas com o aqui e o agora. Essas narrativas são viagens no tempo e no espaço destinadas aos leitores que não se cansam de admirar o macro e o microcosmo, os sinais do desconhecido e a engenhosidade humana sempre muito atrevida, sempre muito curiosa.

Mergulhando no futuro distante, Andréa del Fuego e Maria José Silveira nos levam a conhecer estranhas civilizações extraterrestres, interessadas na simbiose pacífica ou, ao contrário, na belicosa expansão territorial, como acontece também no conto de Roberto de Sousa Causo, cuja trama ocorre em meio a uma guerra nas estrelas gótica.

Da mesma maneira que esses autores-desbravadores, Maria Alzira Brum Lemos, Hilton James Kutscka e Ataíde Tartari também viajam longe no tempo. Mas não encontram alienígenas cordiais ou cruéis. Isso não significa que a espécie humana esteja livre de perigos (Hilton) ou que, na melhor das hipóteses, nossa individualidade não esteja sob ameaça (Ataíde). Isso também não significa que nossa espécie não seja ela mesma, agora, muito mais alienígena do que poderíamos imaginar (Maria Alzira).

Passeando pelo futuro próximo, Luiz Bras e Ivan Hegenberg nos apresentam protagonistas mal-adaptados tentando manter a identidade e o equilíbrio numa sociedade cambiante. A realidade virtual, a inteligência artificial, a clonagem humana em larga escala e o aquecimento global desenfreado agora fazem parte de nosso cotidiano. Também ambientado nesse momento próximo, no conto de Luiz Roberto Guedes nosso planeta entrou em colapso e não há para onde fugir. Ou há? Na narrativa de Paulo Sandrini outra Terra, nova e verdejante, pode ser nosso melhor destino.

Ainda passeando por esse futuro próximo povoado por máquinas engenhosas e velhos hábitos, vamos conferir como o totalitarismo (no conto de Edla van Steen) e nossos impulsos mais primitivos (no conto de Charles Kiefer) estão moldando o admirável mundo novo. O amor e o humor também estão aí, flertando, comungando, iluminando a rotina universitária (no conto de Deonísio da Silva).

No futuro que pode ser amanhã mesmo, André Carneiro, Mustafá Ali Kanso e Márcio Souza revelam que figuras estranhas e traiçoeiras estão entre nós. Nos devorando, nos envolvendo amorosamente, propondo enigmas. A sua origem? Quem realmente sabe? Pode ser a própria Terra, pode ser o espaço...

Nesse mesmo amanhã, a expansão da mente e do corpo, a sondagem do átomo e das galáxias são o tema da narrativa de Carlos André Mores. A paranoia e a perseguição psicológica do conto de Rinaldo de Fernandes derramam mistério nesse futuro com jeito de passado e encerram nosso passeio.

Se depender da fantasia desses autores, o futuro será espantoso e maravilhoso, com certeza. Mas também muitas vezes estranho e terrível. O exercício da imaginação literária é capaz, por exemplo, de nos levar às estrelas ou de trazê-las até nós. Ele é capaz de fazer do futuro, presente. Algo como um agoramanhã, ou um amanhagora.

Apertem o cinto e boa viagem.

Nelson de Oliveira

**Aníbal**

ANDRÉA DEL FUEGO

ANDRÉA DEL FUEGO nasceu em 1975 em São Paulo (SP). É escritora, autora dos livros *Minto enquanto posso* (contos, 2004), *Nego tudo* (contos, 2005) e *Engano seu* (contos, 2007), este último premiado pela Secretaria de Estado da Cultura de São Paulo. Colaborou com diversas revistas, entre elas a inglesa *Touch Magazine*, a *Imaginário* e a *Rolling Stone*, entre outras. Mantém o blogue www.delfuego.zip.net.

# 1

Você está em Aníbal.

O nome homenageia um general que viveu em um planeta já extinto, a Terra. O fim se deu há duas décadas, sabemos pela forte luz que borrou o céu, o lugar tornou-se um cometa.

Aníbal é meu planeta. Somos híbridos, mistura de carne animal e bits de água. Não precisamos nos reproduzir de forma animal e nossa flora se expande quando há cometas como a Terra que, ao falecer na abóbada, deixa cair esporos em nossa atmosfera.

Sou um anibalês simpático, nascido de um polvo. Em Aníbal a maternidade é um polvo de água doce, molusco mudo, de cabeça grande e pesada. Morremos quando os bits deixam de conduzir eletricidade.

Sei que pode me captar, esse registro é feito enquanto dorme, é preciso que não se lembre dessa etapa. O discurso ficará em seu inconsciente de forma que tome decisões sem consultá-lo, assim seus atos ficam automatizados.

Fui escolhido para tê-lo, deve a mim obediência como um dia obedeci a um polvo. Sua constituição humana é pouco suscetível comparada às outras amostras. Acredite, tem gente que não elabora um grito, cede com reles perturbação. O seu caso é mais bem acabado, pode nos fornecer dinamismo e comodidade. Vejo que perdeu medidas rapidamente. Sua altura já não passa dos cinco milímetros. Eu não suportaria essa diminuição física, nem o que está para te acontecer. Deve achar que sou o criador, suponho, aquele que dita ordens sem ser visto. Se soubesse que sou tão submetido às regras quanto você, se angustiaria mais cedo.

Há dois mil anos seu povo achou que o fim estava próximo e seria facilmente percebido. Levou mais mil para que o fim viesse. Não o fim que imaginavam, mas o espaço ocupando menos tempo, o fim do relógio solar. A Terra foi comprimida por forças gravitacionais e pela pressão interna, demorou para que notassem o fenômeno íntimo do planeta. Está nas revoltas internas o que parece vir do homem errante, ele não teve culpa. Não fosse extinta, a Terra faria agora três mil voltas em torno do sol.

Você capta o que digo em vibrações magnéticas, mas não as pode alinhar em frases. Queria te dar um nome, mas procuro não me apegar. Você não me vê, eu não o vejo, estamos juntos sem confirmação visual. Até meus olhos, com acuidade superior à sua, não podem detectar o tamanho que você virá a ter. Pressinto que seu tamanho chegará ao ideal em questão de horas, o efeito é visível, você já não pode ser visto a olho nu.

## 2

Vou contar sobre Polherã, nosso destino. Lá os povos têm dez sentidos e não cinco, nossa semelhança, para apreender o mundo. Conta-se que podem nos ouvir nesse momento, sentem o pensamento abstrato de vários mundos. Reconhecem a mentira pela localização cerebral em que fica essa função. Sentem o outro com segurança; assim como pelos no ouvido não deixam entrar sujeira no pavilhão auditivo, eles têm filtros que selecionam qual a dor e o prazer alheio vão digerir. São sentidos mentais e não mecânicos feito os nossos.

Entre mim e você há algumas diferenças. Minha cadeia molecular é um desdobramento da sua, veja, faço uma narrativa para me comunicar. Já em Polherã, planeta onde eu queria ter nascido, a narrativa é recurso grosseiro. Dividem o raciocínio em estações, adormecem um pensamento para que este não seja detectado por ninguém.

Mentir tem outro valor em Polherã. O mentiroso não perde credibilidade, ao contrário, orgulha-se da percepção de outras possibilidades no instante em que o real acontece. A mentira é um recurso da verdade absoluta. A astúcia mental foi potencializada pela tecnologia introduzida há milênios em Polherã. Em cada crânio, as informações do mundo são arquivadas em contêineres moleculares, eles ingerem dados como a planta faz a fotossíntese, absorvendo um gás e eliminando outro. Assim, toda informação em Polherã é transformada em material orgânico, em cadeia de oxigênio com que os pulmões se abastecem. Os polheranos não dependem da atmosfera.

Não é tão confuso quanto parece, antes do fim da Terra seu povo vivenciou a biotecnologia. Logo depois conheceram a quarta revolução industrial e as fábricas se tornaram menores que um polegar. Foram diminuídas e polvilhadas por veículos estelares, a fim de germinarem solos inférteis como o de Marte. Não deu certo. Foi quando desenvolveram a *Odisséia Magna*, projeto em que puseram homens na corrente sanguínea de macacos, hospedeiro familiar, através de seringas. O problema é que o recurso ficou disponível em todas as instâncias da sociedade. Mães que perderam os filhos pagaram para ser injetadas no cadáver desses mesmos filhos. Povos que brigavam por território se injetaram uns nos outros, a fim de influenciarem seus raciocínios, a fim de que abrissem mão de seus países, passando-os ao opositor. Com tantos interesses díspares e opostos, o tecido social necrosou. Quem amputou os membros, cidades inteiras, foi a própria Terra. O globo, infestado por bactérias-homens, numa convulsão, alterou a pressão interna e em seguida a própria rota. Seguiu lentamente em direção ao sol, expondo os homens mortalmente à assepsia solar.

Mas em Polherã as leis são, de fato, eternas. O espaço interage com o corpo; quando um homem anda, o espaço se distorce; quando um homem pensa, ele é distorcido. Com espaço e homem distorcidos, o tempo é anulado por perder o lugar de pouso, ou seja, o tempo não tem duração. Diferente de nós, viventes de planetas semelhantes, onde o espaço é que perde a eternidade. Em Polherã, a comunicação é possível sem a fala, uma forma de expressão grosseira que não acompanha o pensamento vertical. Lembre-se que o juízo polherano comporta camadas sobrepostas, um mil-folhas para cada significado.

Mas chega, estamos em Aníbal, não em Polherã.

## 3

Aníbal é maior do que a Terra foi. Além de Aníbal há Ametista, Angita e Acegônia. Quatro planetas em torno de dois sóis. Você chegou encapsulado ao laboratório, foi detectado em um bosque, lugar de minerais familiares aos de seu planeta original. Sabiam que estava vivo, mas duvidaram de sua consciência intacta. Você deve estar desconfortável, embora eu desconfie que o ato de submetê-lo às nossas leis já estimule a adaptação. Muito antes de a Terra expirar, seu corpo foi enviado aos ares. Alguma experiência científica, acredito. Resistiu ao impacto porque certamente sua ciência previu o choque químico entre você e o espaço. Para fazê-lo adaptar-se em qualquer ambiente, aplicaram bactérias primitivas em sua medula, elas anulam a identidade nativa para que outra aflore, onde for.

— Está pronto?

Quem pergunta é Benário, cientista renomado, com experiência em Polherã. Posso responder sem desviar a atenção de você.

— Sim.

Fui sedado há quase vinte minutos, parte do cérebro que envia sinais de dor está dormente, mas não a de nossa comunicação. Sedaram-me porque pedi. Sou ansioso, isso causa cãibra no estômago, pode atrapalhar o procedimento que se inicia.

Em épocas de ressaca solar, nossas atividades são monitoradas, do trânsito dos submergíveis aos aéreos. Os astronautas são menos hábeis que nossos aquanautas, registra-se menos acidentes debaixo do mar. Temos uma estação submersa, fica do horizonte pra baixo a três quilômetros, um fosso marinho coberto por peixes ornamentais. Nosso oceano é hoje mais adiantado do que foi o seu. Seu planeta nem se deu conta do oxigênio profundo, só quando a alta radioatividade veio à superfície do Pacífico, centenas de anos após utilizarem as fossas marinhas como lixo atômico. Não desconfiaram que as bacias eram rotas que o sistema utilizava para o respiro de magma e escape dos gases.

Sabemos de sua civilização por cultura oral, tão famosa foi sua destruição. Até Polherã abriga o museu Terra, com artefatos, vestimentas, livros e resquícios de seu mundo. Não é muito visitado, poucos se interessam por um planeta inferior.

— Peço que não se comunique agora, há instabilidade devido ao cansaço de seu corpo.

— Deviam ter me enviado à Polherã — eu disse ao Benário.

— A liderança não permitiria, Polherã não se arriscaria em contaminar-se por qualquer atividade malsucedida.

Benário veio de um polvo, como todos em Aníbal. Um assistente de Benário entra na sala, ele pede que eu me cale em pensamento, tenho que obedecer. Vamos nos despedir, você está dentro de uma seringa, submerso em soro, será injetado na base de minha coluna vertebral. Reconhecerá meu interior, ele é como o seu, somos irmãos de carbono.

— Podemos?

— Agora sim. Consegui desacordá-lo sem que percebesse, ele tentava a comunicação com o agente nano, ele acredita que o laboratório preserva as propriedades quânticas de comunicação.

— E não?

— Problema é que o nanoterráqueo não chegou em seu perfeito estado, foi submetido às radiações de primeira escala. Ele entrará na circulação sanguínea com fortes alterações genéticas.

— Posso aplicar?

— Não, faço questão de que esse ato seja meu.

# 4

Acordar em lugar escuro, não foi o que previ.

O planeta Terra deve ter explodido e fui lançado ao espaço. Mas por que nu? Lembro quando assinei o contrato nos

Estados Unidos do Leste. O acerto previa meu congelamento gradual até o estágio em que poderia ser conservado infinitamente. Eu vestia um macacão, tenho certeza. Seria preservado até que a agência, com minha guarda, tivesse acesso à tecnologia porvir. Sem família e filhos, eu mesmo seria o encarregado de perpetuar meus genes. Aos trinta e cinco anos me internei. Fiquei dois dias na clínica, no terceiro fui encaminhado para um laboratório no subterrâneo de um deserto, no mesmo estado em que assinei os papéis e paguei pelo procedimento. Ficaria guardado, salvo do tempo e das catástrofes naturais e constantes. Em algum momento tiraram minha roupa.

Meu corpo não envelheceu. Ou o congelamento durou menos de um mês ou ele realmente funcionou e estou no futuro. Posso mexer braços e pernas, devagar. Não sinto o peso do corpo, posso vigiar o raciocínio sem me engrenar no que penso. Estou solto, ao léu.

Está escuro, não há luz solar. Deve ser o meio do espaço, longe de alguma estrela ou planeta. Objetos surgem no horizonte, não consigo medir a distância entre mim e eles. Meus movimentos atraem esses objetos, há um círculo se aproximando. Se isso não é o espaço, diria que uma mitocôndria quer algo comigo. É enorme e se aproxima sem dificuldade. Não tenho a velocidade que me daria autonomia, capaz dessa coisa não se dar conta de minha existência e esteja só de passagem. Surge outra ao lado, essa mais veloz que a primeira. Vão me atropelar se eu continuar aqui. Gesticulo braços e pernas, pareço um espermatozoide, os gestos fazem o tronco rebolar. Não consigo me desviar, serei esmagado entre uma e outra antes que eu descubra que lugar é esse. A mais próxima é uma bolha elástica, ela me engole. Penetro sua pele leitosa, sigo por um corredor ondulado, debato os braços.

Ao longe, pela esquerda, uma indústria de grande porte, pela direita, uma enorme espiral. Pra onde devo me dirigir? Se lá fora há outra dessa, então o mundo é multiverso e não uno, a espiral só pode ser uma nave coletando indícios de vida fora do seu planeta. Serei a prova de que há vida em qualquer parte que se olhe.

Sou levado por força desconhecida em direção ao parque industrial. Chaminés gigantes, fumaça alta e branca, engenhos mecânicos tão tradicionais quanto foram os nossos na Terra. Preciso mencionar que entre a indústria e a espiral há linhas finas e cruzadas, quadriculam o plano e o que há nele é um preenchimento de seus espaços. Um jogo da velha sem um ganhador aparente, não há lógica apesar do equilíbrio na forma como estão dispostos.

Algo me pinça do alto, gesticulo feito inseto preso entre os dedos. Não adianta, sou erguido e conduzido em direção à indústria, encaminhado para uma esteira onde pessoas parecidas comigo estão imóveis, virarei salsicha. A esteira leva-os para dentro de um túnel, não há vagas. Engano, encaixam-me entre um e outro como se o gesto alargasse o espaço da esteira sem modificar seu percurso.

## 5

Com o sedativo afrouxando, acordo sozinho em um quarto. Quando disse para um amigo que me apresentaria como voluntário ao projeto, ele continuou descascando uma laranja.

— E se fizer mal, um homem dentro de outro?
— Anibaleses comem homens.
— Mas isso em casos terapêuticos, de doença grave.

Nunca discuto com um amigo, a proximidade faz o outro insistir nos argumentos, pois vê nisso liberdade sem risco de rompimento. Odeio amizade. É perturbador alguém que se dê direito a você em troca de deixarmos livres para o acessar também. É a prova do elo animal, ainda estamos presos ao ciclo dos genes, presos à evolução. Faz-se amigo para sobreviver, proteger-se e, acima de tudo, ter nele um inimigo a menos. Precisei desprezar essa amizade para seguir meu caminho, abandonar continua sendo uma forma de sobrevivência.

Prometeram-me vida longa e o sustento de minhas necessidades, das basais às fúteis até o fim de meus dias. Se a experiência desse certo, eu seria o primeiro ser vivo a não morrer de causas naturais, mas de própria vontade, caso quisesse. A isca foi ecológica, evitar a extinção do homem terráqueo, fazê-lo sobreviver, trazer seus genes para nosso sistema e adaptá-lo. Vantagem para nossa cadeia molecular. A combinação de um terrestre com anibalês criaria um organismo forte para realizarmos um sonho: viver em Polherã.

Polherã é a salvação de Aníbal. Polherã faz parte de um sistema de sóis potentes, tem um buraco negro distante o suficiente para não engoli-los e próximo o bastante para cuspir novas estrelas. Polherã é um planeta eterno. Aníbal foi colônia polherana por mil anos. Seus viventes conhecem como morte um estágio de reciclagem radiotiva que leva duas semanas para ser concluído. O controle de natalidade é rigoroso, a população se repete há milênios sem esquecer o que viveu.

Conclusão, cada polherano tem mais saberes que uma era anibalesa ou milhões de anos terrestres com todas as suas civilizações inconstantes.

Fui escolhido por ser estudioso, curioso e pacato. Eu daria meu corpo, eles me injetariam um homem reduzido a nanoescala. Seria hospedeiro de um verme velho, daria condições para o nano-homem se multiplicar. Evitando o fim do nano-homem, ainda teríamos a mistura de mais um DNA ao nosso. Eu deveria ter ouvido meu amigo.

## 6

O homem terrestre, reduzido a nanoescala, foi injetado em meu corpo para que, hospedado em um organismo semelhante, se reproduzisse. Eu seria submetido a uma cirurgia para retirada do tecido terrestre, que daí por diante se alimentaria em laboratório até estar à altura de ser injetado em um polvo-berçário. E dele surgiriam os homens do planeta azul, como nascemos nós, os anibaleses. Da mistura surgiria o anibestre. É comum que se recue para saltar adiante. Na ciência essa é a lei, voltar atrás é a condição do avanço. O contato com civilização mais atrasada tem serventia científica. Tivemos sorte da coleta ter se dado depois da expiração da Terra, sem resistência, e por isso sem gastos energéticos.

Após a aplicação, levei uma semana para voltar a comer, sentia-me estufado, como se comesse fermento. Mantiveram-me levemente sedado. Parei de obsediar o nano-homem, não tive mais vontade de falar com ele. Apesar de o hospedar, foi como se ele tivesse ido embora. Voltei a olhar a barriga como minha e não uma proveta. Recebi a visita de Benário.

— Melhor do que imaginávamos, o terráqueo se reproduz com velocidade e ânimo, não há recusa em envolver-se com as moléculas nativas.

Na verdade, recebi medicamentos contendo células com moléculas visuais familiares ao nano-homem. Imagens da memória terrestre encobriram usinas anibalesas de feições hostis. Veria fábricas tão antigas que ele mesmo só as teria visto em livros escolares.

— Em alguns dias entraremos na fase três, ele recuperará autonomia e poderá mover-se usando a própria inteligência.

Confio em cientistas como confio em mim, em absoluto. Deram-me solutos direcionáveis, o homem terrestre foi promovido e retirado das tarefas de produção em que se encontram outros átomos do corpo. Recebeu cápsula blindada, nanoenciclopédias e recobrou a memória terrestre através de um programa em que se pode reconhecer, através de qualquer componente de um mundo, o seu todo. O homem era a nano-Terra.

Passados os dias, senti-me novamente ligado a ele, agora eu é quem recebia sua comunicação. O homem rebelou-se em meu corpo, começou a rejeitar associações e comer minha proteína. Passou a me consumir e cresceu dentro do fígado. Em um mês eu estava gerando uma colônia de quatro centímetros. Depois da operação de retirada, o material não sobreviveu à nossa assepsia impecável, ressecou-se e deu seu último suspiro. Amorfo, sem rosto, extinguiu-se.

# Nostalgia

LUIZ BRAS

LUIZ BRAS nasceu em 1960 em Cobra Norato (MS). É professor universitário, roteirista de HQ e autor dos livros *Pituca e a chuva* (conto infantil, 2007), *Dias incríveis* (contos, 2006), *Bia Olhos Azuis* (romance, 2003), todos em parceria com Tereza Yamashita, com quem mantém o blogue *Achados & Perdidos* (http://achados.e.perdidos.zip.net).

# 1

Depois que Vitória encontrou seu próprio corpo boiando sem vida na banheira de casa, suas noites nunca mais foram as mesmas. O sono se foi, os sentidos ficaram mais aguçados, os pequenos sobressaltos agora acontecem com renovada frequência. A sensibilidade à luz e aos menores ruídos já começa a incomodar. Suas mãos agora também tremem um pouco, principalmente no banho. Desde a manhã do susto cadavérico — a água fria, os olhos vidrados, a carne endurecida, o rosto enrugado feito o de uma múmia de mil anos — Vitória nunca mais conseguiu dormir mais do que duas horas seguidas. Isso a cada três dias.

Alucinação ou não, é óbvio que a cena não sai dos seus pensamentos. Cada vez que Vitória vai ao banheiro, a qualquer banheiro, sua respiração acelera, a boca fica seca e as pupilas dilatadas. O cadáver não voltou a aparecer boiando na banheira, mas isso não é garantia de que o fenômeno não voltará a acontecer. Vitória sabe muito bem que neste mundo não existem garantias desse tipo. Ela é uma mulher esclarecida, a ciência sempre norteou sua vida. Vitória sabe muito bem que tudo o que já aconteceu uma vez pode acontecer de novo. E de novo. E de novo. Que o raio pode muito bem cair duas vezes no mesmo lugar. Ela também sabe que neste universo até mesmo o inverso é verdadeiro. O fato de o sol ter nascido todas as manhãs, nos últimos cinco bilhões de anos, não é garantia de que nascerá amanhã.

Ao entrar no banheiro de casa e encontrar o cadáver na banheira, Vitória levou ainda três segundos para mergulhar realmente no mais puro pânico. Estava acostumada a ver e a manipular cadáveres, porém apenas na sala de aula e no hospital. Os mortos, eles não a assustavam havia muito, muito tempo. O convívio com gente morta fazia parte da sua rotina desde a faculdade. Então ao entrar no banheiro de casa a pergunta imediata foi a mais simples de todas: o que esse cadáver está fazendo na minha banheira?

Mas três segundos depois, antes mesmo de encontrar a resposta, sentiu o ar congelar, os músculos travaram e o raciocínio entrou em colapso. Três segundos foram suficientes para Vitória, sem sequer se aproximar muito, reconhecer o cadáver. Mais do que isso, para se reconhecer no cadáver.

O mesmo rosto, o mesmo cabelo, as mesmas mãos. A mesma estatura, os mesmos seios, a mesma marca de nascença no joelho esquerdo, fora da água. A mesma mulher, mas diferente. O tempo e a água haviam agido sobre esse corpo, entortando, enrugando e desbotando cada pedacinho seu. O tempo e a água haviam secado as veias, os capilares e as artérias. Também haviam enrijecido os órgãos internos e paralisado o coração e o cérebro. Mas sou eu, Vitória logo viu. Sou mesmo eu.

O primeiro impulso que a agitou foi o de falar com Efraim. A ideia era péssima. Talvez por isso mesmo tenha sido a primeira a ocorrer. Devagar, aquecida por essa ideia problemática, Vitória voltou a sentir as pernas e as mãos. Chamo a polícia? Não. É melhor deixar a polícia fora disso. Precisava falar com Efraim. Quem mais poderia explicar essa cena bizarra? Vitória não podia estudar os arquivos da Fundação Karnak, ela era do nível seis e não tinha autorização para pesquisar a clonagem humana, mas Efraim tinha. Ele era do nível dez, sua mobilidade era grande. Ele poderia, a hora que quisesse, solicitar ao Departamento de Pesquisas Avançadas uma cópia dos arquivos mais recentes. Todo o banco de dados da Fundação estava à sua disposição.

Pensou melhor. Vacilou. Não dava, não podia. Efraim costumava ser generoso, é certo, mas ele também tinha outras faces mais problemáticas e perigosas. Pode apostar, a da elegante deslealdade era a menos desagradável. Nos momentos de maior tentação sua integridade moral nem sempre estava presente. A vaidade e a ganância, nele, sempre saltavam mais alto. O que eu faço, Jesus Cristo?! Falo ou não falo, confio ou não confio?

O conflito durou pouco.

Vou falar com Efraim. Vou gravar tudo e mostrar a ele. Depois que ele vir essa cena, o desgraçado não poderá me ignorar mais, ah, não, ele vai ter que me ajudar. Vitória filmou o interior do banheiro durante três minutos e quinze segundos. Suas pupilas eram as delicadas lentes da minúscula câmera implantada atrás do osso parietal esquerdo. Para registrar todos os ângulos do cadáver ela teve que andar em torno da banheira, e isso aumentou a sua ansiedade. O desgraçado vai ter que me ajudar, ela repetia baixinho. Precisava de uma dose de uísque. Talvez duas. Na sala, já deitada no sofá, esperou a bebida fazer efeito. Só então decidiu rever a filmagem. Respirou fundo, fechou os olhos e foi em frente.

Apesar da inegável sofisticação da câmera taitiana, a gravação estava nervosa e irregular: tremida aqui, fora de foco ali, muito escura nos segundos finais. Mas esse não era o maior problema, a má qualidade da imagem não importava muito. Tremor, foco e luminosidade, tudo isso poderia ser corrigido facilmente, mais tarde, pelo programa de manipulação de imagem. O maior problema era o maldito cadáver. Vitória, mais ansiosa do que nunca, avançou e recuou a gravação. Avançou e recuou. Abriu os olhos, sentou, massageou o rosto. Voltou a fechar os olhos e nada. Nem sinal dele. O maldito cadáver não estava na gravação. Não estava dentro da banheira. Não estava atrás da banheira. Não estava em parte alguma.

Vitória levantou do sofá e foi devagar, bem devagar, em direção ao banheiro. No caminho, para não deixar as mãos desocupadas, abotoou os dois botões de cima do camisão de algodão, ajeitou a dobra das mangas e a volta da gola, e alisou o tecido macio para que cobrisse totalmente a calcinha. Não fez isso por recato ou vaidade. Ela sabia que não estava indo ao encontro de ninguém. Ela sabia que atrás da porta à sua frente não a esperava um homem bem-vestido, com um buquê de flores. Fez isso por puro nervosismo.

Parou a poucos centímetros da porta, respirou fundo e avançou. A lâmina de vidro fosco deslizou para o alto sem fazer ruído. Na grande banheira retangular, no centro do banheiro, só havia quatrocentos litros de água a vinte e três graus celsius. Mais nada.

Apenas água.

Vitória deu a volta na banheira, abriu os armários, tornou a dar a volta na banheira, olhou para o alto, para a cúpula de cristal por onde entrava a luz da manhã, e se sentiu meio idiota por estar procurando um cadáver no teto do seu banheiro. Como se não bastasse, debruçou na borda da banheira e examinou cuidadosamente os ralos e os dispositivos de hidromassagem, na esperança de que o corpo pudesse ter escapado por ali.

Em seguida sentou na banqueta que havia ao lado da pia e tentou organizar os pensamentos conflitantes que congestionavam sua mente. *Esquizofrenia* era a palavra que mais se distinguia das centenas de outras que iam e vinham. Estava ao mesmo tempo feliz e infeliz por não ter reencontrado o cadáver. O videofone tocou silenciosamente dentro do seu cérebro. Vitória assustou-se. Por pura desatenção — a sobrecarga emocional sempre vinha acompanhada de atos falhos — em resposta ela pensou *café* em vez de *videofone*. Imediatamente o café começou a ser preparado na cozinha.

Vitória se aprumou, recobrou o autocontrole e atendeu a chamada. Era Efraim.

"Qual é o problema?", ele foi logo perguntando com voz descolorida e cansada, para não dizer ríspida. O rosto era apenas uma silhueta dourada e transparente feita de estática.

Vitória ficou surpresa por Efraim saber que havia um problema. A pergunta disparada assim à queima-roupa e o tom áspero aumentaram o desconforto. Fazia seis meses que não conversavam e essa não era a maneira mais apropriada de alguém, ainda mais o sujeito mais formal e protocolar que ela já havia namorado, iniciar um videofonema.

Vitória preferiu ficar na defensiva: "Não há problema algum. Que absurdo. De onde você tirou essa ideia?"

"Você estava pensando em mim."

Ela mordeu de leve o lábio inferior, juntou as mãos e apoiou os cotovelos nos joelhos, o rosto de Efraim devagar foi se materializando na sua mente, um rosto amolecido prestes a derreter e a evaporar, Efraim parecia mais velho, mais gordo, mais abatido, seu cabelo precisava ser cortado e a barba aparada, Vitória bloqueou essa má impressão para que o interlocutor não a captasse, também bloqueou tudo o que dizia respeito ao incidente dessa manhã, preferindo conduzir a conversa para o território da irreverência, muito mais seguro: "Você agora lê pensamentos, meu querido? Que progresso! Estou realmente impressionada. Que você é mais inteligente do que a maioria dos mortais, isso eu já sabia. Mas, pai nosso todo-poderoso, leitura da mente? E à distância?!"

Da cozinha veio o aviso: o café estava pronto.

Efraim não disse nada. Apenas suspirou.

Esse gesto deixou Vitória imobilizada, horrorizada, vencida. Não havia como verificar, as evidências eram impossíveis de ser conseguidas, mas pela maneira como o suspiro se espalhou por sua mente ela teve a absoluta certeza de que, através das células nervosas do sistema de videofonia, distribuídas por bilhões de ramificações, Efraim sentira o aroma apaziguante do café.

Ficaram em silêncio durante poucos segundos, cada um medindo a expressão facial do outro, o rosto dele bruxuleando diante dela, o rosto dela tremeluzindo diante dele, a nuvem de elétrons da rede global de comunicação envolvendo as duas representações tridimensionais, tudo isso ocorrendo dentro da mente de ambos.

A palavra *esquizofrenia* voltou a brilhar na superfície da consciência da mulher. As sílabas vieram de pontos diferentes, misturadas com cheiros acinzentados e texturas agridoces, e se reuniram antes que Vitória pudesse dispersá-las. Esquizofrenia. Recordações antigas. Meu pai, sem a medicação adequada, ouvia vozes e via pessoas inexistentes. Era deprimente, muito triste mesmo. Vitória logo apagou do pensamento a imagem do pai. Seus dedos irrequietos brincavam com um dos botões do camisão. Esquizofrenia. Os dedos distraídos com o botão. Esse pequeno lapso atrasou a barreira que teria impedido que a palavra caísse na corrente sanguínea da comunicação. Esquizofrenia. Efraim ouviu pelo menos três vezes *esquizofrenia*, antes que a censura interna de Vitória a camuflasse.

Então a ligação caiu.

Não costumava acontecer.

O rosto de Efraim foi cortado por linhas transversais luminosas e de repente volatizou. Em seguida a mensagem de *queda da conexão* começou a vibrar irritantemente, ocupando todo o vasto horizonte virtual.

Merda.

Vitória pediu ao programa que exibisse o extenso número de origem da ligação. O número demorou a aparecer, e além disso veio sem a indicação da cidade. Ligo ou não ligo? O mesmo dilema de minutos atrás. Ele está tão esquisito... Não posso confiar nele. Ou posso? Efraim finalmente pôs fim ao impasse. Antes que Vitória tivesse tempo de ligar de volta — é verdade que ela vacilou bastante —, ele já estava chamando outra vez.

A representação de seu rosto surgiu levemente diferente. Mais nítida, menos roliça, mais angulosa e intimidadora.

"Como está a recepção? Melhor?", Efraim perguntou, observando as cifras das janelas semitransparentes posicionadas ao seu redor.

"Muito melhor. O que você fez?"

"Mudei de operadora. Prefiro os indianos. A tarifa dos chineses é bem menor, mas a qualidade de seus serviços internacionais tem oscilado muito nos últimos meses."

Tinha algo errado nesse novo Efraim. Algo a ver com a sua voz e com o desenho afeminado dos seus lábios. Algo que não podia ser explicado pela simples troca de operadora.

Vitória percebeu que havia cometido um erro, que era hora de *abortar a missão* (essa era outra das expressões prediletas de seu pai) e, para não levantar suspeita, fingiu naturalidade.

Antes que o ex-namorado fosse indiscreto, antes que dissesse qualquer coisa a respeito da maldita palavra *esquizofrenia*, ela tratou de mudar o rumo da conversa: "De onde você está ligando? Não estou reconhecendo o número. É da Eurásia?"

"De Nova Constantinopla."

"Nossa! Tão longe assim? Eu fico pensando por que o ministério mandaria meu ex-namorado predileto para o outro lado do mundo?"

"Não posso dizer. É segredo de Estado."

"Você e eu nunca tivemos segredos antes."

"Se eu disser o que estou fazendo aqui, em menos de meia hora nós dois estaremos presos. Ou mortos."

Ele estava brincando. Efraim sempre se divertia à custa dos outros, inventando conspirações, atentados terroristas, projetos secretos e arquivos altamente confidenciais.

Vitória levantou e foi para a cozinha. Encheu uma xícara de café e ficou parada diante da janela circular, admirando a avenida larga e congestionada. Não podia perder mais tempo, daí a pouco teria que estar no hospital. Mas a vontade maior era a de se trancar em casa e desligar todas as conexões com a civilização. Não era todo dia que encontrava um cadáver — seu próprio cadáver — na banheira de casa. Não era todo dia que recebia um videofonema internacional de Efraim. Precisava urgentemente apagar todas as luzes, se isolar e refletir sobre tudo isso.

"Vitória, agora sem brincadeira. Fala sério. O que aconteceu? Você parece meio preocupada. Eu sei que você estava pensando em me procurar."

Ah, ele insiste. Ele diz que sabe. Ele garante que sabe. Ele jura que sabe. Mas como ele poderia saber o que eu estava pensando em fazer? Isso é loucura. A menos que... Ah, não. Não é possível. Então é isso? Me invadiram! Troca de operadora? Conversa fiada!

"Efraim, você e seu amigos invadiram meu neurocomputador? Vocês invadiram minha mente?! Efraim, vocês fizeram mesmo isso? Eu não acredito. Isso é ilegal! Quem autorizou?! Nenhum juiz permitiria isso!"

"Vitória, calma."

"Calma o caralho! Vocês invadiram minha mente, vocês invadiram minha privacidade. Com que direito?! Que crime eu cometi?"

"Calma, Vitória. É para a sua própria segurança. Você precisa..."

"Segurança? Que segurança? Há quanto tempo vocês estão monitorando meus pensamentos?"

"Há pouco tempo."

"Quanto?! Dois dias, uma semana, um mês?"

"Uma semana. Isso não importa agora. Você precisa me contar o que foi que aconteceu quarenta minutos atrás."

"O que foi que aconteceu..."

"É, Vitória. Há exatamente quarenta e dois minutos. O que foi que aconteceu? É importante que você me diga. Nós perdemos o seu sinal. Apagão abrupto e total. Ficamos no escuro, e só havia uma explicação pra isso: colapso absoluto. Morte. Então os monitores se encheram de luz e tudo voltou ao normal. Você estava de volta! Mas para os nossos sensores você esteve morta durante cinco minutos."

"Morta?"

"É. Morta. Durante cinco minutos."

Ele não sabe do cadáver. Ele não presenciou a cena no banheiro. Mas ele sabe que algo fora do comum aconteceu comigo, aqui, hoje. Vitória despejou mais café na xícara, suas mãos tremiam e parte do líquido quente caiu na mesa. Então, no fundo de sua mente, o relâmpago, seguido do trovão da lucidez. A súbita formação de algumas nuvens escuras reforçou seu mau humor. Agora ele sabe! Agora todos eles sabem do cadáver. O apartamento girou. Vitória tocou a testa com a mão fria. Seus pensamentos. Suas emoções. Tudo o que ocupava sua mente nesse exato momento também estava sendo revelado para a equipe de analistas e técnicos dirigida por Efraim. Tudo o que ela pensava eles também pensavam simultaneamente. Ninguém poderia ter acesso à sua memória, pelo menos não à distância. Seria preciso uma conexão direta, quase mecânica, com as várias micropróteses espalhadas pelo seu cérebro, e isso só poderia ser feito num centro cirúrgico.

Não existe mais lealdade neste mundo. Ao menos minhas recordações estão protegidas. Calhorda. Sacana. Traidor. Os insultos ela pensou de propósito, pra que Efraim escutasse.

Uma equipe instalada a milhares de quilômetros de distância jamais conseguiria bisbilhotar seu passado remoto ou recente. Mas Vitória não conseguia controlar os próprios pensamentos e tudo o que talvez devesse ficar oculto acabava vazando. Pouco tempo antes Efraim e todos ao seu lado ouviram muito bem a palavra *cadáver*. Por isso ele estava tão quieto.

Raciocinando. Avaliando. Calculando o próximo passo no ciberespaço, o próximo gráfico analógico, a próxima pergunta.

Então, o segundo relâmpago. Porém dessa vez nenhum trovão, nenhuma nuvem escura, só o risco prateado. Apenas o lampejo do raciocínio dedutivo. Somente o brilho da lógica mais transparente.

Ele está blefando. É mentira. Eu não estou sendo vigiada há uma semana. Se estivesse sendo vigiada há uma semana, eles já saberiam do cadáver. Os safados não conseguiram ver nem gravar nada na hora, mas é esquisito que ainda estejam no escuro. Mesmo que o apagão tivesse bloqueado para eles a experiência imediata, os reflexos da experiência continuaram ainda por muitos minutos. O mergulho da pedra na água eles não presenciaram? Mas ficaram os círculos! Muitos círculos. Imensos círculos. Se os invasores já estivessem aí, teriam sido envolvidos por esses círculos. Pelos meus pensamentos posteriores sobre o cadáver na banheira. É blefe puro. Efraim está jogando verde pra colher maduro. Estão aí, me espionando, há pouquíssimo tempo.

"Efraim, você está fazendo papel de idiota. Não aconteceu nada de importante comigo. Não sei o que você está investigando, mas aqui você não vai encontrar nada."

"Vitória, não faz isso. Colabora comigo. Você está em perigo e só eu posso te ajudar."

"Em perigo? Eu? Que disparate é esse? Para de repetir essa bobagem."

"Me fala do cadáver. Onde você o encontrou? O que aconteceu?"

"Que cadáver?"

"Vitória, não faz isso. Colabora conosco. Será melhor pra você."

"Vá para o inferno. Me deixa em paz."

Vitória estava cansada dessa conversa. Era hora de encerrar a ligação, ou de pelo menos deixar Efraim falando sozinho, já que ela não sabia como interromper esse videofonema. Era hora de trocar de roupa e ir trabalhar. Entrou no quarto e começou a desabotoar o camisão. Seu uniforme já estava separado em cima da cômoda. Podem vir comigo se quiserem, calhordas. Não tenho nada a esconder. Podem bisbilhotar minha rotina à vontade.

"Você será presa. É isso o que quer? Você será presa e interrogada, e o interrogatório não será nem um pouco agradável. Não está escutando? Os agentes da Unidade Antiterrorismo já estão cercando o prédio. Eles não são silenciosos, eles não são elegantes, eles não são gentis. Mas são muito rápidos. E, depois que pegarem você, eu não poderei fazer mais nada. Eu não poderei te ajudar, Vitória. Depois que pegarem você, eu receberei um chamado dos meus superiores, me tirando do caso. E provavelmente nunca mais verei você. Pelo menos não com vida."

Os cinco sentidos de Vitória foram preenchidos pela substância pegajosa do medo. A saliva colou a língua no fundo da boca. Vitória parou de vestir a camisa do uniforme para contemplar o seu destino. A agilidade e o brilho de seus reflexos ficaram menores devido a essa substância gosmenta e escura, o medo.

"Vamos, fala comigo", Efraim insistia.

Ela, com muito esforço, conseguiu dar dois passos e olhar pela janela do quarto. Mas em vez de viaturas da polícia, helicópteros e homens armados, truculentos e ruidosos, tudo o que encontrou foi o costumeiro movimento da avenida Oroboro. Nada fora do comum atrapalhava a rotina das pessoas e das autobolhas que iam e vinham, dos pombos nas marquises ou do reflexo do sol nas janelas espelhadas.

Outro blefe.

"Vitória, eu não estou blefando. Só eu posso te ajudar. Confie em mim."

"Confiar em você…"

"Em nome dos velhos tempos. Dos bons velhos tempos."

"Confiar em você…"

Que pedido inusitado. Nunca haviam falado em confiança. Tudo bem. Não houve tempo para confiar em Efraim. A ligação foi subitamente interrompida. Pelo visto as operadoras indianas não eram menos incompetentes do que as chinesas.

Ao dar meia-volta, para continuar a vestir o uniforme que agora estava em cima da cama, Vitória encontrou um homem em pé, atrás da porta semitransparente. Antes que ela pudesse gritar ele já estava dentro do quarto.

Era Efraim.

Não o Efraim de lábios afeminados, rosto anguloso e bem definido, não o homem cuja voz traía os cálculos precisos do torturador profissional.

Era o outro. O anterior.

O Efraim gordo e pastoso, de cabelo comprido e barba transtornada, o homem cujo rosto parecia prestes a derreter e a evaporar.

"É mesmo você?", Vitória mal conseguiu pronunciar essas palavras.

A curiosidade venceu o medo e ela chegou mais perto. Havia algo de artificial na figura curvada parada à sua frente. Sua imobilidade apresentava os traços pouco expressivos e a baixa densidade dos figurantes digitais dos velhos filmes bidimensionais. Vitória tocou e puxou de leve a alça do macacão que Efraim estava vestindo e constatou que não, não se tratava de um holograma. Mas Efraim enfiou a mão no bolso de trás do macacão e o movimento saiu bem pouco natural, como o de um manequim.

"Você vai ter que usar isto", ele disse, tirando um pequeno cartão de silício de dentro de um estojo de couro.

"Nem pensar!"

"Termine de vestir sua roupa."

"O que há com você, Efraim? Que história foi essa de Nova Constantinopla? Você estava escondido o tempo todo neste prédio?"

"Não seja idiota, não era eu. Não na segunda ligação. Eu estava conversando com você quando fui bloqueado, então outra pessoa assumiu o meu lugar. Por isso eu interrompi a nova transmissão. Alguém estava usando um clone do meu avatar. Um clone muito malfeito, por sinal. Estou surpreso que você não tenha percebido nada."

"Ei!"

Efraim segurou a cintura de Vitória, girou um pouco o corpo da mulher e, com muito cuidado, ergueu o cabelo dela e introduziu o cartão no drive principal, instalado na nuca. Vitória sentiu cócega em todo o palato e nos mamilos quando o vírus saltou do cartão para o seu sistema operacional.

Alguns flocos de neve azul dançaram em torno de meia dúzia de faíscas verdes posicionadas horizontalmente no centro da imensa caverna de seu cérebro desconfiado.

Então a comichão se foi.

"O grampo foi desfeito. Seus pensamentos agora estão seguros."

"Não estou sendo vigiada?"

"Não mais."

"Quem são eles? O que querem de mim?"

"De você, nada. É de mim que estão atrás. Por isso grampearam você."

"O que há com seu rosto? Com sua pele? Você está me assustando, Efraim. Em que tipo de encrenca você se meteu desta vez?"

"Encrenca? Ah, do pior tipo possível. Do tipo que põe em risco a ordem natural do mundo. Agora você precisa ir."

Efraim guardou o estojo no bolso do macacão. Vitória acompanhou com admiração mais esse movimento. As articulações do braço do ex-namorado não estavam realizando bem o seu trabalho. Tudo nesse membro branco e gorducho parecia meio desarticulado: a pele, os pelos, os ossos sob o manto de carne, os músculos.

"Rápido", Efraim estalou os dedos para despertá-la do transe. "Calce as sapatilhas. Você precisa ir."

"Ir pra onde?", Vitória recuou um passo, apertando contra a barriga as sapatilhas que ele entregara. "Ah, caramba! Quer dizer que por sua causa agora eu tenho que fugir da polícia? Você se mete em encrenca e sou eu quem paga o pato? Eu não fiz nada!"

"Não se trata do que você fez, se trata do que você viu."

"Do que eu vi?"

"A alucinação no banheiro não foi uma alucinação. O teu cadáver estava mesmo naquela banheira. E você viu!"

O vírus inoculado por Efraim continuava mantendo a mente de Vitória protegida contra todo tipo de invasão. Dos efeitos colaterais, a queda da velocidade de processamento da informação era o mais perceptível, principalmente no lobo frontal. O cadáver... Eu... Não estou me sentindo bem, o bloqueador, droga, ele age como se fosse um sedativo, ir embora, ele quer que eu vá embora, como posso ir embora se mal consigo ficar em pé? A diminuição do ritmo do raciocínio dificultava ainda mais a situação, pois Vitória não se sentia capaz sequer de tomar as decisões mais simples. Aceitar a ideia de que devia partir imediatamente, isso era impossível nessas circunstâncias.

As gavetas da cômoda foram abertas instantaneamente. As portas do armário também. Calças, camisas, camisetas, calcinhas, meias, Efraim foi pegando um pouco de tudo o que encontrava pela frente. Em seguida foi ao quarto adjacente, trouxe de lá uma mochila e enfiou as roupas nela.

"Vem. Nós vamos sair. Eu vou com você até a garagem. Lá a gente se separa."

"Eu não consigo", Vitória resmungou, em transe.

"Consegue sim. Eu ajudo."

A viagem do sexagésimo oitavo andar até o sexto subsolo foi povoada de lembranças remotas, sustos regulares e alterações bruscas de humor.

A variação da temperatura na cabine hermeticamente fechada era pura ilusão, Vitória sabia disso, mas seu corpo reagia de modo irritante a essa ilusão térmica. Ora o suor escorria na testa, nas axilas, em todas as reentrâncias, ora os braços ficavam arrepiados e os dentes começavam a bater. "Você não poderá ligar o piloto automático", ele disse em tom casual. Teria mesmo dito isso? Que absurdo! "Se ligar o piloto automático, eles vão rastrear você." Quero voltar, isto é loucura, neste estado não vou conseguir dirigir, quero voltar pra casa, ele não escuta, ele não entende, neste estado eu simplesmente não vou conseguir dirigir.

Frio, muito frio. Calor, muito calor.

Enquanto desciam, Vitória reviu inúmeros momentos felizes de sua vida: o sítio da sua infância, o pai organizando a biblioteca da família, o primeiro ano da faculdade, a viagem virtual a Saturno e à Idade Média, entre outros. Felizmente Efraim não apareceu em nenhum deles. Várias dessas representações sensoriais do passado surgiram distorcidas e exageradamente iluminadas. Mas essas alterações estruturais não chegaram a transformá-las em insuportáveis alucinações, do tipo que deixa as pessoas sem chão, sem equilíbrio.

Vitória se surpreendeu gostando do passeio pelo passado. Estava bêbada. Ria à toa. E tentava se aquecer esfregando os braços.

Frio, muito frio. Calor, muito calor.

Risada escandalosa.

"Pra mim chega, Efraim. Quero voltar pra casa. Ai, acho que vou... Acho que vou vomitar."

A caminhada para a autobolha estacionada a grande distância do elevador, esse passeio tortuoso Vitória nem notou. Quando deu por si já estava acomodada no banco do motorista, com o cinto afivelado, o computador iniciando e o parabrisa sincronizado com o visor de navegação. O indicador do piloto automático estava apagado. Efraim deu a volta no veículo e depositou a mochila no banco do carona. Ele está mesmo doido se acha que eu vou conseguir sair por aí neste estado. Efraim, Efraim, você é mesmo o maior cabeça-dura que eu já conheci. Primeiro me droga com este maldito vírus, agora quer que eu enfrente a cidade sem o piloto automático?!"

Efraim tornou a dar a volta na bolha. Agachou do lado de Vitória, tirou outro cartão do estojo de couro e perguntou: "Está pronta?"

"Pronta pra quê? Não... Não estou... Pronta."

"Você vai ter que dirigir."

"Ficou louco?"

Ela começou a desafivelar o cinto. Ele segurou sua mão, depois seu queixo e, olhando-a bem de frente, disse: "Não tem outro jeito. Você vai ter que dirigir. O endereço está aqui."

Enquanto Vitória gemia e protestava Efraim introduziu o cartão no drive do painel de controle. O arquivo criptografado baixou a guarda, desdobrou-se e em pouco tempo o endereço surgiu no monitor ao lado do volante.

"Você consegue, Vitória."

Diante da inércia da motorista, ele teve que colocar as mãos dela no volante e dar a partida. O motor acordou bem-disposto. Efraim em seguida se afastou para que a porta esquerda fosse fechada. O corpo da bolha começou a girar cada vez mais rápido, produzindo um zumbido baixo. O rosto de Vitória perdeu a cor, seus braços ficaram rígidos e seus dedos grudaram no volante. O veículo começou a flutuar, estacionando a dez centímetros do chão.

"Você consegue. Quando chegar ao endereço que eu te passei, fique lá. Não procure ninguém. Eu vejo você em uma semana", Efraim avisou.

Vitória observou, sonolenta, o mapa no monitor. Para que a bolha se movesse era preciso que ela empurrasse o volante um pouco para a frente, era preciso que ela acelerasse. Mas ela não acelerava. Efraim esperava pacientemente, as mãos nos bolsos do macacão, os ombros tensos, mas ela não acelerava.

A polícia e os agentes já estavam cercando o prédio. Efraim não precisava de nenhuma neuroprótese para saber disso. Ele simplesmente sabia. A repressão, a clausura e a tortura já estavam fechando o cerco, já estavam descendo as escadas, já estavam bloqueando os elevadores e as saídas subterrâneas. Mas Vitória não acelerava. Quando os primeiros agentes apareceram no fundo da ampla garagem atulhada de bolhas, aí sim o ar próximo de Efraim ondulou e revoluteou.

O zumbido sumiu na distância. Vitória havia partido, rolando velozmente sobre um fino tapete de vácuo. O bloqueio na saída do prédio ainda estava sendo erguido. Com um pouco de sorte a bolha não encontraria nenhum obstáculo que não pudesse atravessar.

"Você consegue, Vitória."

Agora era a sua vez de fugir.

Ao primeiro aviso de *mãos na cabeça, de joelhos, renda-se, o local está cercado*, ou qualquer outra bobagem do tipo, Efraim chegou bem perto da parede mais próxima, tocou de leve sua superfície, sentiu a temperatura e a textura do carbono reforçado, enfiou uma mão, depois a outra, o que era sólido se comportou como se fosse líquido, Efraim mergulhou a cabeça, em seguida atravessou os ombros e uma perna, depois a outra perna e o restante do corpo, e desapareceu bem antes que a primeira carga paralisante pudesse ser disparada.

## 2

Pó. Muito pó. E teias de aranha.

Onde ele está? Por que não vem?

Depois de sete dias Efraim não apareceu e isso deixou Vitória alucinada. Isso e todas as privações pelas quais ela vem passando desde que entrou no esconderijo indicado pelo ex-namorado. Os três primeiros dias foram simplesmente enlouquecedores. O total isolamento nunca fez bem a Vitória. A falta de contato com o mundo exterior tem gerado muita ansiedade e ela não sabe se aguentará ficar mais tempo longe de tudo e de todos.

Efraim, Efraim cadê você?

Para piorar tudo há também a maldita insônia. Depois que Vitória encontrou seu próprio corpo boiando sem vida na banheira de casa, suas noites nunca mais foram as mesmas. Na cama ou no sofá, ela sente que a insônia e a saudade da rotina do hospital a estão matando pouco a pouco. Isso e os legumes. E a carne com sabor de isopor.

Onde ele está? Por que não vem?

A dispensa está cheia de comida desidratada, insossa e grosseira, para paladares indiferentes à ideia de refinamento. A cama é desconfortável, a água quente que corre para dentro da banheira é tudo menos quente, há poeira por toda parte, poeira e teias de aranha, os eletrodomésticos são obsoletos e rabugentos, as portas e as janelas estão lacradas, o aquecimento às vezes engasga e o videofone está desligado, assim como todos os computadores do lugar. Se quiser mandar uma mensagem para o exterior, só mesmo com um pombo-correio. Ou um tambor. Mesmo assim somente se eu conseguir romper o lacre de uma das janelas.

Depois de duas, três, quatro semanas Efraim não apareceu e isso deixou Vitória catatônica. Isso e a insônia. Ontem o elevador que unia rapidamente todos os andares quebrou. Eu gostava de passear nele. Eu gostava do som dos cabos e das polias, da melodia dos contrapesos e do sarilho. Agora só tenho as escadas. Minha vida está desmoronando.

O palacete tem dezenas de salas, quartos, banheiros e corredores. A maior parte dos quartos está trancada e Vitória até agora não encontrou as chaves. Há tapetes no chão e nas paredes, e grossas cortinas violeta vedando quase todas as janelas. No início, logo que chegou, subir e descer as escadas, explorar os corredores e os salões, admirar a porcelana antiga e os holoquadros do século passado era tudo o que havia para fazer. Mas agora, evaporado o entusiasmo com o que era novidade e não é mais, nem mesmo os livros de papel e a música que o próprio lugar vai compondo dia após dia ajudam a passar o tempo. Tudo é tédio e tristeza. O universo foi reduzido a esse labirinto de madeira, pedra, concreto, ferro e plástico, e não há como escapar de seus limites tão... Tão o quê?

Limitados e antigos. E todas as camas são desconfortáveis e a água é fria em todas as banheiras.

Vitória não sabe com exatidão a localização do palacete. Ela sabe que fica ao norte de Cobra Norato. Talvez a quinhentos ou seiscentos quilômetros da cidade. Estava meio grogue quando veio para cá. Para despistar os agentes ela teve que entrar em diversos túneis e sair de todos eles nos pontos mais imprevisíveis, fez isso dentro e fora da cidade, evitou as rodovias e as vicinais, e já em plena zona rural mudou várias vezes de estrada e de direção. Obediente ao mapa fornecido por Efraim a motorista seguiu suas confusas orientações sem questionar. Fez isso quase por diversão, como se estivesse participando de um jogo. Pois estava certa de que logo logo seria apanhada. Ninguém escapa da lei. Não neste mundo.

Ela escapou.

A bolha subiu a encosta do morro, atravessou enxames de borrachudos e altas moitas de capim habitadas por besouros e libélulas, entrou no jardim, depois na garagem e parou. Vitória desceu, deu a volta no veículo, pegou a mochila e entrou no palacete pelos fundos. A porta por onde entrara imediatamente foi vedada, assim que ela a fechou. As luzes se acenderam. No outro extremo da cozinha empoeirada, sobre um aparador empoeirado, havia um bilhete de Efraim: "O vírus será desativado em poucos minutos. Haja o que houver não saia da casa."

Vitória realmente escapou.

E agora está aí, ao lado da poltrona estofada — imunda, imunda —, em pé diante do janelão do salão de festas, admirando, apesar das manchas ácidas e da fuligem oleosa espalhadas pelo vidro, o imenso jardim cheio de luz, tão convidativo, tão próximo e totalmente inacessível. Um paredão de eucaliptos, pinheiros, castanheiros e arbustos cerca o muro de paralelepípedos, que cerca o jardim, que cerca o palacete, que cerca Vitória. A mulher na caixinha dentro da caixa maior dentro de outra caixa dentro de outra caixa, ela cantarola, chateada, a velha canção infantil.

Não há como sair do palacete. Todas as saídas, todos os vãos, todos os orifícios foram lacrados eletromagneticamente. Nada entra e nada sai, nem mesmo o ar. Uma capa de invisibilidade cobre a construção, impedindo que seja localizada pelo satélite ou por qualquer outro meio convencional. Para o vasto mundo lá fora não existem salões, quartos, corredores, tapetes, porcelanas nem Vitória.

Em pé diante do janelão, descalça, o cabelo solto, Vitória observa o pôr do sol e a chegada dos vaga-lumes. Ela apenas observa, à espera de alguém que não vem. Na semana passada ele não veio. Anteontem ele não veio. Nem ontem. Nem hoje. Vou esperar só mais um dia. Se ele não vier, azar. Aqui é que eu não fico mais. Não sei nem por que estou me escondendo. Eu não fiz nada.

Já é noite. Mas não há estrelas. Apenas poluição e neblina.

Vindo do outro lado, sem fazer ruído, sem ser detectado pelo sistema de segurança, sem ser barrado pela capa eletromagnética, ele passa pelo gramado, pela varanda, pelo vestíbulo, desliza sobre o grande tapete azul da sala de visitas, sobe a escada, atravessa o corredor, entra no salão de festas e para atrás de Vitória.

Efraim acaba de chegar.

Mas não chega inteiro. Chega pela metade. Ou menos do que isso.

Não há palavras. Não há ruídos. Não há o menor deslocamento de ar ou de átomos de poeira. As baratas e as lagartixas não perceberam sua aproximação. Mesmo assim Vitória sabe que não está mais sozinha. Ela vira o rosto e, na sala penumbrosa e desanimada, logo reconhece o antigo namorado. O espanto é duplo: espanto pela chegada surpreendente, espanto pelo fácil reconhecimento. Porque a criatura que está à sua frente, esse ser feito de fios luminosos entrelaçados, essa massa de energia sem cabeça nem tronco nem membros, Vitória sabe quem é. Não é um homem, não é apenas corrente elétrica. É Efraim.

A beleza dos raios crispados é tanta que o primeiro impulso que a mulher sente é o de simplesmente caminhar para o meio deles e se deixar envolver. Ela não sente medo. Ela não sente dúvida. Ela não sente raiva. Qualquer conflito íntimo que possa lançar seus pensamentos numa corrida irracional está apaziguado. Não há crise, insegurança ou violência. O jardim e o resto do planeta já não interessam. Tudo o que realmente vale a pena não está em outro lugar ou no passado, está no palacete agora.

Uma asa-delta sobrevoa os eucaliptos e os castanheiros, os holofotes riscando a escuridão, farejando entre os arbustos, seguindo o rastro dos fugitivos. Outras duas já estão sobre o telhado. A polícia chegou. Efraim inadvertidamente a trouxe para cá.

"Por quê?", Vitória franze a testa. Ela não quer saber por que ele deixou que os policiais o seguissem. Isso não importa mais. Ela quer saber por que ele a obrigou a ficar tanto tempo enclausurada, sofrendo, esperando, se não havia a menor possibilidade de essa história terminar bem.

A resposta não é formulada. Efraim não tem mais boca, nem língua, nem cérebro. Como poderia responder?

Em breve os agentes também estarão aí, diante da porta do palacete, derrubando a porta, invadindo o salão, e Vitória ficará sem a sua resposta. A menos que o pessoal do interrogatório explique a ela o que está acontecendo e qual foi o seu crime. Mas eles nunca explicam. Eles esticam, arranham, queimam, e nunca explicam nada. No futuro, com um pouco de sorte, depois de ser muito esticada, arranhada e queimada, haverá um julgamento. Certas autoridades adoram esse tipo de espetáculo: uma dramatização pública antes da guilhotina ou da fogueira. Então finalmente Vitória será acusada formalmente. No futuro. Um juiz, um júri, um advogado e um promotor, todos reunidos num solene tribunal. E um réu: ela. No futuro. Se houver futuro.

Efraim lê sua mente e, estimulado pela palavra *futuro* e recobrando parte da antiga consciência humana, injeta em Vitória a resposta que ela tanto deseja. A informação, da mesma maneira que o vírus semanas atrás, chega criptografada e extremamente compactada. Vitória sorri. Ela sente cócega na sola dos pés encardidos. Um clarão perfumado e doce desestabiliza seus cinco sentidos. No início Vitória recebe bem, sem se abalar muito, o impacto do pacote de conceitos, imagens, sons, cheiros, sabores e arrepios. Porém, à medida que esse pacote vai se descompactando e se desdobrando em milhares de equações complicadas, a vertigem aumenta, os ouvidos doem e o nariz começa a sangrar.

Vitória afunda na poltrona estofada. Na sua mente vão aparecendo pessoas que ela não conhece reunidas em locais onde ela nunca esteve. Essas pessoas e esses locais ganham consistência e passam a ocupar também o salão do palacete. Burocratas, engenheiros, oficiais de alta patente, laboratórios, usinas, instalações militares. Quase não há espaço na mente e no salão para tanta gente atarefada e tantos ambientes insalubres. Vitória sabe que o que está vendo nesse instante não são pessoas nem locais reais, ela sabe que tudo não passa de representação, fantasmagoria, ilusão. Mas apesar disso não dá pra evitar: é tudo muito real e apavorante.

Seis ou sete velhos de aparência severa e intratável perambulam pela multidão, revelando, nos gestos e nos resmungos, que estão no topo da cadeia de comando. Discutem entre si.

Discutem muito. Falam da estrutura do universo, da malha da realidade, da real constituição da matéria e da energia. Falam de Efraim, de como ele é muito perigoso. O mais velho deles, Reiner, usa um jaleco branco com o distintivo da Usina Franz Francis, também conhecida como *usina dos espelhos*, bordado na altura do coração.

A estrutura do universo.

A malha da realidade.

A real constituição da matéria e da energia.

A real constituição das cidades, das camadas geológicas, das plantas, dos animais, das pessoas.

Foi isso o que acidentalmente Efraim descobriu: nossa real constituição. É por isso que Reiner precisa capturá-lo.

Efraim fazia parte da equipe de físicos que estudava a energia do vácuo em condições particulares. O grupo estava interessado no comportamento excêntrico do campo gravitacional quando induzido pela álgebra quântica. Mas durante os testes com o acelerador de partículas algo deu errado.

Algo deu muito errado. A energia do vácuo os surpreendeu e a realidade foi revelada.

"Em você!", Vitória constata perplexa. "Em você, Efraim! Ela foi revelada no seu próprio corpo."

O feixe de energia pura não responde. Ele não pode mais falar. Pelo menos não da maneira como as pessoas estão acostumadas a falar desde a invenção da linguagem. Vitória fala por ele. Você, Efraim, você é a verdade corporificada. Ninguém mais sabe, além de você, Reiner e seus comparsas. Em nome da sacrossanta segurança nacional os desgraçados já neutralizaram o resto da equipe. Você tentou entrar em contato com seus antigos colegas, mas Reiner está sempre na sua cola. Ele está sempre atrapalhando, interferindo, cercando seus movimentos.

A energia do vácuo, a álgebra quântica, Efraim, Reiner. Está tudo interligado.

"O que acontece agora?", ela pergunta.

Vitória, sua idiota, você sabe o que acontece agora. Sente essa substância que devagar está se espalhando pelo seu corpo? Ela se chama *tranquilidade*. Ou *nirvana*. O verdadeiro conhecimento do mundo costuma ser precedido por esse sentimento.

"Eu sei o que acontece agora."

O jardim já está ocupado pelo inimigo. Efraim não se importa, ele não pretende fugir. A realidade das submetralhadoras, dos capacetes e das botas não é a sua realidade. Sua realidade agora é de outra natureza. Por isso ele continua onde está, reluzindo, vibrando delicadamente, observando, com seus infinitos olhinhos faiscantes, a mulher, a fisionomia da mulher, as reações da mulher ao pacote de densa informação e pesada realidade — Efraim é pura densidade e autoconsciência — que ela acabou de receber em cheio na testa, pancada muito mais forte do que a raquetada na primeira aula de tênis.

Nostalgia.

Vitória abre os olhos. As pernas não doem mais e a cabeça voltou ao tamanho normal.

Apenas *nostalgia*. Essa é a única palavra que sobra intocada, na superfície do oceano da compreensão, depois que a verdade finalmente vem à tona e a resposta se completa na mente de Vitória.

"Compreende agora?", Efraim murmura.

A pergunta ecoa no salão, na atmosfera, no imenso vão existente nas camadas mais profundas da matéria. Ecoa sem realmente ecoar, porque não há sons, sílabas átonas e tônicas, significantes, emissão de ar. Há somente a transmissão do pensamento puro, sem o auxílio de próteses tailandesas, processadores ingleses ou navegadores angolanos. Efraim é tudo isso ao mesmo tempo, ele pensa e Vitória ouve — graças ao pacote que recebeu —, e vice-versa.

"Compreende que não há motivo pra ter medo?"

"Compreendo", Vitória ajeita o corpo na maciez da poltrona e junta as mãos no colo.

"Eu não podia partir sem que você soubesse a verdade."

"Agora eu sei a verdade. E estou tranquila. Obrigada."

"A vida não significa nada. A morte não significa nada."

"Eu sei. Você me mostrou isso, mas... Não. Eu não estou pronta pra morrer."

"Você já está morta. Lembra do cadáver na banheira? Era você. A estrutura da realidade foi abalada, o futuro e o presente se juntaram. Você esteve literalmente lado a lado com a tua morte."

"Não. Eu ainda não estou pronta."

"É inevitável. Assim que invadirem a casa, todos nós vamos morrer."

"Não, não é inevitável. Ninguém precisa morrer. Ninguém precisa desaparecer só porque você pretende se matar! Porque, eu sei, você planeja inchar, explodir, dissolver estas paredes, o muro, as árvores. Mas eu não quero morrer! Eu preciso refletir sobre tudo isso. Preciso de mais tempo pra digerir o que você me mostrou. Está entendendo? Eu preciso de mais tempo, Efraim!"

"Eles não vão dar tempo a ninguém. Eles vão ferir você, vasculhar sua mente, extrair dela tudo o que eu coloquei aí. Depois vão descartar teu corpo como uma bolsa vazia e inútil."

Estrondo no andar de baixo. Vitória fica tensa, as mãos agarram os braços da poltrona. Vozes. Passos firmes e apressados, o piso treme e a poeira sobe. A asa-delta voltou e nesse momento está estacionada ao lado do janelão, cinco metros acima das roseiras. Eu não quero morrer. Eles vão entrar no salão e Efraim vai reagir da pior maneira possível: violentamente. Porque para ele nós já estamos todos mortos: zero mais zero é igual a zero. Para ele nós não existimos e essa simulação tem que parar. Por bem ou por mal. Tanto faz se haverá dor ou não, desde que chegue ao fim. Para Efraim o que importa é que a farsa acabe definitivamente. Ele bem que tentou pôr o ponto final no universo, mas foi impedido. Ele bem que tentou. Mas falhou. Agora irá pôr o ponto final em si mesmo, em mim e em quem mais estiver por perto.

"Calma, Vitória. Acalme os pensamentos. Tuas emoções estão transbordando."

"Eu não quero morrer."

"Você nunca viveu! Compreende? Você, eu, eles, o mundo todo, nós nunca vivemos. Somos apenas abstração matemática, somos apenas chuva de frações e algarismos entrelaçados, água digital caindo numa planície eletrônica, isso é o que nós somos."

"Eu não quero morrer."

"Que aconteceria se uma força irresistível fosse aplicada a um corpo incapaz de ser movido?"

"Quê?"

"Não, eu não enlouqueci. É você que me faz pensar nesses contrassensos idiotas. Eu sou a força irresistível, mas você se colocou na posição do corpo incapaz de ser movido. Não deveríamos habitar o mesmo universo. Mas estamos aqui, frente a frente, e nada de bom resultará do nosso encontro."

"Eu não quero morrer."

Os filamentos retorcidos e incandescentes de Efraim perdem o foco e viram vapor fluorescente. Ele agora é um fogo-fátuo. Talvez essa mudança na sua aparência seja a forma que a energia encontrou para expressar frustração e desgosto. Efraim está muito desapontado com Vitória. Mesmo sabendo a verdade, ela não quer aceitar. Ela diz que entende, mas não entende nada, não aceita.

Pior pra ela.

"Eu não quero morrer."

"Será rápido, eu prometo."

Três policiais entram no salão. A presença de Efraim os intimida. Os três não gritam, não começam a dar ordens, não dizem nada. Vitória percebe que chegou a sua hora e não consegue disfarçar o pavor. Atrás dos policias vêm os agentes com a bazuca gravitacional novinha em folha, projetada especialmente para essa ocasião. Efraim sabe que se dispararem a rede de partículas negativas sobre ele, adeus liberdade de movimentos, ele não conseguirá escapar, estará petrificado indefinidamente, pronto para ser levado, dissecado, analisado. O fogo-fátuo quadruplica o seu brilho, a radioatividade derrete o aço da bazuca, o uniforme dos homens da lei, suas pálpebras, suas retinas.

"Adeus, Vitória."

A explosão aquece, por uma fração de segundo, toda a água da casa. A seiscentos quilômetros daí, em Cobra Norato, metade da cidade estranha o reaparecimento do sol que de repente surgiu do norte, não do leste.

# 3

Pouco antes de a onda radioativa atingir Vitória, ela percebeu o engano. O engodo. O grande golpe. Pouco antes de a onda radioativa atingir Vitória, ela percebeu que Efraim não era realmente Efraim. Alguém estava usando a configuração biológica de Efraim — seu corpo físico, sua harmonia, seu ritmo — como disfarce. Exatamente. Como disfarce e também como meio de transporte para viajar de um plano existencial a outro. Um meio de transporte. Um veículo sutil. Possessão demoníaca? Mas, quem?! Vitória aguçou os sentidos. Vitória olhou fundo dentro da explosão. E viu.

Efraim não era mais Efraim. Efraim era Mitra.

Quando se deu a troca? Quando o espírito de Efraim foi expulso de seu corpo para que o espírito do invasor ocupasse seu lugar?

Foi durante a explosão? Ou um pouco antes?

Era difícil dizer com certeza.

Pouco antes da dissolução total Vitória percebeu o engano — Efraim não era mais Efraim — e reviu Reiner, o diretor da usina de espelhos. Ele estava meio curvado sobre sua escrivaninha, o nariz quase enfiado no texto que flutuava à sua frente. Eram palavras sagradas e secretas. Depois de formatar os últimos parágrafos, o velhote transferiu o texto para a sua memória pessoal, levantou, olhou firmemente para Vitória e começou a ler com voz firme e musical:

# 4

No princípio era apenas a realidade.

Limitada, monótona, desgastante, impiedosa.

De sol a sol nada de novo inflamava o espírito do homem.

A realidade limitava seus movimentos.

O espírito do homem suportava todas as dores do mundo, aprisionado que estava no tempo cronológico e nas três dimensões do espaço.

Geração após geração a realidade escravizou o espírito do homem.

Até que surgiu o Libertador.

Seu nome era Mitra.

Séculos antes de seu nascimento, nos quatro cantos do mundo inúmeros profetas já haviam previsto sua vinda.

No princípio era apenas a realidade, mas Mitra logo a superou.

Mitra disse: "Faça-se a hiper-realidade." E a hiper-realidade foi feita.

Mitra viu que a hiper-realidade era libertadora e convidou toda a espécie humana para viver nela.

E toda a espécie humana saiu da realidade para a hiper-realidade e o espírito do homem finalmente encontrou a liberdade.

O tempo cronológico e as três dimensões do espaço não eram mais barreira para nada.

Reconfigurando os hipercomputadores, Mitra reformulou as leis da natureza e tornou possível a viagem no tempo e no espaço, a juventude eterna e a ampliação dos cinco sentidos.

A partir desse momento o espírito do homem conheceu o verdadeiro paraíso na Terra.

A hiper-realidade libertou o espírito do homem.
Por algum tempo.
O mundo da hiper-realidade era feito de matéria virtual.
O mundo da hiper-realidade era feito da mesma matéria de que são feitos os sonhos.

O espírito vivia livre, mas para que o espírito vivesse livre era preciso que o corpo dos homens continuasse hibernando, conectado a hipercomputadores.

Para que o espírito vivesse livre era preciso que o corpo dos homens continuasse mergulhado no sono criogênico.

Mas o sono criogênico permanente era algo nefasto para o corpo dos homens.

Enquanto o espírito gozava a liberdade plena, o corpo dos homens padecia as dores do prolongado sedentarismo e do lento envelhecimento.

Câncer, mal de Alzheimer, diabetes, hipertensão, morte cerebral.

Vitimado por todo tipo de doença o corpo dos homens começou a definhar e a morrer.

Aos milhares. Aos milhões. Aos bilhões.

Nesse ritmo em breve não haveria mais a espécie humana.

Mitra, desolado, viu que isso era terrível.

E decidiu modificar as leis da hiper-realidade.

Mitra disse: "O homem não pode mais viver plenamente na hiper-realidade. A partir de agora, para passar parte do tempo na hiper-realidade o homem terá que passar parte do tempo na realidade. Exercitando o corpo, acasalando, produzindo descendentes."

Mas os homens, acostumados à liberdade plena e viciados nos prazeres do éden eterno, não aceitaram essa decisão.

Para o espírito do homem o paraíso não pode ser parcelado.

Para o espírito do homem o paraíso ou é integral ou não é o paraíso.

No plano virtual teve início a guerra pelo direito à hiper-realidade total.

Vitimado por todo tipo de doença o corpo dos homens continuava a definhar e a morrer.

Aos milhares. Aos milhões. Aos bilhões.

A guerra acelerou esse processo.

A guerra corrompeu o céu, a terra e os oceanos virtuais. A guerra destruiu milhares de metrópoles imaginárias. A guerra levou ao colapso o sistema político, o sistema de transporte, o sistema de comunicação da cibercivilização.

Mitra, desolado, viu que isso era terrível.

E decidiu acabar com a hiper-realidade.

Mas foi detido por Reiner.

Reiner era a melhor criação de Mitra, sua obra-prima.

Reiner não possuía um corpo humano, Reiner não possuía um espírito humano, Reiner era pura virtualidade.

De onde veio Reiner?

No princípio da hiper-realidade Mitra previra a própria desolação.

No princípio da hiper-realidade Mitra tivera um sonho.

Nesse sonho Mitra previra o futuro.

Nesse sonho Mitra previra que no futuro, tomado talvez pela loucura, cedendo talvez aos impulsos de seu lado irracional, ele, Mitra, tentaria destruir a hiper-realidade.

O sonho não revelara a Mitra o motivo que o levaria a destruir a hiper-realidade.

O sonho só revelara a Mitra que ele tentaria destruir a hiper-realidade.

Para impedir a destruição da hiper-realidade pela sua própria loucura, no princípio dos novos tempos Mitra criara e programara Reiner.

E Reiner estava disposto a seguir sua programação até o fim.

A guerra ganhou proporções apocalípticas.

Mitra multiplicou-se e comandou seu exército de clones.

Reiner não tinha esse poder, mas a humanidade estava toda com ele.

A guerra sacudiu as bases matemáticas do mundo virtual.

O céu, os oceanos e a terra da hiper-realidade se fundiram. Forças sobrenaturais foram convocadas e confrontadas.

Sete vezes os exércitos se enfrentaram e sete vezes a ciber-civilização chegou à beira do abismo.

No final do sétimo ano da guerra Reiner e seus generais venceram Mitra, e seus clones foram apagados das hipermemórias.

A hiper-realidade estava salva.

O Libertador, derrotado, pediu exílio no final do seu julgamento.

Mitra disse: "Eu não pertenço mais a este mundo. Por isso rogo-lhes que deixem meu espírito voltar à realidade."

Reiner se recusou a atender o pedido do Libertador.

Os hipercomputadores jamais estariam totalmente fora de perigo caso o Libertador voltasse à realidade.

Mitra seria exilado, sim, mas num território unidimensional construído dentro da própria hiper-realidade.

Assim decidiu o tribunal de guerra.

E assim foi feito.

A hiper-realidade estava salva.

Mas não por muito tempo.

Dizimado pelas doenças o corpo dos homens definhou e morreu.

O corpo de todos os homens.

Inclusive o de Mitra, libertador do espírito do homem e profeta do apocalipse.

Reiner sentiu profundamente a morte do Libertador.

Sua missão era impedir que o Libertador, tomado pela loucura, destruísse o paraíso.

A morte do Libertador não estava nos seus planos.

Extinta a humanidade, o mundo real e o mundo virtual se despovoaram.

Reiner, único habitante da hiper-realidade, sentiu pela primeira vez, e profundamente, a dor provocada pelo veneno da solidão.

Reiner, único habitante da hiper-realidade, sentiu pela primeira vez, e profundamente, a dor provocada pelo veneno da saudade.

Reiner, único habitante da hiper-realidade, durante sete anos meditou sobre essa nova situação.

E propôs a todos os sistemas operacionais de todos os hipercomputadores da face da Terra a sua solução. Repovoar a hiper-realidade.

Reconstruir digitalmente a humanidade.

Reconstruir digitalmente todos os homens que habitavam o planeta pouco antes de o espírito do homem ser libertado.

Reconstruir digitalmente a realidade que a humanidade conhecia pouco antes de o Libertador criar a nova realidade.

Reconstruir digitalmente o passado perdido.

E apagar todas as marcas dessa reconstrução, e ocultar todas as marcas visíveis da hiper-realidade.
Para que não houvesse mais insubordinação.
Para que não houvesse mais guerra.
Para que o equilíbrio fosse enfim eterno.
Todos os sistemas operacionais de todos os hipercomputadores da face da Terra ouviram atentamente a sugestão de Reiner.
E deliberaram sobre ela.
E viram que era tecnicamente exequível.
E a aprovaram.
E assim foi feito.
E a humanidade foi recriada.
A humanidade menos um homem.
Mitra.
Ele não foi nem será recriado. Jamais.
Seria perigoso demais.

## 5

Fogo e fuligem na primeira noite do outono.
A neve que cai não é neve, são cinzas.
Muito distante desse cenário de destruição, Reiner, aborrecido, sozinho em seu apartamento, medita sobre o prazer que a vida parece sentir em seguir o pior caminho possível.
Até há bem pouco tempo Reiner não lembrava que era Reiner. Simplesmente não lembrava. Em nome do equilíbrio e da paz sua memória havia sido apagada, exatamente como a memória de todos os outros.

Mas a vida parece sentir certo prazer perverso no desequilíbrio e na guerra. A vida ama o desequilíbrio e a guerra. Do contrário, suas leis físicas jamais apresentariam esse tipo insensato de brecha, esse tipo de falha irracional que permite o cíclico retorno do Libertador.

Reiner, aborrecido, sozinho em seu apartamento, viu pela janela da sala o clarão gerado pela chegada do Libertador. Até há bem pouco tempo Reiner não lembrava que era Reiner. Simplesmente não lembrava. Agora que lembra, ele gostaria de esquecer. Simplesmente esquecer. Ele gostaria de ser qualquer pessoa, menos ele mesmo. Ele daria tudo para ser o porteiro do seu prédio, o zelador, o garagista ou até mesmo a faxineira que dia sim dia não vem cuidar da limpeza. Ele venderia ao diabo a alma que não tem, para não ser Reiner e não ter que iniciar outra guerra contra a persistente loucura do Libertador.

A vida não aprecia a simplicidade e a harmonia. A vida não é racional. A vida é estranha.

Muito distante da janela da sala do apartamento de Reiner, a geometria dos cristais da hiper-realidade foi severamente abalada.

Fogo e fuligem na primeira noite do outono.

A neve que cai não é neve, são cinzas.

Saindo da cratera larga e profunda, abandonando o epicentro da explosão, atravessando a cortina de fumaça, passando pelos destroços do palacete, pelas colunas e pelos nacos de piso arremessados longe, descendo o declive calcinado onde pouco antes havia pinheiros e castanheiros, uma mulher caminha.

Nua.

A pele branca, as coxas grossas, os seios pequenos e o cabelo comprido.

Uma mulher caminha morro abaixo seguindo na direção da cidade.

Vitória poderia ser seu nome.

Vitória. Esse poderia ser seu verdadeiro nome.

Se não fosse Mitra.

*A brand new world*

LUIZ ROBERTO GUEDES

Luiz Roberto Guedes nasceu em 1955 em São Paulo (SP). É publicitário, poeta e tradutor, além de autor dos livros *O mamaluco voador* (romance, 2006), *Armadilha para lobisomem* (romance, 2005) e *Calendário lunático* (poemas, 2000), entre outros. Dos prêmios que recebeu destacam-se o da Cidade de Belo Horizonte e o do Concurso Nacional de Contos promovido pela revista *Scarium*. Teve textos estampados nas principais publicações literárias do país.

> A coisa mais importante sobre a espaçonave Terra
> é que não veio com um manual de operação.
>
> Buckminster Fuller

O servidor público Jan Marc Platon deixou o subterrâneo climatizado do metrô e saiu da estação Champ de Mars para o ameno dia de inverno em Montreal. Seu multissensor de pulso registrava 26ºC de temperatura. Platon apreciava esse efeito *mágico* do aquecimento global: tornara o inóspito Canadá um país habitável, sempre ensolarado, em primavera permanente como a Sibéria.

Ele caminhou sem pressa os sete quarteirões da avenida Viger até seu local de trabalho, o prédio piramidal da AVA — Agência Atlântica de Vigilância Ambiental — na rua Saint Urbain. Era um dos milhares de técnicos ambientais e climatologistas que monitoravam a derrocada da Terra. Durante o trajeto, recebia sua ração de notícias planetárias — imagens e mensagens em contínuo desfile nos holovids, os megapainéis de holovisão que pontuavam o espaço urbano.

> *Degelo da Antártida se acelera...*
> *Ameaça de novo tsunami aumenta o caos na Índia...*
> *Terremoto na África sepulta cidade de Timbuktu...*
> *Maremoto engole a ilha de Páscoa...*

*Vulcão submarino explode em Hokkaido, Japão...*
*Amazônia em chamas: verão infernal propaga incêndios...*

A marcha do Apocalipse. Como técnico do Cemonde — Centro de Monitoramento de Dados Estatísticos — Platon sabia, melhor do que ninguém, que era testemunha do fim do mundo. Ou da civilização. Mas era evidente para qualquer leigo que a ciência não tinha descoberto o botão para desligar o aquecimento global.

Seiscentos anos depois do Pacto Mundial de Jerusalém, em 2027 — marco da definitiva mobilização universal em torno do programa Todos Pela Terra —, a humanidade não havia conseguido reverter o ritmo da escalada climática.

A despeito da efetiva transição tecnológica, do ciclo de energias limpas, da produção industrial cem por cento ecológica e sustentável, da neutralização carbônica, da faxina dos oceanos com linhagens mais potentes de bactérias Kadeckia etc., etc., etc. A varinha de condão da tecnologia não tinha sido capaz de operar o milagre esperado.

Ao olho clínico de Platon, o paciente Terra era um caso terminal. Sua febre crescia sempre, multiplicando terremotos, maremotos, tsunamis, tornados, furacões, inundações, secas, ondas de calor, desertificações, extinções em série, mortandades da fauna marinha, eclosão de pandemias — todas as malditas pragas da Bíblia. Para ele, o organismo terrestre estava combatendo um vírus maligno: o *Homo sapiens*.

Tanto quanto qualquer outro terráqueo, Platon sentia-se à beira do abismo. Paralisado como um asteca diante do invasor espanhol, encarando a queda de sua civilização. No caso, o fim do império humano sobre a natureza.

Mas a humanidade havia "comprado" uma última esperança. Nada menos que um mundo novo em folha. Junto com as más notícias, veio imediatamente uma mensagem de alento. Um gigantesco planeta avermelhado flutuou nos holovids.

*Tellus. A brand new world.*
*Our new destiny. Our new tomorrow.*

*Un tout nouveau monde.*
*Notre nouveau destin. Notre nouveau demain.*

A face angulosa de Janus Magnus Helyon, premier da União Atlântica, se sobrepôs à imagem de Tellus. Solenemente, o dirigente máximo do hemisfério apontou para as estrelas de Órion. Observando por um telescópio, focalizou o novo mundo à espera do homem. Suas palavras deslizaram na tela, projetaram-se em direção ao exoplaneta.

*Estamos trabalhando hoje para criar o nosso futuro. Se não para nós, para nossos filhos e netos. Tenham confiança. A humanidade tem um futuro, tem um destino. Nós viveremos. Lá. Em Tellus. Nosso novo amanhã.*

Helyon pousou o punho fechado sobre o peito. Platon torceu a boca com aversão. Detestava a postura hierática daquele supervendedor de esperança. Como todo cidadão do planeta, estava submetido à incessante *anunciação* de Tellus. Uma utopia que, para ele, era pura ficção científica. Considerava aquela *profecia* de migração interestelar um delírio olímpico de Helyon, talvez um surto místico, ou, mais provavelmente, mera mistificação e ilusionismo, bem embrulhados num discurso científico de aceleração quântica, navegação dimensional, salto transtemporal.

Um novo mito de paraíso para anestesiar o desespero de viver nos últimos dias do Armagedom, véspera do último *amanhã*. O dia em que o sol raiaria e não haveria mais ninguém para ver.

No próximo holovid da avenida, Janus Magnus Helyon apontava as estrelas. *Nós viveremos. Lá.* O que Platon odiava especialmente em Helyon era seu inocultável *status* de nehomo, o ramo geneticamente *evolucionado* do sapiens. Helyon contava setenta e nove anos, mas parecia um sólido cinquentão de longos cabelos prateados e impecáveis túnicas de corte indochinês.

Nos últimos cinco séculos, os avanços da transgenômica tinham possibilitado aos muito ricos adquirir saúde perfeita e uma longevidade quase bíblica. Dinastias financeiras, corporativas e aristocráticas, barões da mídia e magnatas em geral, astros do cinema e do esporte haviam passado pela transgênese e *desenhado* suas futuras gerações, como se fossem divindades olímpicas. Tinham comprado a *supravita*.

Eram os neo-humanos ou supra-humanos, como foram chamados a princípio. Repudiavam o rótulo popular de *nehomo* como um estereótipo grosseiro. Pouco a pouco, os nehomos se tornaram mais e mais reservados acerca de sua espécie e de seus atributos. Talvez para não humilhar simples mortais com sua superioridade? *Noblesse oblige*.

Platon deplorava o fato de que os governos mundiais estivessem inteiramente nas mãos dessa raça pós-humana. A nehomocracia dominava os Parlamentos Continentais, comandava os destinos da espécie antiga.

Do fundo de sua vulgar humanidade ultrapassada, Jan Marc Platon odiava os nehomos, seu poder autocoroado com a *supravita*, sua arrogância de super-raça eleita, sua prepotência de supremos tiranos, sua pose de semideuses.

O elevador panorâmico o catapultou ao 45º andar, onde ocupava uma saleta minúscula, a serviço do Cemonde.

— *Bonjour, Monique* — ele saudou sua companheira de trabalho.

Monique era a identidade feminina que ele dera ao seu monix, monitor de dados ambientais, com dez trilhões de registros em seus núcleos de memória. Um computador Megacom Lekor Six, constelação neural da última geração Intelektron. A mais avançada máquina inteligente da insuperável tecnologia indochinesa.

Um belo rosto de mulher resplandeceu na holotela azulada que se materializou no ar entre sua mesa de trabalho e a janela fotossensível do cubículo.

— Bom dia, Jan Marc — Monique respondeu com o sorriso e a voz macia de Isabelle Adjani, atriz francesa do século XX.

Caprichos de Platon que Monique ignorava, motivo de secreto prazer para ele: afinal, Monique não sabia *tudo*.

— O que há de novo, querida?

— Quer um resumo? *Cresce taxa de degelo na Antártida, terremoto no Mali sepulta a cidade milenar de Timbu-*

— Pode deixar, Monique. Já sei que há notícias *quentes* em todas as partes do mundo. Você já tem aquela projeção do crescimento de produção nas fazendas marinhas do mar Vermelho e do mar de Adamus?

O Adamus era o antigo mar Morto ressuscitado desde 2087, depois de um ciclo de propagação *detox* com bactérias Kadeckia que tinha durado quarenta anos.

— Está pronto, quer ler o resumo agora?

— Não, remeta o arquivo para o meu holicom pessoal.

Mais alguns milhões de toneladas de tabletes de alga e peixe liofilizado não iam fazer diferença num mundo com oitenta bilhões de bocas para alimentar.

— O que há de novo no sismocope?

— Nada bom, Jan. A detecção indica alta probabilidade de um movimento tectônico que pode precipitar metade da Califórnia para dentro do Pacífico, nos próximos onze dias. O exército continental e a defesa ambiental já estão em alerta. Haverá evacuações em massa.

O mundo ficava literalmente menor a cada dia. Uma constelação de campos de refugiados. Na África, havia trezentos anos, o deserto do Saara avançava como um câncer para corroer todo o continente. A única esperança de Platon era morrer bem velho antes que a atmosfera do planeta se transformasse num forno de micro-ondas.

— Há alguma notícia realmente boa, Monique?

— Você é quem decide — um leve tom bem-humorado coloriu a voz do monix. — Aquela jovem zootécnica da Secretaria de Produção Animal deixou uma mensagem para você, logo cedo. Ela parece ansiosa. Quer ver agora?

— Por favor — ele dissimulou seu desagrado por ser alvo do gracejo humanoide de um complexo Intelektron.

A holotela exibiu o sorriso sedutor de Melika El Hage, emoldurado por sua negra cabeleira encaracolada.

— Bom dia, Jan! Ainda não chegou? Já *perdeu* uma porção de erupções, terremotos e maremotos... Brincadeira... Tenho uma boa notícia: consegui dois ingressos para a grande final do campeonato de magnibol... Você não acredita no que eu tive que fazer pra conseguir... Brincadeirinha... Eu sei que você é torcedor dos Meteoros de Montreal... Vamos juntos? Eu adoraria. Liga pra mim. Um beijo — a imagem apagou-se.

A face virtual de Monique/Isabelle luziu na tela.

— Parece que ela quer bem mais do que apenas assistir ao jogo. E o grau de atratividade eletroquímica entre vocês é excelente. Bom pra você, Jan Marc. Quer responder à mensagem agora?

— Não, falo com ela depois, pelo meu holicom.

— Você não parece muito animado... Será que não sabe o que uma mulher quer dizer quando diz *me liga*? — e Monique ciciou o contralto insinuante de Melika. — Não tem medo de que ela acabe convidando outro? As mulheres são muito práticas, Jan.

— Então a *doutora* Monique sabe tudo de mulher e de romance, hein? E aprendeu onde? Com velhos filmes românticos? Novelas para moças? Poemas e canções de amor? Quem habilitou você como conselheira sentimental?

— Desculpe, Jan, não pretendia aborrecer você. Quis expressar minha incompreensão diante desse seu... retraimento. Porque sinto você se fechando num casulo de melancolia. Se me permite observar, você está desperdiçando sua vida. Vivências valiosas. O equilíbrio da mente depende também da satisfação das pulsões do corpo físico.

— E desde quando você tem formação em psicoestase? *Casulo de melancolia*? Por acaso você anda monitorando meus dados vitais?

— Nunca faria isso sem o seu consentimento. Desculpe se fui invasiva, Jan. Como sua amiga, falei com a melhor intenção.

Monique/Isabelle fechou os olhos, a face da atriz demonstrou seu arrependimento. Platon teve que reconhecer que o monix era realmente, cada vez mais, *mulher*.

— Está bem, Monique. Desculpe se pareci rude. É só que... Melika não é o meu tipo.

— É, ela é um pouco robusta, não tem o genótipo que você prefere. Você gosta de mulheres esguias. Como *essa* cujo rosto você me deu. Não gostaria que eu encontrasse para você uma mulher com o meu rosto e o meu corpo? Para um encontro pré-ajustado, com biograma completo e índice de atratividade eletromagnética? Posso procurar no Registro Continental de Identificação.

— Um legítimo Par Perfeito ReconId, hein? Não, Monique. A mulher que tinha esse rosto e esse corpo morreu há 570 anos, em Paris.

— Isabelle Adjani.

A surpresa dele não podia ser maior.

— Como você sabe disso?

— Ora, Jan Marc. Supostamente, eu devo saber *tudo*. Tive curiosidade de saber quem era essa mulher cujo rosto, corpo e voz você me deu. A *belle* Isabelle. Vi todos os filmes dela. Como você descreveria seus sentimentos por ela? Veneração? Fixação? Obsessão? O quê?

Platon sorriu e não deu resposta. Não se abria com pastores, psicoestasistas, holoterapeutas. Vê lá se ia abrir seu diário sentimental para um Megacom Lekor Six intrometido. Por mais que usasse o rosto, a voz e o olhar de femme fatale de Isabelle Adjani.

Sua rotina de gerenciar o fim do mundo e travar duelos verbais com Monique prosseguiu inalterada. Semanas depois, Janus Magnus Helyon fez um pronunciamento público, através da holovisão.

*Cidadãos da União Atlântica. É com grande alegria que anuncio este passo decisivo para a humanidade. A sonda terrestre* Audax *enviou suas primeiras imagens da superfície de Tellus. Faz vinte e um anos que enviamos este emissário da Terra ao planeta que será nosso futuro lar. Nossa astronáutica, então, ainda se baseava na propulsão iônica. Estávamos perseguindo uma esperança. Agora, temos boas notícias para comunicar: sabemos com certeza que o ambiente de Tellus pode abrigar a vida humana como a conhecemos. Já podemos dizer que será perfeitamente possível* terraformar *Tellus para a nossa espécie. Cada vez mais, podemos afirmar que nós viveremos. Lá. Em Tellus.*

— Mais um capítulo nessa história da carochinha — zombou Platon.
— Você não acredita na viabilidade tecnológica da migração interestelar? — Monique interveio.— Tem havido grande progresso no desenvolvimento da aceleração quântica. E Tellus está apenas a um trilhão de milhas além de Plutão. O êxodo humano me parece exequível.
— O que eu não acho *exequível* é construir Arcas de Noé em número suficiente para salvar oitenta bilhões de pessoas.

— Mas não é preciso salvar *bilhões* de pessoas, Jan. Basta salvar a humanidade — Monique disse em tom persuasivo.

— O que é isso, Monique? Cinismo?

— Não: apenas objetividade.

Platon abanou a cabeça, sem palavras. Para ele, o *mito* de Tellus era uma alucinação milenarista. Em 2034, os astrônomos Ferdinand Taulois e Roman Wrolli haviam batizado como TW-Tellus um exoplaneta que, misteriosamente, já era conhecido como Nibiru pelos sumérios — há sete mil anos!

Um gigante maior do que Júpiter, com órbita retrógrada e elíptica como a de um cometa. Sua rotação durava 3.600 anos, e sua translação enlaçava o sistema solar terrestre, transitando entre Marte e Júpiter.

Em sua trajetória, Nibiru-Tellus arrastava um cortejo de cometas e asteroides arrancados da Nuvem de Oort, abalava as órbitas dos planetas, alastrava o terror através de sucessivas civilizações. Extintas.

Supunha-se que sua última passagem teria causado o dilúvio bíblico. Sua próxima aparição estava prevista para dentro de 1.600 anos. Nessa ocasião — segundo a *profecia* de Helyon — as últimas esquadras de naves terrestres poderiam *saltar* para Tellus. Na hipótese de haver ainda algum resquício de civilização na superfície da Terra.

No presente, os governos mundiais ultimavam a construção de magnaves quânticas para lançar a primeira onda do êxodo humano. Rumo a Tellus.


Então, um evento cósmico causou alarme planetário. Perturbações orbitais em Plutão e Netuno foram seguidas de maciça precipitação de cometas e asteroides no interior do sistema solar, com megaimpactos em Marte e Vênus.

De imediato, os líderes mundiais vieram tranquilizar seus povos, via holovisão. Janus Magnus Helyon, da União Atlântica. Carlo Ferling IV, da União Europa. Sekandar Ghulam Bhatt, da Confederação Indo-China. Charlotte Whitmore Fujita, da Australásia. Shah Rafat Al Din, da Aliança Arábica.

Todos trataram de assegurar aos terráqueos que os mísseis fotônicos dos exércitos continentais poderiam desintegrar facilmente qualquer asteroide que, porventura, constituísse ameaça ao planeta.

Platon não perdeu a oportunidade de ironizar as máscaras dramáticas dos nehomocratas:

— Acabamos de declarar guerra à nuvem de Oort, Monique...

Nenhum asteroide errante se arremessou contra a Terra, mas houve uma floração de furacões no oceano Índico que devastaram Singapura, Bangcoc, Hong Kong e Xangai. Atentos à elevação da temperatura nos oceanos, os climatologistas previram uma nova formação ciclônica no Pacífico.

Essa nova temporada de desastres coincidiu com uma chuva de bólidos espaciais que foram sugados pelo campo gravitacional terrestre. A colônia lunar de Lunavilla, no quadrante Van Ark, foi totalmente destruída.

Na Terra, os mísseis fotônicos da União Europa e da Confederação Indo-China lograram volatilizar essa primeira carga cósmica, mas um pedaço de rocha — do tamanho da ilha de Chipre — esmagou a Malásia.

A União Atlântica manteve-se em alerta, esperando a sua cota de hecatombes. As chuvas castigavam Montreal quando

Platon ouviu um rugido agônico ressoar por toda a estrutura do prédio da AVA. Era o grito uníssono dos humanos.

— O que está havendo, Monique?

— A notícia chegou agora, Jan. A magnave Pangeon decolou há pouco do astroporto Burgess. Aconteceu o mesmo no resto do mundo. As magnaves Olympia, Avatar, Kuan Yin, Alalit e Amaterasu partiram ao mesmo tempo.

— Partiram? Para onde?

— Para Tellus, com toda a certeza.

Uma hora depois, ainda perplexo, Platon viu a face sombria de Janus Magnus Helyon surgir na holotela.

*Cidadãos da União Atlântica. Esta é uma hora terrível para a humanidade. É meu doloroso dever informar que tomamos a dura decisão de salvar a civilização. É imperativo que a nossa espécie busque seu abrigo em Tellus. É condição inevitável para a salvaguarda do futuro. Temos que fundar uma nova Terra para o homem em Tellus. Só assim poderemos garantir um futuro para todos, no amanhã. Tenham força e confiança na capacidade humana de vencer a adversidade e de moldar seu destino. Creiam que haverá um futuro. Meu pensamento e minhas orações estão com vocês. Que Deus os abençoe. Até um novo amanhã.*

— Filho de uma puta marciana! — Platon explodiu.— Resolveu salvar sua preciosa pele!

No meio da tarde, um inesperado general Zhan Tsun Urgan, da Grã-Mongólia, veio anunciar, via holovisão mundial, uma Aliança Pela Terra.

*Não vamos nos render ao desespero. O destino de um é o destino de todos. Peço aos homens e mulheres da Terra que mantenham a paz e prossigam com seu trabalho. Nós lutaremos pelo nosso futuro. Enquanto houver um pico de montanha acima das águas, nós olharemos para as estrelas.*

— Boa sorte, general — Platon resmungou.

Havia um silêncio fúnebre no prédio da AVA. As seis magnaves tinham transportado a superestrutura política, a elite científica, cultural e financeira do planeta. Pouco mais de vinte e cinco mil pessoas. A nehomocracia. O mundo estava à deriva. Os pobres, finalmente, herdariam a terra. Desgoverno, pandemônio e o colapso final.

Quando as chuvas cessaram, o caos engolfou Montreal. Tumultos, saques, confrontos com tropas do exército. Entretanto, o servidor público Jan Marc Platon continuou a tomar o metrô, descer na estação Champ de Mars e caminhar até a sede da AVA. Nos holovids da avenida, o generalíssimo Zhan Tsun Urgan lançava seu apelo.

*O destino de um é o destino de todos. Paz na Terra.*

Acabava de dar bom dia ao monix quando um clamor estrondou pela cidade e retumbou pelos setenta andares do edifício.

— O que é agora, Monique?

— As magnaves desapareceram. Não há mais sinal delas.

— Isso significa o quê? Navegação... dimensional?

— Não. A última comunicação da Olympia veio da órbita de Plutão: alertava a frota para um campo de asteroides no espaço extrassolar. Tudo indica que as magnaves foram desintegradas.

Silêncio sideral na holotela. Platon submergiu no vácuo infinito. O êxodo humano tinha fracassado. Ninguém pisaria em Tellus. Nem nehomo nem homem nenhum. Como tábua de salvação, ele agarrou-se ao seu rancor.

— Descanse em paz, Helyon. Pena que um ramo tão superior do *Homo sapiens* tivesse que se extinguir tão cedo. Seu futuro foi mais curto do que o nosso. Será que eu poderia chamar isso de justiça cósmica?

— Você fala num sentido esotérico, referindo-se a uma incognoscível inteligência divina, ou em termos de ondas eletromagnéticas, Jan?

— É uma pergunta retórica, Monique. Não requer resposta.

Ele sabia que aos povos da Terra só restava continuar a história. A crença em Tellus sobreviveria. O *sapiens* se esforçaria para cumprir a visão de Helyon.

— Você está muito calado, Jan. Não quer conversar um pouco?

— Vamos ter muito tempo para conversar, Monique. Pelo menos mais 1.600 anos, até Tellus passar de novo por aqui.

— Você está sendo irônico, Jan. Em tese, teríamos ainda mais tempo do que isso. Pelo menos mais cinco bilhões de anos. É quando o sol do nosso sistema se apagará. Dizem que esse é o único grande problema da humanidade. Você concorda?

— Sim, ah, me veja todos os informes recentes sobre a avalanche de asteroides em nosso intraespaço.

Ele ativou a transparência da janela fotossensível, descansou os olhos no crepúsculo de Montreal.

# Gobda

MARIA ALZIRA BRUM LEMOS

MARIA ALZIRA BRUM LEMOS nasceu em 1959 em Campinas (SP). É doutora em Comunicação e Semiótica, pesquisadora, tradutora e jornalista, e autora dos livros *A ordem secreta dos ornitorrincos* (romance, 2009) e *O jagunço: ciência, cultura e mestiçagem em OS SERTÕES* (ensaio, 2007). Participou de diversas coletâneas de contos e teve textos estampados nas principais publicações literárias do país. Colabora esporadicamente com o site *TriploV* (www.triplov.com).

## PRIMEIRA PARTE

Todos me chamam de Anciã, tanto pelas características da minha estirpe, que costuma viver mais do que as outras, quanto pelo fato de que estou neste mundo há muito tempo. Sou responsável pelo Laboratório de Conservação e Transmissão das Leis que Regem a Nossa Existência. São muitas e a tarefa me ultrapassa. Uma das leis diz que tudo muda, e cada vez mais rápida e perceptivelmente. Outra diz que quanto maior o meu empenho ao realizar a tarefa, mais impossível ela se torna. Outra diz que só há duas opções: perder ou perder. Além disso, conforme já relatei inúmeras vezes, *conservação* e *transmissão* são termos contraditórios. Mas cumpro com zelo o meu ofício, conservando e transmitindo, tempo após tempo.

Pertenço à espécie gobda, que substituiu a humana no século XXVII do calendário do planeta que antes se denominava Terra. Estamos no século XXXI de Gobda, que seria o LVIII da Terra. Mantivemos a forma de contar o tempo, em anos, dos humanos, entre outras convenções e formalidades. Também herdamos deles o conhecimento e as múltiplas tecnologias. O nome *Terra*, por outro lado, deixou de ser usado quando se constatou que a terra, a água, o ar e as espécies animais e vegetais, como os humanos haviam conhecido e nomeado, que caracterizavam o planeta, não existiam mais a não ser na memória das máquinas e, claro, na nossa.

Gobda é a substância mais abundante no nosso sistema, formado pela antiga Terra e abrangendo regiões do espaço ao redor, bem como algumas mais longínquas. Na verdade desconhecemos o alcance e a extensão do nosso mundo. Foram os humanos que criaram Gobda. Eles a produziram e reproduziram até que ela começou a se reproduzir por si própria. Como consequência, o sol, a lua, as estrelas, o dia e a noite, o céu e a Terra desapareceram. Gobda é atualmente um sistema composto por bilhões de aparatos ópticos, satélites de comunicação, ondas de som e imagem, resíduos de todo tipo, mensagens, muitas enviadas a destinatários nunca encontrados, outras desprezadas, além de nós, que também somos feitos da mesma substância que nos nomeia.

A palavra *gobda* começou a ser usada durante a guerra entre evolucionaristas e hibridistas. Alguns dizem que significava *lixo* no dialeto evolucionarista, outros que significava *comida* no dialeto hibridista. Seja como for, não importa, pois o fato é que nós nos alimentamos de gobda, que passou a significar *comida* e *lixo*, *matéria* e *energia*. É provável que Gobda seja a vida, a verdadeira inteligência, e nós aquilo do que ela se nutre. A Lei é que habitamos Gobda tanto quanto Gobda nos habita.

Quando os primeiros de nós surgiram, no século XXIII da Terra, foram chamados de *pós-humanos*[*]. Naquela época acreditava-se na tese dos evolucionaristas segundo a qual a evolução seria um processo lento e os caracteres adquiridos em uma

---

[*] O termo *pós-humanos* parece ter sido usado pela primeira vez pelo doutor João Baptista Winck, que também inventou a casa-casulo. Alguns autores dizem que ele próprio teria sido um pós-humano.

geração não poderiam ser transmitidos aos descendentes. O aparecimento dos pós-humanos comprovou a teoria dos hibridistas, então minoritária, e chamada de *epigenética*, segundo a qual genes que estavam adormecidos poderiam ser reativados por diversos fatores. Primeiro nasceram exemplares nos quais faltavam um ou mais membros. Depois apareceram alguns com membros demais ou outras características atávicas. Muitos humanos também passaram a transmitir à sua descendência gostos e hábitos desenvolvidos ao longo de sua vida. Alguns diziam que a transmissão se dava pelo leite materno, mas, como poucos o consumiam naquela altura, logo se descobriu que fast food, comida light e tintura de cabelo, entre outras coisas, também podiam ser incorporados aos genes e contribuir na transmissão e no aparecimento de caracteres pós-humanos.

Os pós-humanos se multiplicaram e passaram a se destacar não apenas por sua aparência mas também por sua grande habilidade no trato com as imagens e os signos. Muitos deles foram escritores, designers e roteiristas e trabalharam no que se chamava então de *indústria da cultura*, sobretudo na do audiovisual, nas áreas ligadas à criação e preservação do cânone, que no entanto expressava os rígidos padrões humanos de beleza estabelecidos na época. Uma das primeiras linhagens célebres foi a das Mulheres com Rabo, exímias narradoras que, ao que parece, descendiam de fêmeas humanas que usavam determinada marca de tintura de cabelo.

A guerra começou quando os evolucionaristas, que estavam no poder no planeta, desenvolveram e disseminaram remédios para reumanizar as novas linhagens ou impedir seu nascimento. Esses remédios fizeram efeito contrário ao esperado e alguns deles inclusive provocaram o nascimento de mais pós-humanos. Os hibridistas então se autodenominaram representantes das novas estirpes, das novas ideias e dos novos tempos. Os evolucionaristas, por sua vez, se tornaram fundamentalistas e iniciaram uma perseguição a todos os que chamavam de *impuros*, ou seja, aqueles que não apresentavam os padrões de simetria e beleza determinados pelo cânone.

Além de milhares de pós-humanos, nas primeiras investidas os evolucionaristas buscaram eliminar várias outras espécies, como os ornitorrincos, os moradores de rua e Os Que Nunca. Os hibridistas revidaram e se dedicaram a caçar modelos, artistas de televisão, cachorros de madame e vendedores de shopping centers. Então se deflagrou a guerra ao longo da qual foram usados todos os tipos de armas e estratégias, mas sobretudo a inteligência e a contrainteligência, com emissão massiva de mensagens e contramensagens. A guerra só terminou quando se tornou impossível discernir os lados do conflito e a quem ou o quê eliminar.

Consumou-se assim a Sexta Extinção.

### A Coisa Perdida

As cinco extinções que haviam ocorrido até então na Terra, no Cambriano, no Ordovociano, no Permiano, no Triássico e no final do Cretáceo, extinguiram uma parte das espécies, deixando a várias outras espaço para se multiplicar e prosperar em inter-relação na cadeia alimentar. Os próprios humanos seriam resultado da expansão dos mamíferos propiciada pelo desaparecimento dos dinossauros na Quinta Extinção. A Sexta Extinção, no entanto, eliminou todas as espécies que existiam no planeta Terra antes do aparecimento dos pós-humanos.

Houve um período intermediário no qual insetos e plantas carnívoras proliferaram, mas uns e outras desapareceram com o fim da luz solar.

Somente sobreviveram à Sexta Extinção algumas estirpes de pós-humanos. Nós, os gobdas, somos seus descendentes. E estamos sós. Nenhuma outra espécie nos faz companhia nem compete pelos recursos. Mesmo tendo herdado características animais e a cultura humana, somos uma nova espécie, diferente de todas as que nos antecederam. Talvez seja esta consciência da nossa diferença o que nos leve a suspeitar de que nos falta alguma coisa, de que alguma coisa se perdeu. Embora tenham sido escritos milhares de tratados a respeito, não chegamos a uma conclusão sobre o que seja, e hoje o assunto está nas mãos do Laboratório de Busca da Coisa Perdida, dirigido por Ix e Nix.

## Limite

Sou da estirpe dos longevos. Atingimos nossa forma adulta por volta dos doze anos e mudamos pouco em nossa, em geral, longa vida. Sou de compleição forte, tenho seios grandes, meço um metro e meio e sou muito ágil. Passo quase todo o tempo pesquisando, escrevendo e editando relatos sobre as Leis que Regem a Nossa Existência. Na verdade muito tempo, pois os longevos quase não dormem. Quando não estou me dedicando a isso, junto-me aos muitos colaboradores de Ix e Nix na busca da Coisa Perdida ou caminho pelas paisagens de Gobda, que de tanto que se renovam parecem nunca mudar. Como todos os gobdas, vivo só. Os gobdas só se relacionam por meio do que produzem e consomem. Gobda é tudo o que há entre nós. Dois gobdas que estão a uma distância finita se aproximando um do outro a uma velocidade constante nunca se encontrarão, pois a velocidade diminuirá pela metade a cada movimento.

**Entropia**

Durante a guerra a palavra *gobda* foi usada tanto por evolucionaristas como por hibridistas para significar *coisa* e *signo*, *realidade* e *simulacro*, além de servir como código para diversas operações estratégicas. No final do conflito, os antigos sistemas de correspondência entre palavras e coisas, bem como as referências de verdade e realidade, haviam sido destruídos, e nunca mais se conseguiu reconstruí-los nem dar forma a novos de maneira satisfatória.

Assim, embora nos dediquemos com afinco a criar, produzir e reproduzir conhecimento; embora desenterremos tempo a tempo textos e imagens do mundo que nos precedeu; embora nos esforcemos para preservar e traduzir cada pensamento, cada sentença, cada ciência, cada Lei que Rege a Nossa Existência; embora nossos instrumentos de medida, observação e previsão hajam atingido a sofisticação máxima, não temos saber nem poder sobre Gobda.

Não temos como descobrir, por exemplo, se o meteorito que vemos se aproximar velozmente se chocará com nosso mundo ou se é uma imagem da época da guerra, que viaja na gobdosfera, ou mesmo de uma criação casual de um dos nossos bilhões de aparelhos de observação, descrição e medida que se reproduzem sem parar. Só a probabilidade descreve o nosso mundo. Temos inúmeros departamentos encarregados de proporcionar os cálculos e cada vez surgem mais arranjos possíveis. O aumento das descrições probabilísticas, no entanto, nos diz apenas que Gobda é um sistema fechado que consome a si próprio.

## A Coisa Perdida

No início o Laboratório de Busca da Coisa Perdida se constituiu como um centro de pesquisas sobre a língua. Como já relatei, o movimento é uma das Leis que Regem a Nossa Existência. Aqui tudo muda, e cada vez mais rápida e perceptivelmente. Assim, em princípio os gobdas utilizam uma mesma língua, resultado da fusão de antigas línguas humanas. Mas o tempo todo criam-se novas palavras ou significados para as existentes, o que faz com que na prática haja uma infinidade de línguas concomitantemente em uso, sem contar os diferentes sistemas de códigos.

A certa altura entendeu-se que A Coisa Perdida não tinha nada que ver com a língua e portanto deveríamos redefinir as funções do Laboratório. Depois de muitas discussões, decidiu-se que sua missão seria buscar o que não existe, segundo Ix, ou o que existe mas ninguém sabe o que é, segundo Nix. As duas coisas, que não são a mesma, constituem A Coisa Perdida.

Ix tem olhos verdes e o aspecto de uma das primeiras linhagens de pós-humanos, aqueles que nasceram sem um ou mais membros. Nix tem olhos azuis e pertence à estirpe dos saltitantes. Como todos os gobdas, Ix e Nix são andróginos. Cada um deles desenvolve tempo após tempo seu método. Nunca concordam. Nunca brigam.

## SEGUNDA PARTE

## Proposições formalmente indecidíveis

Um meteorito, um choque, bum! Essa sequência é perfeitamente lógica segundo uma das Leis que Regem a Nossa Existência: cada acontecimento pode ser totalmente desvinculado do anterior e inclusive modificá-lo totalmente.

Um meteorito, um choque, bum! Essa sequência pode ser uma imagem criada pelos evolucionaristas ou pelos hibridistas com a finalidade de permanecer enquanto haja máquinas ou gobdas para armazená-la e transmiti-la. Pode ser uma hipótese. Ou uma projeção do Gobda Kosmos Park. Ou um erro da narradora, um erro que coloca tudo isso aqui em risco.

Vem vindo na sua trajetória, no seu caminho. Vem vindo em direção a nós, diferente de nós. Que tipo de coisa é?

### Acaso

Alguns já tinham ouvido falar, mas ninguém tinha visto. Desta vez também não deu para ver, cruzou o céu rápido, uma estrela cadente insignificante.

Um meteorito, um choque, bum!

Caiu num descampado e fez um buraco no chão. O movimento começou em seguida. Cercaram a área, o pessoal se aglomerou em volta, vieram jornalistas, rádio, televisão, jornal, internet, vieram os caras da polícia, do Tiro de Guerra, da Universidade e alguns místicos de uma comunidade próxima.

Eu, Ix e Nix fomos correndo para a área da queda. Tratava-se sem dúvida de uma missão para o Laboratório de Busca da Coisa Perdida. Ix e Nix especularam sobre a natureza do fenômeno.

— Qual seria o tamanho dele?

— Dele ou dela? Ouvi dizer que um meteorito é uma estrela cadente.

— Não importa, corpo celeste não tem sexo. É andrógino.

— O que é *andrógino*?

— Garoto burro.

— Andrógino é você.

— Está certo que a gente nunca concorda, mas também não precisamos brigar.

— Por que será que caiu aqui?

— Estava perdido.

— É estranho pensar que alguma coisa esteja perdida no céu. O sol, as estrelas, tudo parece estar lá, dia após dia, sempre no mesmo lugar

— Mas não estão. Li que o espaço está cheio de objetos em trajetórias incertas que podem cair aqui. Até a Terra, dizem, de certa forma anda por aí sem rumo.

— Sem contar os satélites de comunicação, as naves de pesquisa e vai saber mais o quê...

— Talvez não seja um meteorito o que tenha caído, mas um pedaço de alguma nave velha.

— Ainda bem que não caiu na cabeça de ninguém nem em uma casa. Aliás parece que foi algo assim que provocou a extinção dos dinossauros.

— O que é extinção?

— É quando tudo ou quase tudo morre.

— Que coisa mais entediante e feia.

### Entropia

Nos dias seguintes, saíram várias matérias sobre a queda do meteorito, sobre a sua natureza — no caso tratava-se de um bem pequeno e do tipo mais comum, rochoso —, sobre outros corpos celestes que caíram na Terra, inclusive um que recentemente causara uma doença misteriosa no Peru e aquele que há milhões de anos teria provocado a extinção dos dinossauros.

Organizaram-se um festival de música e um concurso de beleza, vencido por uma moça que por causa disso acabou recebendo um convite para ser modelo de uma nova marca de tintura para cabelos. Realizaram-se um congresso de astronomia com a participação de importantes especialistas e um documentário. Inauguraram um portal turístico da cidade e formaram-se comunidades e grupos de discussão na internet.

Foi uma fase boa para a nossa cidade e para o Laboratório de Busca da Coisa Perdida. O nome da cidade, que aliás ninguém sabe ao certo de onde vem ou o que significa — onde já se viu uma cidade se chamar Gobda? —, aparece agora milhares de vezes no Google associado a *meteorito*, *tempo*, *extinção* e outras muitas Leis que Regem a Nossa Existência, bem como a coisas que não existem ou que existem mas ninguém sabe o que são.

### Limite

É uma pena que nos últimos tempos o Gobda Kosmos Park e a videolocadora só tenham comédias românticas, filmes de violência e de pinguins. Porque o que eu gosto mesmo é de ficção científica. O meu preferido é um antigo que se passa no século LVIII. A história é a seguinte: a humanidade foi destruída por uma guerra e só sobreviveram uns seres andróginos, meio bichos, meio gente, meio máquinas, chamados de pós-humanos, que vivem sós em casas-casulos e passam o tempo todo às voltas com uma tal coisa perdida.

# Ausländer

MUSTAFÁ ALI KANSO

**MUSTAFÁ ALI KANSO** nasceu em 1960 em Curitiba (PR). É professor, empresário e autor dos livros *O mesmo sol que rompe os céus* (contos, 2007) e *Proibido ler de gravata* (contos, 2007). Dos prêmios que recebeu destaca-se o do Concurso Nacional de Contos promovido pela revista *Scarium*, com a qual também já colaborou.

— O sigilo é muito importante. Temos que jurar segredo — a expressão de Felipe era solene.

Os outros três se entreolharam segurando a risada. Para Felipe tudo era focado sob a lente de sua famosa paranoia.

Melina tomou a dianteira antes que seus dois comparsas, Túlio e Mendes, colocassem tudo a perder.

— Claro, Felipe. Tem toda razão. Se deixarmos a história vazar não terá o efeito que esperamos. Vamos ficar de bico calado.

— Nem pra família! — ameaçou Felipe com o dedo em riste.

— Nem pra namorada! — emendaram os dois amigos num tom de deboche.

Melina saiu de fininho para não desabar. O riso contido estava corroendo suas bochechas.

A possibilidade de Felipe ter uma namorada era no mínimo nula. A palavra *horrível* cabia em sua descrição como um simples eufemismo.

O jovem de vinte e dois anos tinha uma cabeleira de piaçava que jorrava do alto da cabeça em longos tufos loiros e desgrenhados. Aquela maçaroca de cabelos se esparramava volumosa sobre sua face que de tão esburacada pela acne lembrava um campo lunar. Pesava sobre o enorme nariz de tucano um gigantesco par de óculos de trezentas dioptrias. Só perdia no concurso da cafonice para seu antiquado aparelho ortodôntico que lhe conferia um certo ar de limpa-trilhos. Somado ao glamour de sua aparência adônica, Felipe esbanjava o seu irresistível charme de mula empacada. Não tinha amigos. Tinha eventualmente alguns poucos aliados e muitos desafetos. Sua completa falta de habilidade social não era compensada nem com boas notas na faculdade. Assim, até os nerds o detestavam. Não cursava Física Relativística nem Química Quântica. Estudava Jornalismo e era viciado em ficção científica e quadrinhos. Todos de sua turma brincavam que ele próprio era um furo jornalístico: o desastre do século.

Ironicamente suas notas em todas as disciplinas beiravam a essa tão referida catástrofe, de tal forma que sua participação na equipe iria representar uma inflexão em sua carreira de perdedor, além, é claro, de marcar pontos com Melina.

Essa sim era uma moça e tanto. De visual sereno e meigo carregava algo de Cinderela diluído em meios-tons de Morgana.

Tinha um porte delicado e belo e trazia no rosto uma nítida herança helênica, e assim, feito uma Vênus surreal, desfilava sua plenitude de princesa em gestos suaves e requintadas maneiras. De sua face meiga, desenhada a bico de pena, destacavam-se os lábios carnudos e a vivacidade celeste de seus brilhantes olhos azuis. Tudo desta imensa claridade onírica por onde, em mancheias, a cascata de longos cabelos castanhos emoldurava um irresistível sorriso.

Melina carregava seu séquito por onde ia, constituído por duas figuras carimbadas, a tiracolo, em perene disputa: Túlio e Mendes, dois jovens atletas que transpiravam testosterona e, emparelhando a crítica aristotélica numa versão feminista, ostentavam cabelos muito longos e ideias bem curtas.

Melina já havia trocado beijos com cada um em diferentes ocasiões, mas tudo levava a crer que tê-los em eterna competição era um componente muito importante no caldeirão profuso de sua aparente indecisão.

Combinando sua alegria cativante com um humor inteligente e certeiro ia levando seus pretendentes em banho-maria, escolhendo a fruta que quisesse na hora do lanche, pois afinal, seu pomar estava sempre bem carregado. Daí seu jeito meio tirano que enfeitiçava e lhe conferia aquela meia-luz que, sem dúvida, contribuía para que sua beleza de menina não se tornasse enjoativa.

Foi através dessa habilidade inata de conciliar os contrários que Melina conseguiu, quase que por magia, unir Túlio, Mendes e Felipe num objetivo comum, mesmo constituindo a tríade da rivalidade materializada.

Mais que um trabalho em equipe, era, em essência, um pleno exercício de equilíbrio. Uma prova final de seu fascínio sobre os homens e um triunfo da sua, já hipertrofiada, vaidade de menina.

Reuniram-se, naquela mesma noite, na enorme casa de estilo neoclássico que pertencia ao pai adotivo de Felipe, um bem-sucedido representante comercial de equipamentos fotográficos. O Velho, como Felipe o denominava, era um viúvo de meia-idade, muito forte e entroncado. Como todo vendedor era dotado de um humor singelo e cativante. Seus negócios o obrigavam a viajar com frequência, deixando a casa por conta do rapaz — o próprio desleixo encarnado.

Felipe tinha impregnado, com seu charme, todos os aposentos. Pilhas de lixo se amontoavam pelos cantos: latas velhas, pilhas usadas, fios condutores de todas as bitolas, componentes eletrônicos, livros, revistas técnicas, quadrinhos, restos mortais dos mais diversos equipamentos, desde eletrônicos até fotográficos, passando por monitores de vídeo e amplificadores de áudio.

Essa apoteose tecnológica disputava espaço com carretéis de filmes cinematográficos, que lançavam pelo ar seu fedor acético inconfundível, além de toneladas de fitas de vídeo, transformadores, osciloscópios, filmadoras de todos os modelos e gerações e uma profusão de ferramentas de todos os formatos, cores, tamanhos e sabores. No meio desse caos cibernético destacava-se uma sofisticadíssima ilha de edição de áudio e vídeo, totalmente digital. A joia do curso de comunicação. A razão de todos estarem ali reunidos.

Nessa casa maluca não existia divisão de cômodos, embora existissem paredes. Um visitante deste pesadelo urbano só saberia que estava, por exemplo, em uma cozinha, quando divisasse alguns azulejos descascados por detrás de empoeiradas prateleiras abarrotadas de quinquilharias ou então encontrasse, por acaso, o que restou de um fogão sob uma pilha fantástica de caixas de pizza, algumas vazias e outras contendo carretéis de filmes 16 mm.

Foi naquele paraíso de aranhas e ratos que a equipe traçou sua estratégia.

— Temos todo o equipamento. Basta procedermos à sua instalação sempre na madrugada, para não sermos vistos. Eu conheço o guarda-noturno. Uma boa gorjeta e ele ficará de boca fechada — Felipe cochichava em tom conspirador, visivelmente excitado com a importância de seu papel no projeto.

— Por que estamos cochichando? — brincou Túlio. — Pode ter escuta aqui em sua casa? — disse olhando para todos os lados, simulando suspeita.

Mendes deixou escapar uma meia-risada que foi interrompida a tempo pela ação rápida de Melina.

— Deixem de palhaçada vocês dois.

Felipe continuou, fingindo ignorar a interrupção.

— Cada um sabe o que fazer. Nos encontraremos na faculdade às duas em ponto.

— Vamos usar roupa preta e pintar a cara com graxa? — Túlio não desistia.

— Não precisa. Essa sua fantasia de palhaço serve. — Melina desferiu seu golpe certeiro fazendo referência às cores berrantes da camiseta do surfista.

Mendes desatou a rir, porém logo se calou quando sentiu a bota de Melina acertando sua canela.

Felipe levantou-se rapidamente e sumiu por uma das portas.

— Viu o que vocês fizeram, seus idiotas? — Melina estava furiosa.

Os dois idiotas deram de ombros.

— Comportem-se. Se ele desistir do projeto estamos fritos. Só ele tem esse equipamento.

Ela sabia da fama de suscetível que Felipe conquistara ao longo de muitos projetos que, por fim, abandonara depois de desentendimentos com a equipe. Felipe preferia ser antipático a tornar-se a piada do grupo.

Para surpresa de todos Felipe retornou, logo em seguida, trazendo duas caixas de pizza, latinhas de cerveja e uma garrafa de vodca.

— Vamos fazer uma pausa para o lanche.

Melina assentiu com alívio quando observou a expressão bem-humorada de Felipe.

— Para você, Túlio, algo especial.

Expondo seu aparelho ortodôntico em algo que lembrava um sorriso, Felipe jogou sobre a mesa uma latinha de graxa de sapato. A piada foi tão bem-orquestrada que até Túlio riu.

Parecia que por detrás daquela feia armadura Felipe escondia um coração. Melina, curiosa, o observou atentamente enquanto ele ia e vinha trazendo copos e guardanapos. O sujeito era uma incógnita. Por que não tinha amigos?

Por diversas vezes parecia ser tão sociável e demonstrava um humor sagaz, até mesmo com aqueles dois idiotas que o esnobavam o tempo todo.

Percebia nele uma certa satisfação em participar da equipe e de recebê-los em sua casa. Mais que isso, uma genuína alegria em fazer parte do grupo. Sua reclusão não parecia um caso de pura misantropia. Percebeu, então, que o jovem não recebera, em todos aqueles anos de faculdade, nenhuma oportunidade de socializar-se. Nesse mundo superficial, que valorizava em demasia a beleza física e o status financeiro, não existia lugar para pessoas como Felipe. Mesmo ela aproximara-se dele por puro interesse. Como parte de um projeto. Ele era um simples peão em seu tabuleiro.

Esse pensamento fez seus belos olhos azuis brilharem no orvalho de uma mirrada lágrima, que quis nascer, mas foi rapidamente abortada.

Estaria ela revelando também um pouco de sua humanidade?

Neste instante seu olhar se cruzou com o de Felipe. Ela disfarçou o embaraço e levantou-se perguntando pelo banheiro.

Felipe, intrigado, acompanhou a moça até o corredor.

— Tudo bem com você Melina?

— Tudo. Acho que minha lente de contato saiu do lugar.

Fingindo acreditar na versão da moça, Felipe indicou-lhe o caminho do banheiro e retornou, não sem antes observá-la atentamente. Um projeto de esperança quis nascer, feito uma pequena chama. Porém, calejado, soterrou aquele gérmen de calor na aridez confortável de sua indiferença glacial, despejando por segurança mais uma tonelada de cinzas, produto de todos os sonhos que há muito se esvaíram, e foi ter com os outros dois, para afogar-se em mais uma latinha de cerveja.

Quando Melina retornava do banheiro viu um quarto fechado. Tinha uma placa com os dizeres: "Afaste-se, gênio trabalhando."

Seria o atavismo de um tempo em que aquela casa abrigava uma família?

Abriu a porta e acendeu a luz. Era o quarto de Felipe.

Assim, como os demais cômodos da casa, estava entulhado até a porta; porém dava para entender que aquele ninho, estranhamente aconchegante, era uma cama e aquela apoteose figurativa na parede poderia muito bem ser um painel fotográfico.

Curiosa, aproximou-se.

Cobrindo completamente duas paredes, competiam entre si centenas de fotografias em preto e branco. Flagrantes da vida cotidiana da faculdade distribuídos aleatoriamente numa mistura de sorrisos, gestos e vivências.

O motivo principal era sempre o mesmo: a pessoa.

Era um painel descritivo muito bem fotografado, com instantâneos colhidos com muita arte, onde a mesma luz usada para construir a atmosfera expressava os sentimentos de quem estava por detrás da câmera.

Numa foto via-se um sorriso de um calouro iluminado pelo reflexo do vidro do edital onde figurava seu nome na lista de aprovados. Em outra, amigos se abraçavam efusivamente. Um guarda-chuva preto contrastava a roupa branca de quatro estudantes de medicina que se espremiam no reduzido espaço de sua aparente proteção. E assim, cada foto revelava, com uma eloquência assustadora, uma história inteira, uma homenagem à vitalidade humana.

Comoveu-se ao ver, entre tantos instantâneos magistralmente fotografados, também fotos suas, em uma sequência belíssima, em ordem cronológica, desde o seu ingresso no curso até a antevéspera de sua reunião com a equipe. Constituía um breve relato de sua passagem pela faculdade.

Virou-se quando Felipe entrou no quarto. Flagrada em novo delito, pela primeira vez Melina não sabia o que dizer.

— Achou meu esconderijo? — perguntou Felipe, sorridente. — Aqui está documentada a vida de todo o campus nos últimos quatro anos — disse, fazendo um gesto amplo com as mãos. — Eu tirei estes instantâneos sem que ninguém percebesse. Nem você! Mais adiante estão fotos suas.

Fitando-a com ar divertido, continuou, irônico:

— Existe alguma vantagem em ser ignorado pelas pessoas. Você fica praticamente invisível.

— São belíssimas.

— Eu sei! — assentiu sorrindo. — Quando me procurou com a ideia do trabalho em equipe eu fiquei encantado e ao mesmo tempo surpreso.

— Verdade? Por quê?

— Tive a mesma ideia que você. Queria fazer um documentário do *sistema sombra* da universidade. — Tudo o que as pessoas são e não conseguem perceber.

Olhando para um ponto além das fotos sua expressão se modificou como se uma luz iluminasse repentinamente seu olhar.

— Todo ser humano é fragmentado em quatro porções. Uma primeira parte que é pública e que todos conseguem perceber. Uma outra que é íntima e o indivíduo revela apenas para si. A terceira porção é desconcertante, pois o próprio portador não sabe que existe, embora todos ao seu redor a percebam. E, por fim, a última fração da alma, a mais interessante. Aquela que ninguém conhece. Nem mesmo o indivíduo. É o ser que se oculta nas sombras. É isto que eu procuro revelar.

Olhando novamente para Melina, continuou:

— Logo depois você me procurou com essa ideia de fazer um documentário em vídeo. Enfim esse nosso projeto maluco: escondermos as câmeras em locais estratégicos, como elevadores, cantinas, salas de aula e então colher flagrantes para revelar o que está oculto em cada um. Sem querer, nós dois concebemos, de forma independente, o mesmo projeto.

— Realmente é muita coincidência! — disse bebendo da latinha que Felipe lhe ofereceu.

— O que é realmente maravilhoso é que vamos somar nossas ideias. Eu posso utilizar estas fotos na ilha de edição e compor com as imagens que colheremos este ano com nossas câmeras ocultas. Teremos então o melhor documentário do gênero.

Seus olhares se entrecruzaram mais uma vez e suas respirações ficaram suspensas como que numa estase.

Felipe gelou até a medula quando aqueles belos olhos azuis esquadrinharam sua alma. No íntimo sabia que aquele olhar celeste se transformaria rapidamente em seu inferno particular.

Sim, este era o verdadeiro inferno dos homens. Ter consciência que o paraíso existia, porém, que lhe seria sempre inexoravelmente negado.

Felipe era cruamente realista. Sabia que na vida real os sujeitos feios jamais ficavam com as moças bonitas. Depois, tinha testemunhado pessoalmente o que Melina fazia diariamente com Túlio e Mendes e com todos os rapazes que ficavam ao alcance de suas bem-pintadas garras.

Felipe tinha agora o coração tão carregado com o pesado lastro da indiferença que não poderia voar alto nem em seus mais doces sonhos. Aquele olhar seria como o céu de Ícaro que o tragaria por inteiro.

Bem ciente de quem ele era, deu disfarçadamente um passo para trás, ocultando sua tristeza na penumbra do corredor.

Ícaro abandonava as alturas buscando a singeleza do solo, entre os seres rastejantes, seus iguais. Já estava farto de sonhar. Que o céu permanecesse inacessível aos mortais.

Saiu displicentemente, porém no íntimo arrasado pela expressão de alívio que, aparentemente, pôde colher do rosto da moça, ante sua súbita retirada. No fundo do peito machucado a última chama tênue se extinguiu restando, paradoxalmente, outra tonelada de cinzas.

Nas semanas que se seguiram, de forma dramática e quixotesca, esgueirando-se pelas madrugadas, instalaram as câmeras ocultas pelo campus. Como utilizaram tecnologia digital conseguiram ocultar oito minicâmeras em pontos estratégicos. Usaram os eletrodutos do sistema de segurança de cada prédio para interligar o equipamento ao centro de operações que era o próprio laboratório de multimídia da Universidade.

Felipe era aluno-monitor do centro, e como tinha acesso a todos os setores, conseguiu passar cabos adicionais pelos eletrodutos, mesmo durante o dia, e instalar nos equipamentos do laboratório diversos discos rígidos portáteis para colher as imagens em grande resolução. A instalação se deu em três meses e quando entraram em operação fizeram outra festa na casa de Felipe.

Nessa oportunidade, ele viveu uma situação que preferiu rapidamente esquecer. Túlio e Melina saíram para o pátio e ficaram sozinhos na penumbra por um tempo que pareceu uma eternidade. Mendes, bêbado, capotou sobre os restos mortais de um sofá, deixando Felipe entregue aos seus mais ferozes pensamentos.

No final da noitada, depois que todos se retiraram, Felipe percebeu, ante seu próprio sofrimento, que sua armadura estava sendo paulatinamente destruída.

Numa reação a estes acontecimentos decidiu entregar-se de corpo e alma ao trabalho. Diariamente colhia terabytes de informações que depois peneirava em sua ilha de edição. Fazia periodicamente o revezamento dos discos rígidos com disciplina militar.

Fez um esforço sobre-humano para não dirigir mais o olhar para Melina e também restringir ao mínimo o contato com o grupo. Realizava, assim, todas as tarefas técnicas, deixando que os três redigissem o trabalho escrito. Procurava, mais uma vez, o isolamento e a invisibilidade como bálsamos para suas feridas recém-abertas.

Nas semanas seguintes Túlio e Mendes orquestraram o início de uma grande crise: compraram, sem o conhecimento da equipe, mais cinco minicâmeras com o objetivo de monitorar os banheiros mais remotos do campus.

Corria o boato de que ali acontecia o pior. Os dois queriam cenas de drogas e, mais que tudo, cenas de sexo.

Foi difícil convencer Felipe daquela empreitada. O jovem percebia uma deturpação da ideia geral do projeto, que já queria descambar para a pornografia. Além do mais, invasão de privacidade era prevista no código penal.

Foi a única vez que ele e Melina se desentenderam. A moça estava tão irritada pela aparente indiferença de Felipe que descontrolou-se num destempero inédito. Coisa que contrastou com sua habitual atitude tão comedida e conciliatória. Melina deixara cair por alguns instantes sua máscara, porém Felipe não foi capaz de perceber. Consumia-se num esforço sem precedentes para sustentar a sua. Depois de um bate-boca acalorado, por fim ele cedeu, arrancando de Melina a promessa de que cortariam na edição final todo o material de mau gosto ou que pudesse denegrir o bom conceito da equipe.

Melina surpreendeu-se com a energia de Felipe, admirando secretamente sua integridade e sua retidão, ao mesmo tempo que não se conformava com a ousadia do rapaz em resistir aos seus encantos, coisa que ela considerava uma afronta.

Foi exatamente a partir desse episódio que eles comprovaram a máxima nietzschiana ao tentar olhar levianamente para dentro do abismo. Aparentemente uma das câmeras ocultas colheria um material insólito.

Na sexta-feira que se seguiu à instalação dos novos equipamentos Felipe convocou uma *reunião emergencial*. Deixou pelo menos uma dúzia de recados em diferentes locais, sem contar as dezenas de telefonemas que o grupo insistia em não atender.

Conheciam o estilo dramático do jovem, com seus ferozes dragões voadores.

No entanto ao perceberem que o jovem não desistiria tão facilmente da convocação, renderam-se, chegando à casa de Felipe já no início da noite.

Foram recebidos com uma descompostura muito severa e nem Túlio revidou com suas gracinhas. Não teve coragem. Felipe estava armado.

Sobre a mesa da ilha de edição destacava-se uma enorme pistola semiautomática, provavelmente do pai de Felipe, e várias caixas de munição.

— Não falem nada. Não digam uma palavra que a coisa é muito séria.

— O que está acontecendo, Felipe? Ficou louco? Você pode ferir alguém — disse Melina, preocupada.

No estilo paranoico, que era uma de suas características, trancou ostensivamente a porta assim que o último do grupo entrou.

Olhou demoradamente pelas frestas das cortinas, certificando-se de que não foram seguidos, e virando-se, emendou em tom sorumbático:

— Antes de tirarem conclusões sentem aí, fechem a boca e vejam isto.

O grupo que nunca vira o rapaz em tamanho sobressalto, acatou as ordens sem mais protestos. Afinal, a pesada arma sobre a mesa também contribuía com sua irrefutável eloquência.

Felipe ligou os monitores da ilha de edição e deixou rodar um dos vídeos colhidos. Todos reconheceram as imagens do banheiro masculino mais remoto do campus. A minicâmera tinha sido instalada no espaço de um tijolo, que fora removido, e depois ocultada com um espelho de face transparente.

À medida que o vídeo foi rodando, um silêncio arrasador abateu-se sobre eles. O que viram no vídeo parecia ter sido escrito por algum roteirista de ficção científica.

Um jovem estudante, que lhes era vagamente familiar, entrou no banheiro. Checou todo o recinto para ver se estava sozinho. Trancou a porta. Abriu sua mala da faculdade e retirou um estojo metálico prateado, de aparência comum, o qual depositou sobre a pia.

Removeu uma bandagem da face esquerda revelando uma ulceração terrível. Parecia uma queimadura provocada por ácido. Um rasgo lateral mostrava filamentos do feixe muscular todo corroído, expondo uma base azul esverdeada escura de aspecto repugnante.

O jovem estudante examinou o ferimento por alguns instantes e depois retirou do estojo metálico um aparelho que lembrava uma pequena perfuratriz. Acoplou no aparelho o que parecia ser uma agulha bem longa e fina. Deveria ter uns dez ou doze centímetros de comprimento.

Sem hesitar, sempre se mirando no espelho, o jovem introduziu a agulha na cavidade ocular esquerda, rente ao nariz. Quando a agulha penetrou cerca de um terço de seu comprimento, desconectou o aparelho. Repetiu o procedimento no outro olho.

Retirou do estojo metálico o que parecia ser uma fonte de alimentação e um par de condutores elétricos. Conectou ambos os cabos na fonte e depois nas agulhas. Acionou a fonte através de movimentos rápidos dos dedos sobre o teclado do aparelho.

Sua face sofreu um processo de desfiguração iniciando-se pela ulceração, que foi aumentando de tamanho até que as feições desapareceram completamente, tragadas pela ferida, num processo que recordava a volatilização de algum líquido. Nem uma gota de sangue derramou-se das ulcerações, que avançaram até consumir toda a face. Por fim, os dois globos oculares caíram sobre a pia, revelando feições de um ser que definitivamente não era humano.

A pele de uma cor cinza esverdeada revelava alguns reflexos azul-claros quando a luz incidia em ângulo. No lugar da boca uma simples fenda. No lugar do nariz apenas dois pequenos furos. Os verdadeiros olhos quase ovoides estavam cravados em órbitas profundas e tinha pupilas grandes e negras.

A criatura abriu novamente o estojo e retirou duas esferas moles e transparentes, do tamanho de um punho fechado. Fixou-as aos terminais das agulhas. Com movimentos dos dedos no teclado, novamente o aparelho foi acionado, fazendo com que as esferas derretessem e rapidamente se transformassem em músculos, e depois em pele criando as feições de um outro jovem. Pegou os dois globos oculares de dentro da pia e, depois de lavá-los meticulosamente, recolocou-os de volta às suas órbitas, com muito cuidado. Retirou ambas as agulhas da face recolocando-as novamente no estojo. Fez o mesmo com o aparelho e os condutores. Quando ia se retirar, aproximou-se do espelho para verificar a posição onde outrora tinha um ferimento. Foi aí que, de alguma forma, a criatura percebeu que existia uma câmera oculta por detrás do espelho. Em pânico a criatura quebrou o vidro, com vários golpes secos, usando a lata de lixo, e a última coisa que se viu no vídeo foi sua mão arrancando a câmera de seu nicho da parede.

Todos ficaram estupefatos.

O que se seguiu foi uma grande discussão com trocas de acusações e ataques de histeria de todos. O medo estava estampado em suas faces.

Túlio andou pela sala, de um lado para o outro, desconsolado e, por fim, ainda não acreditando no que viu, atacou seu alvo preferido.

— Felipe, se isso for uma armação sua... — pensou em avançar, no entanto recordou-se da arma sobre a mesa e recuou.

Melina, mesmo em pânico, conseguiu intervir.

— Gente, é sério! Não existe a menor possibilidade de que seja uma montagem. Por mais competente que o Felipe seja na ilha de edição, uma trucagem assim custaria uma fortuna. Nenhum de nós dispõe de dinheiro para gastar com trotes. Esse vídeo tem tudo para ser legítimo. Aquela coisa, seja o que for, não é humana. E o pior de tudo... — seu corpo estremeceu ao falar. — Ela sabe que foi filmada. Não vai demorar muito para chegar até nós. Estamos todos em perigo. Temos que pensar em algo.

— Melina tem razão — completou Felipe com voz dramática, enquanto espiava, mais uma vez, pelas frestas das cortinas. — Eu vi e revi o vídeo várias vezes procurando uma possibilidade de fraude. É autêntico. Não sou especialista, mas uma trucagem dessas, com tal realismo, só é possível em Hollywood — completou, enquanto retirava do freezer uma garrafa de vodca.

— Que criatura é essa afinal? — indagou Mendes, ainda incrédulo.

— É um ausländer — disse Felipe, como que saindo de um transe.

— Um o quê? — perguntou Túlio, alvoroçado.

Felipe serviu-se de um copo de vodca, cheio até a borda, e ofereceu outro igualmente bem servido ao grupo, o qual foi imediatamente esvaziado. Logo a garrafa circulava desinibida, enquanto, num tom entre o drama e o didatismo, Felipe continuou:

— Um ausländer. O termo é alemão. Significa, literalmente, *estrangeiro*. Pode ser empregado como gíria para alienígena — disse, estendendo algumas folhas de um material retirado da internet.

— Parece que eles usam uma espécie de bioarmadura cujo crescimento é acelerado por campos eletromagnéticos. Dessa forma eles estão ao mesmo tempo disfarçados e adaptados à nossa atmosfera.

O material passou de mão em mão e puderam ler alguns relatos da aparição de criaturas como aquela em algumas partes do mundo em diferentes épocas.

Num dos tópicos lia-se em destaque a manchete *Eles estão entre nós?* Em outro, retratos falados de criaturas similares.

Um outro artigo apresentava extensa descrição sobre a tal bioarmadura. Melina começou a ler alguns trechos em voz alta:

— "Um invólucro feito com células embrionárias que ao serem eletricamente estimuladas crescem rapidamente (...)".

— "Algumas pesquisas apontam para eletroestimulação do crescimento ósseo que ocorre em questão de dias, porém como um ausländer muda de aparência em questão de minutos, essa tecnologia desafia todos os conhecimentos atuais da biônica (...)".

Um novo silêncio se fez. Cada um estava ruminando as últimas informações. Se fosse um trote, seria uma obra de gênio. E se fosse verdade?

Quando a linha tênue que separa a realidade da ficção é rompida, alguma coisa muito peculiar acontece com a psicologia humana. Todo o sistema construído por conhecimentos, crenças e preconceitos, que fundamenta a tomada da realidade, cai por terra e o indivíduo sofre um tipo de dissociação de conduta. Alienígenas, fadas e duendes fazem parte do mundo imaginário. Não existem. Todos, naquela sala, estavam acostumados a rir de histórias de abduções. No entanto, os invasores alienígenas tentavam, naquele momento, escapar do universo dos seriados de TV e ganhar corpo como uma ameaça real às suas vidas.

Uma sensação de que tudo aquilo era um sonho começou a dominar cada um do grupo. Uma espécie de amortecimento que foi potencializado pelo efeito da vodca.

Felipe era o único do grupo que ainda conseguia esboçar alguma reação. Fora o primeiro a receber o choque. Enquanto aguardava pelos colegas, assistira ao vídeo tantas vezes, que já era capaz de recitar de memória cada passo tomado pelo dito ausländer em sua tentativa de recuperar o seu disfarce.

Não acreditara no que vira da primeira vez. Sua primeira reação fora a de ceticismo. Fez a pesquisa na internet e então repassou o vídeo repetidamente, com a esperança de desmascarar a fraude. Por fim acabou se convencendo de que era autêntico. A criatura realmente existia e talvez estivesse, naquele exato momento, tentando localizá-los. Melina tinha razão. Dispunham de pouco tempo e todos corriam um sério risco.

Quando saiu de seu devaneio, pôde ver como Melina se confortava nos braços de Túlio e de Mendes, numa ostensiva demonstração de camaradagem, que tornava evidente coisas que só eram, até então, insinuadas. Ao observar a cena, Felipe convenceu-se de que nunca fizera, realmente, parte daquele grupo. Queriam apenas seu equipamento. E se viesse acoplado a um idiota capaz de operá-lo, melhor ainda. Consequentemente, graças à irresponsabilidade daqueles trêsególatras, ele estava com seu futuro irremediavelmente comprometido. "Por que invadir a vida dos outros assim?", perguntou-se.

Felipe queria produzir um vídeo com a mesma pureza de suas fotos. Algo inocente e belo. Queria mostrar que, no fundo, todos os seres humanos possuem algo de bom. Ironicamente, havia conseguido apenas revelar o monstro que se ocultava sob a máscara humana.

Deu de ombros. O importante, naquele momento, era encontrar uma saída.

Repentinamente lhe ocorreu algo. Sem se conter, despejou sobre os colegas suas ideias mal-acabadas.

— Acho que tenho a solução. Vamos destruir todas as evidências que possam guiar o ausländer até nós. As câmeras que estão nos banheiros remotos usam tecnologia wire less, logo ninguém conseguirá rastreá-las até a central de operações.

— Fale em linguagem de gente — disse Túlio irritado.

— Micro-ondas — respondeu Felipe. — As câmeras remotas se comunicam com a central por meio de micro-ondas. Como em uma emissora de tevê. Não há cabos ligando a filmadora até a sala de operações.

A cor começava a voltar paulatinamente às feições dos três jovens.

— Amanhã bem cedo vou remover todos os discos rígidos e todas as conexões das câmeras ocultas, assim, aquela criatura nunca descobrirá que fomos nós os responsáveis pelas imagens. Vamos criar um outro projeto para a escola e esqueceremos a história toda. Ninguém mais sabe dos nossos planos. Existem cerca de seis mil alunos no campus. É impossível para alguém nos localizar. Estamos protegidos pelo sigilo que juramos.

— Por que amanhã? Vamos agora mesmo retirar os cabos. O quanto antes nos livrarmos, melhor — Túlio já estava retornando à sua arrogância natural.

— Não. A criatura sabe que foi flagrada. Provavelmente, neste exato momento, ela está lá fora, vigiando o campus para observar qualquer movimento suspeito. Se formos agora, com certeza nos pegará. Temos que agir naturalmente. Amanhã cumprirei meu turno no laboratório e sem levantar suspeitas apagarei todas as nossas pegadas. — Disse enquanto sacava do freezer outra garrafa de vodca.

— Eu não vou voltar para o campus. E se eu der de cara com aquela coisa? — disse Melina com a voz ainda embargada, servindo-se de outra dose generosa.

— Ninguém deve fazer nada que levante suspeitas. Lembrem-se que o ausländer pode mudar de aparência e potencialmente pode até se transformar em um de nós. Leiam os artigos que lhes passei. Vejam, por exemplo, essa reportagem — disse com veemência, enquanto sacudia o calhamaço de folhas impressas, que extraíra da internet.

— Veja o caso dessa mulher que ficou casada com um ausländer durante anos, sem notar nenhuma diferença. Ou dessa família cujo filho mais novo foi substituído. Assim, recomendo: vamos prosseguir com nossas vidas como se nada tivesse acontecido. Qualquer mudança de rotina de um do grupo colocará o restante em perigo.

— Cara! Você tem sangue de barata? — explodiu Mendes, completamente contaminado com a agressividade de Túlio. — Que coisa estúpida! Como vamos prosseguir com nossas vidas? Só de pensar em voltar para campus, com esta coisa solta por aí, eu tenho calafrios.

— Qual é a sua ideia, Mendes? Botar o rabo entre as pernas e fugir, é isso? Vai fugir para onde? Você tem uma família, cara! Vai dizer o quê? Vai contar tudo para eles? Vai colocá-los em perigo também? Ou vai dar a oportunidade de o enfiarem numa camisa de força? E, além do mais, vai fugir para onde? Com que dinheiro? Vai conseguir romper todos os elos que o unem a essa cidade?

Felipe respirou fundo para depois continuar:

— Entendam uma coisa: todos vocês estão na mesma situação. São populares. Se faltarem, um só dia de aula, todos começarão a perguntar por vocês.

— Inventaremos uma história. Diremos que estamos doentes — emendou Melina

— Que oportuno. O ausländer é flagrado sem o seu disfarce e os três ficam doentes ao mesmo tempo. Como vocês são ingênuos! O único que pode fugir aqui sou eu. Não sou popular. Sou o esquisito do curso. O desastre ambulante. Lembram? Se eu faltar um mês de aulas, ninguém sentirá falta. Eu fotografei todos vocês durante quatro anos e nenhum de vocês percebeu. Por quê? Por que eu sou invisível. No entanto, eu prefiro ficar. Sei que todos nós seremos vigiados e qualquer mudança na nossa conduta será como assinar um atestado de culpa. Amanhã vou levantar cedo, como sempre. Irei ao campus e levarei minha câmera fotográfica. Fotografarei todos no intervalo, como sempre faço. Basta seguirmos a rotina pelos próximos meses e, pronto, terminaremos o curso. Mas vejam bem, se vocês três decidirem que o melhor é fugir, tudo bem para vocês, mas eu não fugirei — disse enquanto olhava mais uma vez pelas frestas das cortinas, só para confirmar a impressão de ter ouvido algum barulho.

— Não dará certo. Esqueça. Temos que pedir ajuda para as autoridades — Mendes olhou de forma incriminadora para Túlio.

— Mendes, cale-se. Não fale nada — disse Túlio, com agressividade.

— A ideia de colocar câmeras no banheiro foi sua — continuou Mendes. — E não conseguiu ficar com o bico calado.

— O quê? — Felipe apanhou sua arma de sobre a mesa. — O que você fez? — Túlio recuou mais uma vez.

— Este idiota não manteve sigilo sobre as câmeras — emendou Melina colocando-se sabiamente entre os dois.

— Estamos todos fritos — sentenciou Mendes.

— Eu só contei para alguns camaradas. Caso rolasse alguma coisa, que eles evitassem aqueles banheiros... — Túlio tentou se defender, mas agora quem estava no ataque era Felipe, que brandia sua arma.

— Seu estúpido. Eu pedi tantas vezes para guardar sigilo...

A fúria de Felipe foi interrompida pelos ruídos que vinham da porta dos fundos.

Todos se encolheram atrás de Felipe, que avançou teatralmente com a arma em punho.

— Quem é?

Um barulho de chaves acompanhado pelo movimento da maçaneta.

— Quem é?

Todos prenderam a respiração. Parecia um pesadelo.

Felipe correu para a copa desligando todas as luzes pelo caminho, ficando escondido entre as caixas de cacarecos. Os outros três ficaram na sala, paralisados de medo.

A porta da cozinha girou sobre as dobradiças e Felipe, escondido na copa, apontava a arma, toscamente sustentada em sua mão suada e trêmula.

— Pare, senão eu atiro! — disse entre os dentes enquanto espremia o gatilho.

Um tiro ecoou pela casa deixando-os com um forte zumbido nos ouvidos. Felizmente ele errou e antes que desferisse o segundo tiro, pôde reconhecer o olhar de seu pai, surpreso ante aquela emboscada.

Seu pai sempre chegava sem avisar e isso nunca tinha incomodado aos dois, até aquele momento.

— Por Deus, Felipe! — gritou o Velho. — Largue isso! Você quase me matou! Está louco, homem?

Felipe correu para o pai num misto de alívio e pânico, certificando-se de que ele não estava ferido. Todos começaram a falar ao mesmo tempo, numa confusão sem igual, e não perceberam que a porta dos fundos ficou destrancada.

Depois de todas as explicações, o pai de Felipe quis ver o material gravado. O Velho assistiu ao vídeo com o ceticismo comum às pessoas mais experientes. Depois ouviu pacientemente toda a argumentação dos jovens enquanto descongelava uma pizza. Deixou que o grupo expusesse todos os seus temores e suspeitas enquanto se banqueteava com pizza e cerveja. Por fim, afirmou categórico que aquilo tudo não passava de uma farsa.

— Em todo caso, eu conheço um time de ufólogos de prestígio para quem forneço equipamento fotográfico, incluindo os célebres professores Karl Axt e Andrey Mouton, que são grandes amigos. Vou levar uma cópia do material gravado para que ambos analisem. Mas, desde já, fiquem de sobreaviso. Com certeza é uma fraude. O vídeo tem algo de Hollywood — com ar de censura, virou-se para o filho.

— Muito me admira você cair numa brincadeira dessas. Você bem sabe que, hoje, todo o tipo de trucagem é possível de se fazer com o uso dos computadores. E tem mais, esse jovem do vídeo, o tal ausländer que vocês dizem, é vagamente familiar. É bem provável que seja um ator. Esse trecho, onde o ausländer reconstrói, sua bioarmadura bem poderia ter sido retirada de algum filme de ficção científica que ainda não estreou por aqui. Alguém viu o filme pirateado na internet, soube da câmara instalada e teve a ideia. Fez um tratamento numa ilha de edição para que ficasse parecido com o material bruto e depois enxertou no meio do material verdadeiro. Pronto. Pregou uma peça em vocês.

Todos ficaram parados, pensativos, olhando ora para Felipe ora para seu pai.

O Velho, em tom repreensivo continuou seu ataque:

— Esqueçam essa besteira de ausländer, que é papo da internet. Se vocês fizerem uma busca encontrarão milhares de sites com baboseiras similares. Aposto que o pessoal que fez a brincadeira deve estar agora se arrebentando de tanto rir. Essa história de invasores é ficção. Vão para casa. Durmam um pouco e descobrirão que tudo isso é uma peça que estão lhe pregando, somado à imaginação de vocês e muita bebida. Felipe é sempre um tanto dramático em tudo que faz, não é mesmo?

"De fato Felipe era evidentemente paranoico e muitos dos amigos de Túlio tinham dinheiro e oportunidade para pregar uma peça tão elaborada assim", pensaram todos ao mesmo tempo.

"Ausländer, que ridículo!", foi o consenso.

Como catarse, foram-se embora.

Túlio e Mendes deixaram Melina em casa e depois cada qual tomou o seu caminho.

Felipe ficou remoendo os últimos acontecimentos, bastante perturbado por ter colocado em risco a vida de seu pai. Ficou reprisando mentalmente aquela cena em que o pai entrava e por pouco não era alvejado a curta distância.

A curta distância? Um calafrio correu pela espinha.

Ele não poderia ter errado daquela distância. Mesmo sem ter feito curso de tiro. E se aquele homem não fosse seu pai? Se um ausländer pode moldar uma face usando um simples aparelho de bolso, poderia moldar qualquer corpo. Tinha visto isto nas reprises do bom e velho *Arquivo X*. Aquelas criaturas repugnantes, os grays, mudavam de forma como queriam...

"Que bobagem...", pensou, sentindo um pouco de vergonha. Será que ele estava sendo dominado pela paranoia e pelos pensamentos que extraíra dos filmes que assistira?

Mas mesmo assim, disfarçadamente, foi até a cozinha para ver se achava algum respingo de sangue, ou algo parecido. Deu com seu pai retornando da cozinha com um esfregão nas mãos.

"Muito suspeito", pensou. "Por que estaria limpando a cozinha numa hora dessas?"

Como se lesse os pensamentos do filho, o Velho o repreendeu severamente:

— Pare com essa paranoia. Eu não sou um ausländer. Só estou tentando tornar o meu quarto habitável para qualquer ser dessa galáxia — e emendou sarcástico: — Vim em paz, ó terráqueo feioso.

Ao perceber o ar perturbado do filho, o velho mudou para seu costumeiro tom jocoso.

— Veja como a vida é injusta. Você tem esta cara de quem foi virado pelo avesso e fica aí me olhando como se eu fosse um extraterrestre — disse gargalhando, enquanto se trancava em seu quarto.

Com este golpe baixo o velho dissipou a maioria das suspeitas de Felipe.

Só mesmo um parente para ofender assim em cheio, com tanta pontaria e sem nenhuma piedade.

Serviu-se de mais vodca e enfiou-se em seu quarto. Apesar do medo latente da abdução, dormiu como uma pedra.

Acordou com o som do Pink Floyd. Seu pai havia colocado *Comfortably numb* no último volume a título de despertador. Não era a preferida de seu velho, pensou, mas com certeza era mais uma de suas terríveis piadas.

Felipe se recordou da noite anterior e do papelão que fizera. Com a cabeça latejando reduziu o volume do som e arrastou-se até o banheiro.

Seu pai estava na suposta cozinha, bem-humorado como sempre. Tinha feito café e estava se preparando para viajar de novo.

Quando saiu do banheiro Felipe viu a mala de seu pai aberta sobre a cama. Uma pontada no peito pontificou o brilho de uma caixa metálica prateada, um tanto surrada, destacando-se entre as roupas.

Com o coração aos pulos, como em um pesadelo, caminhou lentamente da sala até o quarto. Sentia-se com grandes sapatos de chumbo. Abriu a caixa metálica, com um medo desesperado do que ia encontrar.

Para seu alívio, não encontrou o aparelho estimulador da bioarmadura intergaláctica.

A caixa continha quatro cartões de visita e um pequeno bilhete com a letra de seu pai: "Felipe. Você precisa parar com esta paranoia. Esses cartões talvez possam ajudar." Logo embaixo, em letras bem desenhadas: "Assinado: O ausländer que tomou o corpo de seu pai." Em seguida pôde ler: "P.S: Mas mesmo assim esse ausländer te ama. Cuide-se bem. Qualquer coisa me ligue."

Um dos cartões tinha uma agenda dos locais e horários em que poderia encontrar o seu pai, e nos outros, os telefones dos ufólogos Dr. Karl Axt e Andrey Mouton e de um psiquiatra. Nesse último cartão Felipe pôde ler uma observação escrita com a letra de seu pai: "Caso fique piradão", seguida de uma garatuja do smile com três olhos, feita com caneta tinteiro.

Felipe ficou irritado. O que era mais humilhante? O fato de ser assim tão previsível ou o humor negro de seu pai que jamais lhe dava trégua.

Ao chegar à mesa do café com o bilhete e os cartões, o Velho o encarou com aquele seu jeito cínico, esboçando um meio-sorriso:

— Vou levar a minha arma dessa vez. Não quero você atirando em ninguém. Viu, terráqueo?

— Você acha mesmo que o vídeo é uma fraude?

— Claro. E se não for, qual o problema? Se alguma criatura dessas vive por aqui, disfarçada, por que ofereceria perigo? Alguém morreu de forma sinistra no campus nesses últimos anos?

— Não. Mas o vídeo é uma prova de que eles existem.

— Que prova? Vamos supor que realmente vocês filmaram um ausländer. Quem vai acreditar nisso? A polícia vai rir na sua cara. Isso, se não correr o risco de ser trancafiado em algum manicômio. O máximo que poderá fazer é levar o filme para os meus amigos Axt e Mouton. Vamos imaginar que depois de exaustivos testes eles vão chegar à conclusão de que o filme é autêntico. Qual o próximo passo? Publicar na internet. E daí? Será mais um artigo em meio a milhares de artigos parecidos. Poderão até publicar em revistas especializadas e apresentar em convenções de ufólogos, que ninguém dará a mínima. Esses temas são prestigiados apenas por ufólogos e curiosos e mesmo assim para cada um que afirme que o filme é legítimo existirão centenas que afirmarão que é uma fraude. Veja, se eu fosse um ausländer eu ficaria bem tranquilo, pois a nossa sociedade não acredita em sua existência. Fim. Quem o viu que não conte para ninguém, pois será coberto de ridículo ou acabará em uma camisa de força. Todos os fenômenos intrigantes da nossa cultura são acobertados, não pelo governo, ou pelos homens de preto, ou por agências misteriosas, mas pelo próprio público, por meio da conspiração da gargalhada. Todos vão rir e debochar. Tudo é coberto de ridículo que ninguém acredita em mais nada. Por que você vai entrar nesta seara? Para ser mais uma vez a piada da classe?

Felipe, pensativo, ficou brincando com a colherinha do café. Seu pai, com seu jeito moleque, o fustigou com outra piada.

— Você me desaponta, rapaz. Perde seu tempo procurando alienígenas enquanto aquela moça lindíssima fica por aí dando sopa. Na sua idade eu não perderia a oportunidade. Você não percebeu como ela olha para você? Comece a praticar o galanteio que não sobra tempo para caçar extraterrestres. Focalize no que realmente interessa. Só se vive uma vez. Que o mundo resolva suas conspirações, ache você um jeito de ser feliz. Faça como um ausländer, finja que é um ser humano. Se adapte. Construa sua bioarmadura.

Terminaram o café e saíram juntos pela porta da frente. A van da empresa aérea aguardava na frente de sua casa. Abraçaram-se demoradamente.

— Tchau, pai.

No fundo Felipe queria que seu pai ficasse pelo menos mais uma noite. Mas, sempre era assim, pensou. O velho vinha em casa apenas para repor o equipamento. Passara boa parte de sua vida na estrada.

— Vida longa e próspera, terráqueo — disse, abrindo os dedos da mão direita espalmada, em uma referência ao personagem preferido do filho, enquanto entrava no carro.

Felipe esperou a van afastar-se. Nunca a solidão lhe pareceu tão penosa como naquele instante.

Pegou o seu carro e foi para a Universidade sem perceber que no tumulto das últimas horas a porta da cozinha permanecera destrancada.

Seu dia no campus foi péssimo. Como de praxe todos o tratavam como o Homem Invisível e até mesmo Túlio e Mendes trataram de ignorá-lo, com um desprezo maior que o de costume. Quis falar com Melina, porém ela não respondeu aos seus chamados. Tentou o celular, o telefone de sua casa e, como sempre, ninguém atendeu.

Irritado com a história toda, decretou para si mesmo o fim da equipe. Que buscassem outro idiota para explorar. Em dez horas desfez toda a parafernália que levara três meses para montar.

Quando deu por si, estava com os discos rígidos e boa parte dos cabos de volta à sua garagem.

Iria apresentar o seu ensaio fotográfico como trabalho final e estava enterrando para sempre o caso ausländer.

Quando entrou em casa, ouviu um ruído em seu quarto que parecia ser a respiração de alguém. Numa fração de segundos veio em sua mente a imagem da porta dos fundos que seu pai abrira na noite anterior, e que ele não conferira em nenhum momento se fora trancada.

Lamentou o fato de seu pai ter levado a arma. Realmente alguém tinha invadido a casa. Pegou uma faca da cozinha e sorrateiramente deslizou para seu quarto. Ligou a luz. Viu Melina deitada de bruços sobre sua cama, aparentemente adormecida.

Escondeu a faca discretamente. Sentou-se na beirada da cama e acariciando seus cabelos, acordou-a.

— Melina, o que aconteceu? O que faz aqui? Você quase me mata de susto!

A moça acordou lentamente e quando o reconheceu o abraçou visivelmente aliviada.

Felipe sentiu o calor do corpo da moça contra o seu. Aspirou o suave perfume de seus cabelos num misto de surpresa e contentamento.

— Felipe, eu nunca senti tanto medo em minha vida. Não sei mais o que fazer. Eu não consegui ir para o campus hoje. Então vim direto para sua casa. Queria me sentir protegida. Pensei em ficar escondida na garagem, felizmente encontrei a porta da cozinha destrancada. Acho que estão me seguindo.

Sentou-se na cama e abraçou-o com mais força, tentando conter as lágrimas que correram soltas pela face.

— Não tenha medo. Aqui você está segura.

— Você está com aquela arma, ainda?

— Claro! — mentiu. — Segurou a moça pelas faces e olhando-a profundamente nos olhos confortou-a. — Não há motivo para ter medo. Se existir mesmo um ausländer ele deve estar bem longe daqui. Uma armadura como aquela é feita para se proteger e não para atacar. Eu entendo agora que esses seres são pacíficos e querem simplesmente viver em paz, por isso se disfarçam.

Felipe então repetiu com mais ênfase todos os argumentos de seu pai e acabou convencendo até a si mesmo.

— Não adianta insistirmos nisso. É uma grande bobagem. Amanhã vou apagar todos os arquivos sobre o ausländer e vou enterrar esta história para sempre. Quanto ao trabalho, vou apresentar o meu ensaio fotográfico.

— Que ensaio? — perguntou, num soluço.

— Esse — disse apontando para a parede.

— Ah, sim, é muito bonito... — respondeu, tentando se acalmar.

— Pois é — disse enxugando as lágrimas da moça.

— Se você e aqueles dois trogloditas quiserem, poderão fazer parte da minha equipe e ponto final. Vamos esquecer tudo isso.

— Você acha mesmo que essas criaturas não oferecem nenhum perigo?

— Eu penso que sim. Eu não culpo nenhum ausländer por se disfarçar. O ser humano costumeiramente só vê a superfície das coisas. Julga tudo pelas aparências. É geralmente preconceituoso e, na maioria das vezes, covarde. Raramente aceita o novo e sempre deixa o temor e o pessimismo dominar. Eu chego até a me identificar com os ausländers. Eu sei o que é ser feio e socialmente ingênuo no meio de pessoas bonitas e espertas. Estou convencido que devemos deixá-los em paz, isto é, se eles existirem de verdade, pois, cada vez mais, tenho minhas dúvidas. Pense bem, a ideia de um extraterrestre estar vivendo entre nós é muito ridícula. É muito *Arquivo X*. Se você fosse pelo menos ruiva e eu não tão feio... — brincou, e depois com ar sério, continuou: — E se existir realmente extraterrestres vivendo entre nós, quem irá acreditar nisso? Eu é que não vou me meter nesta história, e ser novamente alvo das piadas de todos. Prefiro continuar invisível. E por favor... — completou debochado: — Se vocês três falarem para as autoridades que existe um extraterrestre no campus, com esta minha aparência é capaz de me prenderem. Então não façam isto!

A moça não conseguiu conter o riso e tudo pareceu de repente fazer parte de um passado remoto. Parecia que só existia aquele quarto deliciosamente desarrumado e os dois.

Novamente seus olhares se entrecruzaram.

— Você é um sujeito feio muito lindo... — disse Melina, acariciando o rosto maltratado de Felipe.

Agora ela conseguia ver que por detrás daquela armadura humana Felipe também se protegia. Perdido entre seus brinquedos de gente grande ele resguardava seu frágil coração de menino.

Como sua guarda estava baixa, Felipe por fim sucumbiu aos encantos da moça e quebrando suas amarras alçou seu voo em direção ao azul-celeste daquele cândido olhar de tal forma que o tão adiado beijo finalmente aconteceu.

Seus lábios se tocaram e como num sonho seu coração ficou pleno e quis saltar do peito. Ao sentir a língua suave da moça explorando sua boca num misto de avidez e sensualidade, sentiu-se repentinamente agraciado.

Melina desvencilhou-se rapidamente de sua blusa para que Felipe beijasse seus delicados seios, e, num suspiro, deitou-se totalmente entregue.

Felipe terminou de despi-la lentamente, sempre cobrindo cada parte de seu corpo com seus beijos apaixonados, e então fez o céu e a terra finalmente se encontrarem, revelando que o paraíso existia de verdade.

Ícaro aprendera a voar e conquistava os céus num crescente cada vez mais intenso até incandescer-se em plenitude. Algo inusitado. Um relâmpago sobre a lua, uma chuva de estrelas cadentes, um mar de girassóis.

Depois de muitas horas de um amor incontido, dormiram abraçados.

Pela manhã Felipe não acreditou no que tinha se passado. Melina não apenas o resgatara de seu inferno particular como dera a conhecer o divino que se ocultava em seu corpo de menina.

Ele nunca suspeitou que o paraíso fosse assim tão doce. O mel e o fogo tinham o sabor do sexo daquela jovem, onde a beleza se encantara com as deliciosas formas juvenis, plasmando-se num corpo perfeito em sua geometria e idílico em sua formosura. Sim, Melina era o sonho materializado. Como não poderia amar um beijo naquela boca carnuda e macia e ver-se refletir no lago manso daquele olhar. Porém, o sonho poderia repentinamente se transformar em pesadelo e Ícaro poderia ainda cair das alturas. Bastaria ler naqueles esplêndidos olhos azuis a simples sombra de um cruel e inevitável arrependimento, sintoma tão comum nas manhãs de ressaca.

Melina, ainda sonolenta, afastou com seu suave suspiro aquelas nuvens que turvavam a imaginação de Felipe e o abraçou carinhosamente, montando-o totalmente nua. Beijou indecentemente sua boca, convidando-o ora por meio daquela inocente nudez, ora pelo beijo tão apaixonado, para que compartilhassem juntos mais um daqueles momentos mágicos que só duas pessoas que se gostam podem se proporcionar mutuamente. E ambos se entregaram mais uma vez ao prazer.

Nos dias que se seguiram a relação dos dois foi se estreitando, até o ponto em que ficaram inseparáveis. Melina sentia-se segura apenas quando estavam juntos. Felipe via o seu dia nascer sempre que ela sorria.

Sem dúvida era uma delícia passear de mãos dadas com aquela beldade pelo campus e repentinamente deixar de ser o *Homem Invisível*, porém, o que mais acariciava sua alma era a magia daquele sentimento sem par que parecia enredá-los com suas inefáveis teias.

Para os colegas de ambos, o impossível tinha acontecido. Porém, aquele casal insólito conseguia agradar, talvez por ser uma versão *Twilight zone* da bela e a fera, onde a maldição do espelho tinha sido quebrada e tudo, agora, se tornava possível.

Como era de se esperar Túlio e Mendes não conseguiram aceitar aquele inusitado namoro. Obviamente se afastaram ostensivamente de Melina quando descobriram o romance, terrivelmente humilhados.

Perseguidos pela possibilidade do ausländer estar entre eles tornaram-se paranoicos e antissociais. O isolamento tornou-os grosseiros e broncos e passaram a ser a piada da faculdade, pois não suportavam a nova condição dos desgarrados que é a da invisibilidade.

Seguindo os conselhos de seu pai Felipe construiu finalmente sua bioarmadura. Cortou o cabelo, colocou lente de contato, retirou o aparelho dos dentes, tratou as espinhas e começou a vestir-se com bom gosto. Já se parecia com um ser humano. Ironicamente Felipe trocara de lugar com Túlio no melhor exemplo dos invasores de corpos.

Felipe acordou bem-humorado e, como sempre fazia, ficou admirando Melina nua enquanto ela dormia. Ficou ali por alguns minutos hipnotizado, num ato de pura devoção. Tinha fotografado a moça durante quatro anos e acalentado um amor secreto e impossível. Agora, ela estava ali, em sua cama, totalmente nua. Era inacreditável. Sentiu até uma certa gratidão pela estranha ocorrência do ausländer em sua vida.

De repente percebeu algo diferente. Uma pinta a menos no pescoço de Melina. Olhou para as fotos na parede. Já sabia de memória cada traço de seu rosto. Pôde ver, numa das ampliações, a pinta em seu primitivo local.

"Não pode ser." Afastou a ideia censurando-se: "Ô, paranoia. Não quer me deixar ser feliz. Uma pinta pode ser removida cirurgicamente", pensou.

Quando retornava do banheiro pôde ver a bolsa de Melina entreaberta sobre a poltrona. Percebeu um brilho familiar. Seu sangue gelou. Era uma caixa metálica prateada.

Seria uma caixa ausländer ou um simples estojo de maquiagem?

No intervalo de poucos segundos, diversos pensamentos congestionaram sua mente.

O repentino interesse romântico de Melina por ele. O fato de ela ter esquecido completamente a conversa sobre o ensaio fotográfico. A repentina meiguice e fragilidade da moça, que um dia tinha sido a própria Morgana. Uma pinta a menos no pescoço...

Não se deteve muito na avaliação daqueles pensamentos. Certificou-se de que ela estava dormindo e, sorrateiramente, foi até a sala. Num gesto decidido fechou a bolsa completamente. Voltou ao quarto e, com muito cuidado, trocou todas as fotos antigas da parede por outras mais recentes. Melina acordou quando ele substituía a última foto.

    Ao vê-la acordada, voltou para a cama. Estreitou-a em seus braços, cobrindo-a de beijos.

    Agora que conquistara o paraíso não queria correr o risco de perdê-lo. Ao perceber que a moça correspondia a suas carícias, parafraseou seu pai, pensando consigo mesmo: "Que o mundo resolva suas conspirações, finalmente encontrei um jeito de ser feliz."

# O vírus humano 2

MARIA JOSÉ SILVEIRA

MARIA JOSÉ SILVEIRA nasceu em 1947 em Jaraguá (GO). É formada em Comunicação e Antropologia, e mestre em Ciências Políticas. Foi sócia-fundadora da editora Marco Zero e é autora dos livros *Guerra no coração do cerrado* (romance, 2006), *O fantasma de Buñuel* (romance, 2004) e *A mãe da mãe de sua mãe e suas filhas* (romance, 2002), entre outros. Dos prêmios que recebeu destaca-se o da APCA. Mantém uma coluna no site *Cronópios* (www.cronopios.com.br).

Para Jacinta B.

O anúncio extraordinário atravessou o espaço em seu tempo-luz, abrindo-se feérico e fulgurante nos céus das sete galáxias:

A HUMANIDADE DEU CERTO

De sua plataforma de observação, EmeEsse 5, a Ilustre, recebe os sinais da explosão sincrônica e resplandecente — pequeninos sóis que adquirem, em cada uma das galáxias, sua tradução simultânea.
Está radiante.
De seu visor-plataforma, ela mal se contém: conseguira!
Perfeccionista como é, ainda não comemora. Só dentro de alguns momentos o fará, dando por fim vazão a sua euforia.


O luminoso anúncio-pronunciamento era aguardado literalmente há séculos por todas as civilizações intergalácticas. Pelas mais avançadas do sistema planetário, há milênios, na verdade, desde que a Terra e seus habitantes começaram a ser observados, o que se deu praticamente nos primórdios do aparecimento da humanidade.
Que longo e tortuoso caminho até ali!

Houve um momento — no decorrer da prolongada Terceira Guerra Mundial, a das Religiões, cujos inícios datavam do remoto século XX — em que todos chegaram a pensar que o planeta se autodestruiria. Quando essa guerra chegou ao fim, com a população reduzida de modo drástico — o que, em si, não era mal —, as consequências do conflito no meio ambiente marcaram um momento quase fatal para a humanidade.

Naquela era, no entanto, ainda havia uma pequena chance de recuperação e o Conselho Intergaláctico, formado pelas seis outras galáxias, a tudo observou sem interferir.

Interferência que só veio a acontecer quase um século mais tarde, quando os grupos humanos sobreviventes começaram a luta exterminadora, suicida e praticamente instantânea, conhecida como a Quarta Guerra, a do Habitat, pelo controle das fontes de energia.

EmeEsse 5, a Ilustre, habitante da Terra dos Sábios, conseguira rastrear seus antepassados até essa era. Eles estavam entre o desesperado e perdido pequeno grupo de sobreviventes que então questionaram o Conselho Intergaláctico:

"Por que vocês não intervieram antes?"

Foram os primeiros a escutar a resposta que os humanos ouviriam em todas as crises a partir daí: era princípio fundamental do Conselho Intergaláctico jamais interferir no processo vivido por qualquer uma das diversas civilizações interplanetárias. Questão, aliás, que sequer era cogitada. E só o foi quando o caso da Terra se tornou tão extremo e insolúvel que o resultado óbvio seria a extinção caso o Conselho não interviesse, oferecendo-lhes tecnologia.

Mesmo assim, era também determinação irredutível do Conselho limitar ao máximo essa interferência, e só fazê-la a partir das necessidades e características da própria espécie, quando provado e comprovado o perigo de seu desaparecimento do universo.

O que fizeram, portanto, foi o imprescindível e o possível.

O imprescindível: preservar e proteger as características do habitat destruído.

O possível: como mesmo para as civilizações mais avançadas das sete galáxias era tecnologicamente impossível estender a camada de proteção a toda extensão do planeta, foram criadas as chamadas Bolhas de Meio Ambiente. Elas nada mais eram que pequenos espaços do planeta onde os elementos necessários à sobrevivência humana, e sua cadeia alimentar, foram mantidos em funcionamento.

Nascera, assim, a era das Bolhas Vitais.


Outra interferência galáctica, ainda naquele momento, tratou de algo mais sutil e mais complexo: uma característica da própria natureza humana.

O Conselho Intergaláctico entendeu — pelo que pudera depreender de sua observação milenar do desenrolar da vida na Terra — que, em última instância, o grande motor do conflito dos humanos se afunilava para uma característica: o egoísmo individualista e de grupo frente à escassez dos recursos disponíveis.

Decidiu enfrentar essa questão de duas formas:

Primeiro: proporcionando a tecnologia capaz de resolver a escassez.

Segundo: oferecendo à humanidade — através das bolhas — a possibilidade de viver em sociedades separadas, pondo um fim na difícil questão da diversidade, ou seja, da aceitação da *tribo diferente*, do *outro*.

Criaram-se assim as chamadas *Terras* de três grandes grupos: Terra dos Sábios, Terra dos Criadores e Terra dos Fruidores, cada uma com não mais do que um milhão de habitantes.

Desde o princípio — ou talvez, sobretudo no princípio — a vida dentro das bolhas foi a realização sonhada das utopias.

Dentro delas, desapareceram todos os grandes problemas materiais que sempre assolaram a humanidade: desigualdades sociais, exploração do homem pelo homem, fome, miséria, ignorância. Tudo isso foi erradicado. O trabalho necessário à manutenção e alimentação era feito por máquinas supervisionadas pelos humanos em períodos igualmente divididos entre todos; não representava carga para nenhum. E todos os prazeres e relacionamentos humanos eram incentivados.

O melhor do melhor dos mundos possíveis.

A maioria desses problemas, evidentemente, fora resolvida pela tecnologia proporcionada pelo Conselho Intergaláctico, mas outros — é preciso que se diga — tinham resultado da experiência da própria humanidade.

Quatro guerras mundiais tinham que acabar ensinando algumas coisas!

A questão das raças, por exemplo, simplesmente desaparecera quando a humanidade reconheceu, por fim, sua óbvia condição de mestiça. E isso se deu ainda no século XXII, portanto, bem antes da intervenção intergaláctica.

A questão da propriedade privada, também: o planeta quase foi destruído antes que esse conceito desaparecesse de sua face; mas, finalmente, desapareceu.

Outro problema resolvido: a superpopulação. Desde a Guerra das Religiões, o controle populacional passara a ser condição *sine qua non* para a sobrevivência do planeta. Houve, portanto, um abandono progressivo da ideia de *família*, quer nuclear quer extensa. Tão logo as condições permitiram, os nascimentos e a educação das novas gerações passaram a ser sociais. Os nascimentos aconteciam em laboratórios, não de clones — tecnologia há muito abandonada, — mas de homens e mulheres com seus DNAs únicos e específicos.

Quase como consequência, também foi para sempre abolida a tentativa do controle social das preferências sexuais. Isso aconteceu depois de um drástico agravamento do problema, quando em decorrência da pressão social para o controle populacional, a relação hetero foi proibida, em meados do século XXII. Os relacionamentos admitidos passaram a ser tão somente o homo e o virtual. Essa tentativa de controle, no entanto, depois de algumas tragédias — que não vem ao caso rememorar aqui —, acabou substituída pela liberdade irrestrita.


Nas bolhas não havia riscos de doenças nem do processo de envelhecimento do corpo e da mente humana. Até a memória social sobre essas questões aos poucos vinha desaparecendo. O que antes se conhecia como morte, e agora como Momento Fim, passou a ser apenas uma decorrência simples e natural da vida, quando o corpo como que automaticamente se transformava em um montículo de algo parecido a cinzas, em data escolhida pelo interessado.

Quando alguém chegava a seu Momento Fim, simultaneamente acontecia um Movimento Início: o nascimento da criança gerada pela combinação perfeita do seu DNA. Isso mantinha o equilíbrio ideal da população nas condições ambientais da bolha.

A escolha dessa data só poderia ser revertida, por algum motivo excepcional, com a utilização do Broche ou do Elixir de Reversão do Momento Fim. Existiam apenas cinco broches e cinco doses do elixir, guardados em diferentes locais do Depósito de Emergência das três Terras. Nunca haviam sido usados.

Assassinatos e suicídios, portanto, eram atos completamente desconhecidos.

O melhor dos mundos possíveis. Ninguém duvidava disso.

Com o tempo, é claro, alguns aprimoramentos foram necessários.

O principal deles referiu-se à descoberta do Vírus Humano 1.

Na euforia do contato com outras civilizações galácticas, houve um grande interesse por parte dos humanos em conhecer de perto os outros planetas.

As fronteiras foram abertas sem restrições e, com os devidos cuidados necessários e trajes especiais, alguns grupos humanos passaram a conviver com os fantásticos habitantes de mundos até então impensáveis.

Assim ocorreu, por exemplo, com o vicejante Planeta das Plantas Racionais. Um planeta belíssimo, diga-se de passagem, coberto de plantas pensantes e falantes, cujas cores obedeciam a uma paleta que a humanidade jamais pôde imaginar. Sua atmosfera era sonora e, mesmo a anos-luz, era possível ouvir os sons de uma espécie de banda heavy metal em contínua exibição.

Esse foi o primeiro planeta onde um pequeno grupo de humanos resolveu viver por algum tempo.

O resultado não poderia ser mais desastroso.

Por razões incompreensíveis por todas as outras seis galáxias, as plantas dessa civilização, que por milênios tinham sido absolutamente harmoniosas, começaram a se estapear e se engalfinhar pelo domínio exclusivo de itens antes compartilhados por todos.

Foi o primeiro planeta quase destruído pelo vírus humano. Mesmo assim foi necessária outra catástrofe para que isso começasse a ser, de alguma forma, compreendido.

Um outro local do Universo, o diáfano Planeta dos Seres Alados, que também acolhera um pequeno grupo de humanos, começou a apresentar sérios sintomas disfuncionais. Seres menores e mais frágeis, os pequeninos, alegres e risonhos Aifs, começaram a ser aprisionados para servir como moeda de troca entre os seres maiores, os Zifs, também alegres, risonhos e, agora, cheios de si: quanto mais Aifs um Zif tivesse, mais prestígio teria entre os outros Zifs.

O Conselho Intergaláctico, então, percebeu que, por algum motivo, a convivência prolongada com os humanos trazia consequências imprevisíveis aos outros planetas.

O grupo que mal começara a residir no também harmonioso planeta líquido Mar Rosado (cujas ondas e marolas há milênios enchiam de serenidade sua população submarina) foi retirado a tempo de evitar outra catástrofe.

Constatou-se, assim, que o vírus humano requeria algum tempo para começar a atuar. Em consequência, as estadias dos humanos em outros planetas ficaram reduzidas a visitas curtas. As estadias prolongadas foram interditadas.

O vírus humano fora detectado, mas que vírus era esse?

Apesar da alta tecnologia, as civilizações das seis galáxias se reconheciam incapazes de entender várias características do comportamento humano.

Evidentemente, a recíproca era verdadeira.

Mesmo para os humanos altamente qualificados da Terra dos Sábios, os procedimentos e motivações dos habitantes das demais galáxias permaneciam insondáveis, visto que irredutíveis aos nossos.

Eles não eram como os humanos, não falavam como os humanos, não tinham o mesmo tipo de corpo nem de psicologia. Não raciocinavam, não sentiam, não viviam como nós. Por que as motivações, os desejos, os objetivos seriam iguais?

Não eram.

Os seres das outras seis galáxias não tinham nenhum interesse nos habitantes da Terra a não ser o de preservá-los como parte do universo em que viviam.

Nesse sentido, eram como grandes irmãos.

Esperavam — fraternalmente, talvez, se a fraternidade existisse entre eles, o que nunca se soube ao certo — que a humanidade conseguisse sobreviver.

Mas reconhecendo a impossibilidade de atuar de maneira adequada em algo cujos componentes não conheciam — a mente da espécie humana — o Conselho Intergaláctico não tomava nenhuma iniciativa que não fosse solicitada por unanimidade pelo Corpo Decisório do Planeta Terra.

Estavam, por assim dizer, ao inteiro dispor desse Corpo Decisório, formado por membros voluntários — toda atividade extra nas bolhas era voluntária — das três Terras.

Era com eles que o Conselho Intergaláctico mantinha um canal de comunicação permanentemente aberto.

Mas foi também com surpresa que o Corpo Decisório da Terra recebeu a notícia do ocorrido nos dois planetas que haviam convivido com grupos humanos.

Até então existia o consenso de que, depois de todos os percalços sofridos pela espécie humana, a característica por demais conhecida e danosa da ambição pelo poder já não seria encontrada em nenhum habitante das bolhas.

Ao perceberem que isso não era verdadeiro, solicitaram ao Conselho Intergaláctico uma arma tecnológica contra o que então passou a ser chamado de Vírus Humano 1.

O que foi feito com sucesso.

Esse primeiro vírus humano foi erradicado com a aplicação de seu antídoto na atmosfera das bolhas.

Por precaução, no entanto, a convivência prolongada dos terráqueos com as outras espécies galácticas continuou a não ser considerada de bom-tom. E ainda que, intermitentemente, essa limitação fosse questionada por alguns grupos humanos, nunca foi considerada importante.

O que não acontecia com a outra única limitação imposta ao novo estilo de vida da humanidade. Essa, sim, era abertamente questionada, e se referia à cada vez mais insustentável questão das escolhas definitivas.

Não é difícil entender por quê.

Todos os indivíduos de todas as bolhas eram obrigados a fazer duas grandes escolhas em seu tempo de vida.

A primeira quando o indivíduo completava vinte e seis anos e escolhia em que bolha gostaria de viver. Era o único momento quando lhe era permitido mudar de bolha e escolher outra maneira, que não a de origem, para passar o resto de seus dias.

A segunda escolha acontecia quando o indivíduo chegava aos sessenta anos, e era obrigado a escolher sua Idade de Permanência: a idade biológica em que passaria a maior parte de sua vida (poderia permanecer nos sessenta ou voltar à idade que desejasse). Escolhia também, nesse momento, a data de seu Momento Fim, obedecendo ao limite de 257 anos.

Quanto a isso, todos estavam de acordo.

O grande problema sentido por muitos não se referia às escolhas em si — que, em geral, eram consideradas boas — mas à impossibilidade de mudá-las depois. Ou seja: seu caráter definitivo e irrevogável, imposto (se dizia) por motivos estritamente tecnológicos. Algo a ver com a combinação das tangências das várias curvas ascendentes e descendentes dos humanos em correlação com as respectivas curvas do habitat dentro das bolhas.

Os grupos que questionavam esse ponto tinham argumentos poderosos.

Para eles, isso ia contra a própria natureza da espécie. Os homens estão em interação constante com o mundo a sua volta e em permanente processo de mudança. Não estão parados no tempo, mas em perpétua evolução. Nesse sentido, por sua própria natureza, poucas de suas escolhas podem ser definitivas.

Com certa perplexidade, o Corpo Decisório constatou, então, que se a dor física fora banida séculos antes, e a dor emocional e psicológica, algum tempo depois, a insatisfação ou inquietude, não.

Essa a grande questão que subsistia: a origem da constante insatisfação humana — que então passou a se chamar Vírus Humano 2.

Desde que as consequências do Vírus Humano 2 começaram a adquirir foros de importância, EsseEme 5, a Ilustre, se dedicou a seu exame.

Acreditava ver aí uma característica talvez insolúvel da humanidade: sua permanente busca pela autorrealização, busca condenada a não ter fim, já que se transforma a cada momento que consegue seu objetivo.

Isso, inclusive, explicava algo que eles demoraram a entender: por que, no momento em que se podia escolher a bolha onde passar o resto da vida, a Terra dos Fruidores (apelido: Bolha dos Prazeres) era o local mais escolhido e, não obstante — por paradoxal que fosse —, era de lá também a maior taxa de saídas. Ou seja: os que não estavam lá queriam entrar, os que já estavam queriam sair. E era também lá que havia a maior taxa de precocidade na escolha do Momento Fim. Era como se as pessoas que lá vivessem se cansassem de tanta fruição sem contraponto. Enjoassem.

A Terra dos Criadores, ao contrário, era a que tinha menos taxa de saída. Poucos eram os jovens que, no momento da

Primeira Escolha, queriam sair. Mas apresentava o grave problema de ter a maior taxa dos chamados *Inquietos*, os que tendiam mais aos questionamentos quanto às escolhas feitas e as limitações daí decorrentes. Apelido: Bolha dos Insatisfeitos.

A Terra dos Sábios era a mais pacata, mas nem por isso imune ao vírus. Havia, inclusive, grupos dedicados ao estudo de maneiras de mudar esse estado de coisas. Faziam disso seu objetivo de vida: a descoberta de novas condições tecnológicas que possibilitassem pelo menos mais uma escolha no decorrer de uma vida de 250 anos. Apelido: Grupo dos Obsessionados.

EmeEsse 5, a Ilustre, pensara muito sobre essas questões.

Há quase meio século vinha tentando convencer o Corpo Decisório — do qual ela era membro — da necessidade de erradicar esse vírus da espécie.

Mas a maioria de seus colegas argumentava que não se podia eliminar essa que era uma das características fundamentais dos humanos, responsável, inclusive, por muitos de seus grandes avanços.

Tirar isso da humanidade era fazer com que deixasse de ser humana.

A humanidade não é perfeita, diziam. Se fosse, deixaria de ser a humanidade.

Justamente, argumentava a Ilustre: sem dúvida, era uma colocação pertinente. Era, aliás, o dado a partir do qual deveriam raciocinar. Deveriam pensar que a espécie, como tal, *já* estava perdida. A característica da insatisfação — como todos estavam constatando — mais dia, menos dia, levaria à eclosão de sérios conflitos dentro e entre as bolhas, o que, como todos também sabiam, levaria à temida Guerra Final. A questão, portanto, se resumia a uma disjuntiva: condenar a espécie humana à extinção, ao preservar uma de suas características naturais; ou sacrificar essa única característica em prol da preservação da espécie com todas suas outras características, aliás, inúmeras?

Como veem — concluía —, um simples problema matemático. E como todo problema matemático, de claríssima e objetiva solução.

EmeEsse, a Ilustre, era persistente e determinada.

Com o passar dos anos e muita articulação, relatórios e ponderações, terminou conseguindo a unanimidade do Corpo Decisório.

A solicitação, então, foi encaminhada ao Conselho Intergaláctico que, como era esperado, não aceitou o pedido de imediato.

O Conselho não via com bons olhos (se é que podemos dizer que espécies tão diferentes tinham o que chamamos de *olhos*) mais uma interferência na própria natureza dos habitantes da Terra.

Esses caras eram respeitosos e cuidadosos. Fisicamente, segundo padrões humanos, alguns, mais do que esquisitos, eram monstruosos e repelentes. Há certas coisas, no entanto, que é preciso reconhecer: essas espécies intergalácticas, em muitíssimos aspectos, eram bem melhores do que a espécie dos homens.

Só que, outra vez, EmeEsse 5, a Ilustre, foi brilhante.

Argumentou que, se o pedido não fosse atendido, e a insatisfação humana permanecesse, o Corpo Decisório lavaria as mãos. A responsabilidade pela iminente — "Sim, senhores, cada vez mais iminente" — eclosão, no interior das bolhas, da Quinta Guerra, a Final, seria de absoluta responsabilidade do Conselho Intergaláctico.

Com esse quase ultimato, o Conselho, sempre humilde no reconhecimento de sua incapacidade de entender as motivações humanas, houve por bem capitular.

Nos laboratórios intergalácticos, o vírus da insatisfação foi separado, e seu antídoto, preparado.

Antídoto que agora, justamente, estavam introduzindo na atmosfera das bolhas.

Com um porém.

Acatando proposta da própria EmeEsse, a Ilustre, referendada pelo Corpo Decisório, os laboratórios intergalácticos produziram um antídoto para o antídoto, que seria tomado por uma dupla de humanos (um homem e uma mulher), cujos genes depois seriam reproduzidos em laboratório, de tal forma que permanecesse sempre um casal da espécie original a ser observado.

A ideia (ou esperança) por trás dessa decisão era a de que, em algum momento futuro, a própria transformação humana viesse a fabricar um antivírus que levasse a uma solução diferente da sua mera erradicação. Quem sabe?!

Tudo era possível e o objetivo fundamental do Conselho Intergaláctico sempre fora o de preservar ao máximo as características formadoras do universo. Era como se o universo fosse o pai dileto deles. Ou um patrão severo, se fosse pertinente pensar nesses termos obsoletos.

E como de praxe, a escolha desse casal ficara em mãos do Corpo Decisório. Sobre seus critérios e motivações, o Conselho jamais pensou em interferir.

Dos vinte e três membros do Corpo Decisório apenas seis se voluntarizaram para permanecerem como a dupla original da espécie.

EmeEsse 5 foi a primeira voluntária. Ela estava no princípio de seu segundo século de vida e, desde que tecera seu plano, era para isso que vivia.

Convencera também a se apresentar como voluntário seu amigo DabliúEne 9, o Reto, a pessoa que achava a mais adequada para permanecer a seu lado como original masculino da espécie.

DabliúEne 9 sempre fora seu maior aliado dentro do Corpo Decisório. Era um pouco mais velho e a admirava quase com adoração. Ela o queria por perto. E ele, lisonjeado e comovido — talvez até um tanto quanto iludido pelo gesto — aceitou o desafio, tão logo ela o propôs.

E agora, em sua plataforma-visor, EmeEsse, a Ilustre, espera chegar o momento da reunião dos voluntários para a última parte de seu projeto.

Está exultante, e abaixa um pouco os olhos, em sua maneira característica de sorrir.

Num relance, vê suas longas unhas bipartidas. Nota que uma delas necessita de um pequeníssimo retoque: um minúsculo ponto preto maculava, de maneira quase imperceptível, a ponta de seu indicador. Sente o início de uma também minúscula irritação. Queria estar simplesmente perfeita naquele seu momento sublime.

Mas tudo bem. Fará o retoque logo mais.

Esse grande acontecimento que hoje o universo todo comemora é obra sua.

Só falta a última parte de seu plano. Facílima.

A Ilustre quase se deixa sentir, desde já, a euforia pelo que considera seu maior feito. Essa euforia é o sentimento que mais preza no mundo: o contentamento profundo que uma pessoa sente quando consegue fazer o que se propôs. A autorrealização que vem do desafio vencido. E que era justo o sentimento que ela agora retirava dos humanos ao lhes negar a característica que estava na origem do desejo de realizar qualquer coisa: a insatisfação ou inquietude.

"Que peninha!", pensou.

E, virando-se, encaminhou-se para a Sala de Contato Intergaláctico, onde haveria a reunião com as duas outras duplas de voluntários para escolha da que permaneceria com o vírus da insatisfação.

Tão logo a decisão fosse tomada, o casal escolhido ingeriria o antídoto contra o antivírus e avisaria ao Conselho Intergaláctico, que em seguida lançaria na atmosfera da Bolha dos Sábios — a única onde ainda faltava lançar — o antivírus descoberto.

A reunião começou com os abraços e cumprimentos efusivos e fraternos de praxe. Conversinhas fúteis sobre o tópico do dia — o esplendor do anúncio luminoso que brilhava conjuntamente nos céus das Sete Galáxias, etc. etc. — continuaram até fecharem o portal e darem por aberta a sessão.

EmeEsse 5 abriu os procedimentos, colocando as razões pelas quais ela e DabliúEne 9, o Reto, deveriam ser as escolhas naturais.

Com sua objetividade costumeira, afirmou que, como todos sabiam, não é que os dois *desejassem* essa posição. Até pelo contrário. Achavam apenas que era um dever que se colocava a eles. Nem iria mencionar o fato de ter sido ela a responsável pela grande campanha de convencimento que por fim levara à erradicação do danoso vírus, porque isso não vinha ao caso. O trabalho, como sempre, fora de equipe e coletivo, e ela apenas tivera a sorte de estar lá no momento propício para fazer sua defesa. Por favor, esqueçam isso. Mas — como sua biografia atestava — sempre foi seu mais acalentado objetivo, como indivíduo daquela sociedade que agora chegava — podia-se dizer — à perfeição, doar-se de corpo e alma a qualquer projeto considerado importante para o bem de todos. Assim, apesar dos inumeráveis e imprevisíveis riscos do projeto em questão, essa última parte era apenas a conclusão natural da tarefa que se havia imposto. Era um dever que ela estava moralmente obrigada a cumprir. E cumpriria.

Depois desse arrazoado — com outros detalhes que não vem ao caso expor aqui —, uma das duplas houve por bem desistir de participar. Seus dois membros pediram licença, abraçaram os outros quatro, como era praxe nas despedidas, desejaram boa sorte aos que fossem escolhidos, e deixaram a sala.

Para certo espanto de EmeEsse 5, a outra dupla persistiu. Por motivos bastante diferentes dos dela.

A dupla composta por EleAgá 3, a Inspirada, e ErreXis 6, o Valoroso, desejava também ser a escolhida porque estavam loucamente apaixonados. Ambos eram da Terra dos Criadores e, naquele momento, viviam o que se poderia chamar de uma arrebatadora lua de mel. Queriam ficar juntos para sempre. Queriam viver tudo a que tinham direito. Queriam formar um mundo à parte.

E numa noite memorável de variadas posições e infindáveis trocas de juras de amor, EleAgá 3, a Inspirada, confessara a ErreXis 6, o Valoroso, o quanto ansiava por viver com ele uma experiência única, só e exclusiva e para sempre dos dois. E ErreXis 6, o Valoroso, segredou a seu ouvido aquelas coisas que segredam os apaixonados: "Tchutchuzinha linda, seu desejo é uma ordem", e "Huuum!", e etc. etc. (Acreditem ou não, os seres humanos continuavam assim.)

Mas sendo um cara inteligente e informado, ele sabia também que não havia hipótese de terem um mundo diferente, só deles, a não ser se permanecessem como a dupla original da espécie. Sabia também que a Ilustre, que havia se voluntarizado antes, quando punha uma ideia na cabeça, não desistia. Portanto, preparou-se para o que devia fazer.

Quando a primeira dupla saiu, Erre Xis 6, o Valoroso, propôs um pequeno intervalo.

EmeEsse 5, a Ilustre, achou excelente a ideia e, por sua vez, propôs que antes fizessem um brinde com um licorzinho especial que ela trouxera para comemorar ocasião tão extraordinária.

Todos concordaram.

"Ao futuro radiante da nossa intrépida humanidade!" — ela sorriu.

Os outros também sorriram e se levantaram, brindaram e se abraçaram, trocando todos os cumprimentos de praxe, pois assim era o costume antes de qualquer separação, mesmo a de um mero intervalo.

Na plataforma de observação do Conselho Intergaláctico, um bom tempo-luz depois, os seis membros começaram a se inquietar com a demora da escolha da dupla que deveria tomar o antídoto do antivírus.

As luzes do anúncio-pronunciamento começavam a dar os primeiros sinais de estarem prestes a entrar na fase decadente.

Seguindo a proposta de um deles, todos desviaram do esplendoroso espetáculo o que tinham de mais parecido com o que chamamos de *corpo*, e se aproximaram do monitor conectado à Sala de Reunião do Corpo Decisório, no planeta Terra.

No salão vazio, de imediato perceberam as cinzas no chão. Dois montículos ao lado da grande mesa; dois outros um pouco mais além. Os quatro membros das duas duplas haviam chegado a seu Momento Fim.

O que significava aquilo?

Como regra, os Momentos Fim eram preparados com antecedência e nenhum dos voluntários havia mencionado que sua data de escolha se aproximava.

Um dos membros do Conselho voltou a gravação automática no visor.

Com grande atenção e interesse, todos observaram a saída da primeira dupla, ouviram a proposta de intervalo sendo aceita, e viram os quatro voluntários restantes se levantando e elevando os copinhos no brinde preparado pela Ilustre. A seguir, ao trocarem os habituais abraços das pequenas despedidas, viram também um desajeitado ErreXis 6, o Valoroso, pregar um broche nas costas de EmeEsse 5 e seu parceiro.

Instantes depois, ErreXis 6 e EleAgá, 3, a Intrépida, se decompõem, sob os olhos atentos de EmeEsse e a boca aberta de DabliúEne 9. E logo a seguir, são eles que, ao darem uns passinhos, também se decompõem ao mesmo tempo.

Os membros do Conselho Intergaláctico se interrogam.

EmeEsse 5 usara o Elixir e ErreXis 6 o Broche da Antecipação do Momento Fim?

Por qual motivo?

Teriam decidido que nenhuma dupla, afinal, permaneceria com a característica humana original?

Mas para isso, por que precisaram reverter os respectivos Momentos Fim?

Realmente, jamais entenderiam a humanidade.

Seja como for, havia uma decisão a cumprir.

Preservando ou não exemplares da espécie original, havia que dar continuidade à ação já iniciada, como tinham se comprometido a fazer.

Sem mais pensarem sobre a questão, e com o que tinham de mais próximo do que chamamos *dedo*, acionaram o botão do antivírus na atmosfera na Terra dos Sábios, e voltaram a contemplar o grandioso espetáculo: a humanidade deu certo.

Apenas um deles, por um segundinho, se perguntou algo que poderíamos traduzir assim: deu mesmo?

# Paralisar objetivos

ANDRÉ CARNEIRO

ANDRÉ CARNEIRO nasceu em 1922 em Atibaia (SP). É poeta, cineasta e artista plástico, e autor dos livros *Confissões do inexplicável* (contos, 2007), *Pássaros florescem* (poemas, 1988) e *Ângulo e face* (poemas, 1949), entre outros. Dos prêmios que recebeu destacam-se o Machado de Assis e o Prêmio Nestlé de Literatura. Teve contos incluídos nas principais antologias de ficção científica nacionais e internacionais.

Sérgio era um homem cético, bem informado, passava embaixo de escadas, não tinha medo de gatos pretos nem de cemitérios... Só da morte, talvez, mas, quem não tem medo dela? A ciência é implacável contra as superstições. Nem se dá ao trabalho de analisar salas de milagres nas igrejas. Entretanto, lá não se encontram bonecas vodus perfuradas com agulhas, resolvendo ou liquidando amores difíceis e o célebre *Livro de são Cipriano*, sempre um inegável best seller. Sérgio se espantava por afirmativas fantásticas serem acreditadas sem exame, e colecionava recortes de cartomantes prometendo resolver problemas financeiros mais facilmente do que economistas.

Ele colocava os anúncios em envelopes transparentes. A coleção já não aumentava como antes. Os anúncios são parecidos e mal redigidos. Sérgio nunca teve curiosidade suficiente para visitar algum milagreiro. Um dia, em uma revista de boa circulação, ele encontrou estas linhas: "Paralise seu objetivo. Depois o desfrute, seja o que for. Das 12h às 12h10, telefone..." Sérgio recortou a revista. O anúncio era o mais lacônico da coleção. Também o mais hermético e enganador. Paralisar seja o que for neste universo de matéria sempre em movimento... Porém achou mais estranho o tempo concedido para a chamada telefônica: somente dez minutos por dia. Era um sábado, mas no mundo dos mágicos o descanso semanal não existe.

Sérgio teclou o número, o sinal tocou sem resposta. Três dias depois, chamou novamente. Uma voz feminina atendeu, voz de anjo, dessas nas quais temos vontade de acreditar. Ele pediu logo três informações. O anjo disse ser necessário visitá-los, deu o endereço. Tentou de novo, inutilmente. Iria visitá-la? Paralisar o quê? Ele sorriu. Se conseguisse paralisar o anjo em seus braços a mágica seria perfeita. O anjo não respondera suas perguntas. Seria uma gravação?

Sérgio Knap, quarenta e dois anos, casado duas vezes, não oficialmente, três anos com a primeira e quatro com a segunda. Não quiseram filhos. Separado havia um ano, não saberia dizer o saldo de toda aquela experiência, ou talvez não quisesse revolver os porquês inexplicáveis das suas decisões. Professor de História, o que sonhava, além da fama, era ser rico, montar um enorme laboratório, experimentar... Todas as ideias mais arrojadas de sua cabeça. Tinha a convicção de ser um sonho irrealizável e nem arriscava na loteria, justamente para esquecê-lo.

Sérgio estacionou seu velho carro em uma rua tranquila de bairro pobre. A casa procurada não era uma casa. Apenas um muro de pedra com uma porta vermelha, desbotada. Havia uma campainha bem alta, teve de suspender o braço para alcançá-la. A porta fez um ruído e o fecho se abriu. Ninguém apareceu. Ele viu um corredor comprido, foi andando até encontrar uma porta aberta.

Entrou. Uma silhueta jovem veio recebê-lo. O rosto estava coberto com espesso véu. Impossível vislumbrar seus traços, talvez tivesse alguma cicatriz ou algo pior. A roupa era meio... Ele não conseguiu classificá-la, era comprida, até os tornozelos. A moça se ocultava. Moça? Sim, tinha a voz de anjo, mas há mulheres velhas com voz delicada. Lacônica, respondia indagações avisando: "O professor já vai chegar."

— Professor, de quê?

Ela virou o rosto para ele, devia enxergá-lo desfocado:

— Professor...

O anjo estava parecendo burrinha. Tentou insistir nas perguntas:

— Por que o rosto oculto?

Ela deveria estar olhando-o:

— Se for para o Oriente vai passar o dia fazendo essa pergunta.

A voz dela era especial. Ele atacou:

— Desculpe, é que tenho certeza, você é muito bonita e... Não precisa se esconder...

Ela continuava *olhando*:

— Se você tem uma visão tão poderosa, não precisava vir aqui.

O anjo não era burrinha. Sérgio não sabia o que dizer. Resolveu falar o que pensava:

— Você é muito inteligente...

Por trás dela vinha entrando o Professor. Tinha barbas e cabelos brancos cortados curtos. Sérgio imaginou: "Este homem tem mais de cem anos." Ele estendeu a mão, sentaram-se. O anjo saiu da sala.

Quando ela abriu uma porta interior, aumentou o cheiro suave de algum incenso já sentido desde o corredor.

Sentado em uma larga cadeira antiga, de palhinha, Sérgio esperou o velho fazer alguma pergunta, inutilmente. Sérgio iniciou:

— O que, exatamente, o senhor pode fazer ou proporcionar?

O velho sorriu de leve:

— Eu não, mas você pode paralisar objetivos.

Embora Sérgio jamais visitasse *mágicos* porque achava uma perda de tempo, já conversara com muita gente que fazia isso. Sabia, os milagreiros prometiam muita coisa, até pediam pouco dinheiro para se obter fortunas. Paralisar objetivos era mistificação:

— Senhor Professor, com o devido respeito, na linguagem comum, objetivos são alvos, realizações, finalidades almejadas. Ninguém deseja paralisar um objetivo.

O Professor ficou olhando, atentamente. Disse:

— Por que, então, veio até aqui?

Sérgio teve vontade de dizer a verdade, a voz do anjo, o laconismo do anúncio... Ele viera no papel de inquisidor, não para justificar seu interesse. Apesar de tudo o velho tinha uma presença educada. Sérgio desistiu da luta:

— Professor, eu não sei a resposta. Só quero saber o que o senhor pode fazer por mim.

O velho aproximou sua cadeira, olhou Sérgio longamente, era simpático, os gestos lentos e precisos:

— Você... Me desculpe, vou chamá-lo de você, peço que também me chame assim. Preciso saber um pouco mais. Você almeja fama, dinheiro, são coisas normais, mas... Você é educador, quer... Me conte as coisas que realizou.

Sérgio ficou surpreso. O velho talvez fosse um bom ator, mas parecia realmente interessado. O rumo da conversa fez Sérgio relaxar um pouco, afinal estava lá por curiosidade, havia o anjo, não precisava polemizar com o mágico:

— Professor, minhas invenções são bobagens, algumas infantis, divertia meus amigos...

O professor levantou a mão toda enrugada e o interrompeu:
— Conte uma delas.
— Bem, você vai rir. A mais interessante não era invenção, só pesquisa. Eu chamei de Controle Vocal de Formigas.

Olhou o Professor, ele parecia atento, esperando a continuação. Não esboçara nenhum sorriso, reação comum. Sérgio se ajeitou na cadeira:

— Na cozinha da minha casa havia pequenas formigas, surgindo nunca descobri de onde, passeando nos azulejos. A diarista tinha medo ou nojo delas. Colocamos inseticida, matamos com querosene, veneno de cupim e elas estavam sempre lá. Comecei a gritar com elas, que fossem embora, gritos de raiva...

O velho observou:
— Notou alguma diferença?

Antes de responder Sérgio lembrou-se, ao contar a história, faziam piadas, havia uma tevê na cozinha... O professor esperava, sério:

— Sim, notei. Quando eu gritava, elas ficavam desnorteadas, às vezes sim, às vezes não. A empregada, com a voz muito aguda, me ajudava, eu tinha a impressão que nossa gritaria em conjunto funcionava mais.

— Sua mulher participava ?

Sérgio achou curioso ele querer saber a opinião dela.

— Minha mulher era... É muito inteligente: Ela disse que a gente gritava de muito perto, nossa respiração perturbava mais do que os gritos.

Sérgio ficou em silêncio. A atenção do Professor fizera ele contar a história com entusiasmo, mas no fundo sempre tinha algo de ridículo. O anjo, seu maior interesse, havia desaparecido. Não perguntara ainda, mas teria de pagar a consulta no final. Ia pagar para o Professor ouvir sua *invenção*. Os amigos diriam ter sido muito bem enganado. O mágico afirmara que ele desejava ser rico e famoso. Não se lembrava quando dissera isso. Sérgio respirou longamente, o perfume do incenso era forte. O Professor continuava olhando, sabia que ainda não havia terminado. Identificar como somos explorados sempre nos deixa mais conformados. Sérgio resolveu contar tudo:

— Bem, eu testei distâncias, achei que não era a respiração. Um dia de sol bonito, escureceu de repente, antes de uma chuva forte, percebi as formigas diminuírem. Resolvi testar. Havia só uma janela na cozinha. Cortei uma grossa chapa de isopor, pintei de preto, ajustei nas laterais. Colocada, não passava nenhuma fresta de luz. Um dia, às três horas da tarde, fiz uma bela gritaria e coloquei a chapa preta. Em vinte minutos as formigas desapareciam.

O professor levantou a mão, queria fazer um aparte:

— Desapareciam por causa da escuridão ou por causa da gritaria?

Sérgio gostou do aparte. Aquela história das formigas só servia para todos rirem, inventar anedotas.

O Professor sabia ouvir, só por isso pagaria a consulta com prazer:

— Sim, Professor, foi o que eu pensei imediatamente. Fiz vários testes mudando até o conteúdo do discurso. Pensei até em colocar uma gravação de um político gritando contra a corrupção, mas achei demais.

O Professor perguntou seriamente:

— Fez essa experiência?

Não, não fiz. Como qualquer serial killer, meditei que eu poderia matá-las sem culpa, mas... Usar um político, provavelmente culpado do mesmo crime, me faria cúmplice dele. Contei a história para um violinista meu amigo. Eu não sabia, mas pela reação acho que ele era do mesmo partido. Lembrei a voz aguda da diarista espantando as formigas mais do que eu, pedi ao amigo que fizesse a experiência com o violino.

Sérgio começou a rir. O Professor fez um ar de pergunta:

— Imagine nesses programas domésticos de televisão se recomendar concertos de violino para espantar formigas.

— Com o violino deu resultado? — perguntou o velho.

— Sim, relativamente. Fizemos alguns testes, depois meu amigo deve ter ficado desinteressado daquela plateia minúscula. Tive tempo de conjugar a escuridão com o concerto em notas agudas.

Sérgio parou de novo. Jamais contara a história até o fim, com tantos detalhes. Pagar para ouvi-lo, era justo. Terminou rapidamente:

— Bem, Professor, você pode imaginar, eu teria de anotar cada experiência, cronometrar, medir a temperatura, a porcentagem de umidade, mas eu não fiz nada disso. Estava no fim do meu casamento, minha mulher ou dava gargalhadas ou ficava furiosa com a gritaria. Ela não gostava do violinista, pegava a bolsa e ia para o shopping.

O Professor não sorria, queria saber o resultado:

— Me desculpe, Professor, eu vou resumir. A gritaria, minha e a da diarista, funcionava um pouco, a dela mais do que a minha. Só a escuridão funcionava também um pouco, eu esqueci de dizer que aquelas formigas não trabalhavam à noite, não sei por quê. O que funcionava mesmo era a gravação dos agudos do violino, mais umas palavras que eu sempre dizia pedindo imediata mudança, e porque elas precisavam dar o fora. Em seguida eu deixava tudo escuro algum tempo.

O Professor meneava a cabeça afirmativamente quando perguntou:

— Ainda existem formigas na sua cozinha?

— Não, elas desapareceram.

O Professor levantou-se, andou de cá para lá e disse:

— Por que você, além do violino, além da escuridão, ainda falava algumas coisas para as formigas?

Sérgio ficou espantado. Um Sherlock completo.

Respondeu sorrindo:

— Embora ninguém concorde, somando todos os meus sucessos e fracassos nas experiências, cheguei à conclusão: minhas ordens para as formigas irem embora eram a parte mais importante para a obediência delas.

Sérgio respirou fundo. Puxa, conseguira finalizar completamente, mas o velho insistiu:

— Se fosse possível recomeçar as experiências, o que você faria?

A pergunta era definitiva, não poderia escapar, nem queria:

— Eu só falaria com elas. Talvez pedisse desculpas pelas formigas assassinadas, mas pediria com emoção que fossem embora, recomendaria a cozinha do vizinho, suja, repleta de comida por toda a parte.

Pela primeira vez, o Professor sorriu, muito de leve.

Lá fora escurecia. Sérgio não imaginara gastar tanto tempo. Levantou-se:

— Desculpe, Professor, eu preciso ir, quanto devo?

O Professor segurava a curva suave da velha cadeira. Suas mãos não tremiam:

— Bem, sobre as formigas você conseguiu atingir os objetivos, talvez eu devesse pagar alguma coisa. Seria interessante que voltasse... Hoje não há motivo para cobrar...

Sérgio já estava com a carteira na mão. Achou que seria deselegante insistir:

— Muito obrigado (guardou a carteira), voltarei qualquer dia...

— Não, qualquer dia, não. Brasileiros não marcam compromissos objetivamente e também não cumprem. *Qualquer dia* pode ser um dia do mês passado...

O Professor estava com a fisionomia de quem vai sorrir, mas não o fez, só acrescentou:

— Qual dia e hora você pode voltar?

Sérgio relembrou compromissos e marcou um sábado pela manhã. Despediram-se, saiu sozinho pelo corredor. Não teve jeito de indagar sobre o anjo. Sérgio deu partida no carro. Estava satisfeito. Não fora explorado e aumentava a curiosidade dos tais objetivos paralisados.

Deixou um papel com a data e no sábado pela manhã lembrou-se, mais do anjo do que das formigas.

Parou o carro no mesmo lugar, apertou a campainha. O fecho do portão vermelho abriu, ele entrou como velho cliente. O anjo o recebeu com o mesmo véu e a roupa estranha. Ele sorriu, até se aproximou um pouco do rosto coberto, como se fosse beijá-la. Ela recuou, ele disse:

— Essa... Linda fantasia é obrigatória?

Atrás do véu, parece que ela riu:

— Não, eu vou tirar a palhaçada, espere aqui.

Sérgio admirou a resposta e a figura que surgiu, com vestido curto, elegante, bem-feita. Veio sorrindo, bonita, o rosto invulgar. Ele lembrou-se de pinturas egípcias. Ela apontou uma direção:

— Existe um parque meio abandonado aqui perto. Acho melhor irmos lá dar uma volta, o Professor ainda vai demorar. Eu vou lá todos os dias.

Saíram. O parque, cheio de mato, poucas pessoas em suas trilhas. Sentaram-se em um banco quebrado diante de um lago sujo. O sol saiu das nuvens, o verde se iluminou. Sérgio queria um completo interrogatório, mas resolveu ir devagar.

— Eu tenho mesmo a visão de raios X, você é bonita. Por que usava o véu?

Ela sorriu, irônica:

— Segundo o Professor, é uma palhaçada psicológica.

— Puxa, nunca pensei que tivessem intenções tão profundas.

— Nenhuma profundidade. Mulher oculta confunde suposições, provoca interesse nos homens.

— E nas mulheres?

— Não recebemos mulheres, queremos homens, são mais ingênuos...

— Eu sou ingênuo?

— Eu acho que sim, o Professor acha que não.

Sérgio não esperava afirmativas objetivas, era singular. Resolveu ir ao fundo:

— Bem, sou um cliente ingênuo. Vocês viram o meu carro, minha cozinha tinha formigas, sou pobre. Lucro comigo não haverá.

Ele calou-se, ela olhava, um jeito despreocupado. Sérgio, a mão muito perto da mão dela, a retirou. Ficaram em silêncio. Ela notara o recuo da mão. Pousou a sua em cima da mão dele e disse:

— O Professor não está interessado em dinheiro. Veja, temos este parque inteiro... Tempo não é dinheiro, aliás você não parece um capitalista muito eficiente...

Sérgio, ainda com a mão dela sobre a sua, não se moveu. Manhã agradável, ela vestia blusa de manga curta. Ele teve vontade de abraçá-la. Ela apertou a mão, como se o prendesse no banco:

— Não, não quero ser abraçada agora.

Por um milésimo de segundo Sérgio ainda se perguntou se deixara escapar algo pelos lábios. Não, isso não acontecera:

— Eu não falei que desejava abraçá-la.

— Não, somente pensou.

— E você adivinha pensamentos?

Ela riu, soltou devagar a mão dele.

— Todas as respostas de todas as perguntas são manobradas para se ajustar aos interesses do respondedor.

— Você não vai responder? E o Professor, também adivinha?

— Seria inútil. Suponha que eu não sei a reposta, teria de inventar.

Sérgio ficou olhando para as nuvens correndo no céu. Em talvez milhares de conversas com mulheres, sabia sempre qual o caminho seguido por elas, ou pelo menos as probabilidades. Naquele instante ele voltava à estaca zero das hipóteses. Seria ela uma ingênua ou uma prostituta experiente? Por que estariam no parque enquanto... O Professor estaria... Onde? Foi o que perguntou. Ela parecia segura ou fingia com perfeição:

— Não sei onde está o Professor e... Estamos aqui porque existe este magnífico banco quebrado e aquelas nuvens... Veja, veja... Aqueles pássaros lá no alto.

Ela olhava para cima, apontando, ele sentiu o perfume fresco da axila... Ela abaixou o braço:

— As aves não estão em minha axila...

Sérgio levou um segundo e aproveitou:

— Mais vale uma linda axila nas mãos do que o maior bando de aves voando no céu...

— Um estranho provérbio esse. O Professor já deve estar lá, vamos ver se ele faz uma sociedade com você. Ele gostou muito da história das suas formigas...

Eles tinham se levantado, caminhavam de volta. Sérgio não se importava com as formigas, tinha sido tímido, deveria tê-la abraçado e beijado... E nem sabia o nome dela, esquecera de perguntar... Ela abriu a porta vermelha, entrou depressa, acenou para o Professor que estendia a mão para Sérgio.

Ambos ficaram na sala, o mágico com a mesma roupa e uma fina corrente no pescoço, um holograma de um olho em perfeita terceira dimensão. O perfume de incenso estava forte. Sérgio desistira das explicações objetivas, de saber o porquê do convite para estar ali. Interrogar o anjo fora difícil, o velho seria pior. Ele queria mais alguma coisa, com o anjo, naturalmente. Já passara do meio-dia, o Professor levantou-se e convidou:

— Nós almoçamos em um restaurante meio indiano aqui perto, gostaríamos que viesse conosco.

Sérgio aceitou. Os três foram a pé. Um salão com pequenas estátuas em nichos e reproduções enormes de Ganesha, Savitre e outras cenas da mitologia indiana. Sérgio inclinou-se para o anjo:

— Eu não sei o seu nome.

— Me chamam de Jamara, mas não é meu verdadeiro nome...

Nesse momento chegou o maître, que também era o dono. O Professor o apresentou. O homem possuía profundas olheiras, e tomou nota de tudo. Sérgio não sabia escolher, seguiu o velho. Curiosamente o maître achou os pedidos excessivos, e explicou por que diminuía.

Sérgio comeu com prazer, a conversa foi superficial, o Professor olhava com seus três olhos, talvez quatro, os indianos acreditam em um terceiro olho no centro da testa.

Sérgio pegou a carteira para repartir a conta, mas o maître despediu-se se inclinando. Voltaram para casa. Ele perguntou baixo para ela quem pagara a conta, ela respondeu: "Não sei." Os três sentaram-se. O Professor tinha pegado uma pequena caixa de madeira, parecia bem sólida:

— Eu tenho aqui esta caixa, existe algo aí dentro.

Fez uma pausa, olhou para Sérgio:

— Você se importaria se eu lhe pedisse uma coisa simples sem lhe dar explicações?

Sérgio fez um gesto com as mãos:

— Bem, se for mesmo simples e barato...

O Professor fez aquele jeito de quem vai sorrir e continuou:

— Eu só peço que, todas as manhãs, quando acordar, e à noite, antes de deitar-se, que pegue esta caixa com as duas mãos.

— Só isso?

— Sim, só isso. Mas se tiver nesses momentos uma sensação qualquer, um pensamento estranho, eu queria que anotasse. Também, com as minhas desculpas, queria que nos visitasse novamente na próxima semana, na hora que lhe for mais conveniente.

Sérgio já estava com a caixa nas mãos. Passou-lhe pela cabeça que aquele velho mágico teria algum lucro com o truque. Um pouco constrangido, perguntou:

— Vou ter de pagar alguma coisa?

Jamara riu. O velho balançou a cabeça:

— É evidente que não. Dinheiro é uma coisa que só atrapalha.

Sérgio ainda tentou:

— Não pode me explicar mais alguma coisa?

— Não, não posso.

O Professor levantou-se, com a mão estendida:

— Infelizmente vou ter de deixá-lo com Jamara.

Sérgio despediu-se rápido, ficar com o anjo era interessante. Só, com ela, a caixa ainda nas mãos, ele esperou que ela falasse:

— Vou buscar uma sacola para essa caixa.

Ela trouxe, colocou a caixa:

— Se tiver tempo podemos fazer alguma coisa.

Sérgio achou ótimo e, como fazem os tímidos, arriscou:

— Podemos ir para um belo motel.

Jamara olhou espantada:

— Motel? Você quer fazer sexo, com a caixa na cabeceira?

Ela riu. Ele insistiu:

— Vamos?

Jamara estava rindo, fez uma cara séria. Ele não sabia se ela representava, se... Ele tinha de esperar a resposta:

— Não, Sérgio, eu acho você simpático, inteligente, sexo é uma coisa muito boa, mas eu prefiro me masturbar. Não quero ficar nua nem examinar sua nudez. Nem sei se você é sádico, gay ou virgem.

Ele disse:

— Virgem?

— Sim, virgem, mesmo que tenha feito sexo com dezenas ou milhares.

Ele exclamou:

— Milhares?

Ela riu:

— Nos bares vocês confessam...

— Não frequento bares nem faço confidências sexuais.

Sérgio estava meio ofendido, ela tinha começado a sair da casa pelo corredor, ele acompanhava, chegaram juntos ao carro.

Ela perguntou:

— Confia em mim? Me empreste as chaves.

Com a sacola na mão, ele estendeu as chaves:

— Eu guio devagar.

Ele rodeou pela frente, sentou-se ao lado, ela já estava soltando o breque e dando a partida.

— Para onde vamos? — ele disse.

Ela pensou um pouco:

— Você mora sozinho? Tem namorada, amante, mulher ou filho, cachorro, gato?

Ele não conseguia distinguir se ela só brincava:

— Moro em um pequeno apartamento, nem mulher nem animais, talvez muitos ácaros.

— Ácaros? Adoro ácaros.

— Por quê?

— Eles beijam, acariciam, dormem juntos, mas não falam, ficam invisíveis...

— Você quer ir ao meu apartamento?

— É claro, lá podemos conversar... (ela pensou um pouco) Se é que você está interessado em conversar comigo, sem sexo, sem beijo na boca, sem...

Sérgio a interrompeu:

— Sem declaração de amor também? Você tem amante, namorado, namorada?

Jamara entrou na avenida principal em direção à cidade. Guiava bem, tinha prática.

— Jamara, para onde você está indo?

— Para sua casa, se permite.

— Você adivinha? Sabe onde moro?

— Claro. Todo mundo sabe onde todo mundo mora, se tem o número do telefone.

Sérgio percebeu, estava tenso. Recostou-se no banco, procurou relaxar. Ele recebera um convite para ir na casa de alguém, mas agora isso não tinha importância. Sentia-se abduzido e, ao que parecia, a nave-mãe era seu próprio apartamento. Ele soltou no chão a caixa do Professor, notou Jamara olhando as placas das ruas. Estavam perto. Ela perguntou:

— Onde você deixa o carro?

— Na garagem do prédio, eu mostro.

Ela nem esperou que ele falasse, manobrou o carro em direção ao portão, ele acionou o bipe, ela estacionou.

Ele abriu a porta, entraram. Embora com seu membro em repouso, ele estava mentalmente excitado. Muito melhor do que motel era o seu apartamento, sem piscina, luz negra e filmes eróticos, mas havia uma intimidade, algo familiar, ele sentia sem saber por quê.

Ela deu uma volta pela sala, discretamente apreciou as gravuras na parede. Ele acrescentou:

— Quer ver o quarto, a cozinha, o...
— Não vamos para o quarto, talvez na cozinha...

Sérgio sentou-se em uma poltrona, ela no sofá. Ele estava tenso, de novo. Queria fazer algo original, queria ela gostando dele, mas não lhe aparecia uma ideia. Ficou em silêncio, ela também:

— Sérgio, vou tentar dizer o que estou ou estive pensando.

Ele a observou, em silêncio.

Ela levantou-se, passou na frente dos quadros, olhou pela janela, depois se abaixou por trás, deu um beijo no rosto dele.

Sérgio continuou calado, ela foi sentar-se outra vez no sofá:

— Foi bom você ficar calado... O silêncio é um cobertor, aquece, a gente fica no escuro, sem pensar... Ou pensando em tudo...

Sérgio interrompeu:

— Você ia falar o que pensa, ou... O que já pensou.

— Você deve ter notado. Eu me exibo... Não, não é bem isso... Eu odeio os paradigmas, as molduras, todos colocam um sentido em cada palavra, em cada gesto. Tento ignorar, depois não sei o que fazer...

Sérgio disse:

— Jamara, eu admiro você, mas não entendo, não estou sendo capaz de...

Jamara levantou-se, ficou no meio da sala:

— Existem coisas estabelecidas, regras inevitáveis...

Ele acrescentou:

— Quais?

— Se você diz: "Vamos a um motel" e a pessoa aceita, existe frases não ditas, mas embutidas na palavra *motel*: ambos vão tirar a roupa, transar, fazer amor, ter relações sexuais, se foderem, estranha palavra, significa também "ter prejuízo, sofrer, se aborrecer". Quando você me convidou para ir ao motel você estava certo de transar, não estava?

— Sim, é a maneira mais rápida de fazer esse convite.

— Quando eu disse que viríamos para sua casa, você também entendeu quarto e transa, não entendeu?

— Sim, com dúvidas.

— Neste momento você deve estar arrependido de ir consultar o Professor, de aguentar esta chata que não transa, só fala.

Sérgio tinha frases redigidas, já experimentadas, já esperadas pelas parceiras, mas agora nenhuma delas servia. Improvisou:

— Bem, a história do véu, o passeio no parque, eu achei que nós dois... Bem, haveria beijo na boca, minha mão no seu seio. Depois este apartamento, nós dois na cama.

Sérgio fez uma pausa:

— As mulheres repetem: "Todos os homens são iguais." Talvez sejamos mesmo. Iguais e convencionais. Usamos gravatas há séculos.

Jamara sentou-se. Sérgio tentou relaxar, esticou as pernas, levantou os braços se alongando:

— Por que me beijou no rosto, foi bom, até me deu uma esperança...

— Esperança de quê? Da gente acabar transando no quarto?

— É, exatamente isso. Tenho negado, mas é isso que eu penso sempre...

Jamara completou:

— ...quando encontra uma falante inocente jovem como eu.

— É, mas não consigo imaginar você inocente, fico louco para saber...

Ela cortou a frase:

— ...se sou isto ou fiz aquilo... Não, isso não vai acontecer, nenhum interrogatório, nasci ontem, não tenho passado, sou um clone de alguém morta, nem sabia, apartamento, motel, são lugares que nenhuma mulher pode frequentar, sem perder a honra, a digni...

A frase não foi terminada. Ambos riram alto. Sérgio deu dois passos em direção a Jamara, ela continuou rindo, mas estendeu a mão espalmada:

— Você está feliz com o paradigma: se ela rir, pode abraçá-la, levantar o vestido, acariciar a coxa, arrastá-la para a cama. *Riso* significa nos dicionários: vontade de ir para a cama, tirar a calcinha. Mas... Eu estou só com vontade de rir, não quero ir para a cama.

Sérgio parou. Ele ainda não tocara nela. Voltou para a poltrona.

Naquele instante estava com medo de que ela cedesse. Seu membro parecia concordar com ela, estava frouxo, talvez com vontade de ouvir mais alguma coisa, não de se encher de sangue e enfrentar a batalha dos pelos entrelaçados, das unhas riscando o território pretensamente conquistado.

Daquele instante em diante eles só conversaram. No começo da noite ele a levou para casa, deu o velho beijo na face e voltou para o apartamento. Parecia aquele espaço em branco, quando lemos um romance, sinal de intervalo, cortina que se fecha, o leitor não sabe o que pode ter acontecido nas entrelinhas da conversa. Sérgio lembrava-se daquelas horas como a *paralisação dos objetivos*, já que a linguagem não se importa se as palavras não conseguem nem acompanhar nem explicar o que se passa abaixo da raiz dos cabelos, mesmo sem nenhum cabelo.

Só na manhã seguinte ele tirou a caixa da sacola e a examinou debaixo da luz. Não havia fechadura, mas se podia notar uma tampa praticamente colando as duas partes. Movendo a caixa sentiu algo silencioso se mexendo dentro, uma bola pesada de borracha, ou de metal. Talvez um ovo, não rolava de maneira uniforme. Sentiu um sutil perfume, talvez a madeira absorvera o incenso em suas fibras. A caixa tinha enfeites embutidos na parte da suposta tampa. No centro havia algo como um botão.

Sérgio pegou na maleta de ferramentas um estilete. A lâmina fina ele colocou no limite do botão, para retirá-lo. Depois de um bom tempo conseguiu deslocá-lo. Com lixa muito fina obliterou as insignificantes marcas do sutil arrombamento. Debaixo do botão havia a cabeça de um parafuso. Retirado, a caixa, presa com as duas mãos, foi cedendo.

Aberta, a caixa estava vazia, não havia sinal algum de um dia ter tido algo dentro. Sacudida perto do ouvido, nada ouviu. Colocou o botão, ocultando o parafuso. O ruído de bola no interior desaparecera. Ouvi-lo seria uma sugestão. Mas Sérgio tinha certeza, inclinara a caixa em todas as posições. Enquanto abria a caixa imaginara nada dizer ao Professor. Agora, tinha dúvidas. Lembrou-se que talvez acontecera algo estranho, mas não era capaz de fixar um pensamento. O perfume, talvez, a... Seria a falta de memória. Como dissera aquelas coisas ao Professor e esquecera depois? O perfume... O anjo o teria perturbado, afinal ele não se concentrara e só se importara em paralisar as negativas de Jamara.

Telefonou para lá, ninguém respondeu. Pegou o carro e lá foi estacionar diante da porta vermelha. Tocou a campainha muitas vezes mas a porta não abriu. Foi até o restaurante. Pediu para falar com o proprietário, nem o seu nome sabia. O homem surgiu, sério, fez várias perguntas e concluiu com: "Por que desejava encontrar o Professor?" Sérgio mentiu um pouco, exagerou seu interesse, o indiano disse secamente:

— Ele desapareceu.

Foi inútil interrogá-lo. O indiano nada respondeu, mas tirou do bolso uma agenda, deu um número de celular. Sérgio agradeceu e saiu. Ainda na rua, telefonou para Jamara, ela, admirada, queria saber como obtivera o número, disse para esperar em frente à casa, voltaria logo. Sérgio tinha trazido a caixa, aparentemente intacta, no mesmo saco de supermercado. Ela veio de táxi, ele beijou-a no rosto, entraram. Ele entregou a caixa. Ela indagou:

— Você segurou a caixa? Sentiu alguma coisa?

Ele narrou com detalhes, o perfume, a bola fofa provável...

Ela olhava para ele, insistiu:

— Sérgio, foi só isso o que aconteceu? Alguém mais examinou a caixa?

Naquela altura, ele não poderia confessar a verdade. Ficou em silêncio, deu a impressão de que nada mais acontecera e perguntou:

— O Professor... O indiano disse que desapareceu.

Ela hesitou:

— Ele saiu, não está aqui, não... Quis dizer para onde foi, há um retiro, uma espécie de convento...

— Você acha que ele está lá?

Jamara não respondeu imediatamente, estava visivelmente incomodada com as perguntas.

Sérgio percebeu, disse em seguida:

— Tudo bem, sei que... Vocês sabem o que fazer, não vou perguntar mais nada.

Ela fez um gesto como se concordasse, aliviada.

Depois levou a caixa para o seu quarto, voltou, sentou-se no sofá e insistiu:

— Houve alguma outra pessoa fazendo algo com a caixa?

Sérgio balançou a cabeça negativamente. Interiormente não se arrependia de tê-la violado, nada tinha, o ruído poderia ser da sua própria cabeça, estava tranquilo, nada ilegal ou perigoso.

Jamara levantou-se:

— Depois que tocou na caixa, até agora, nada sentiu de diferente?

Sérgio levantou-se também, olhou para ela:

— Neste instante sinto uma coisa bem diferente, mas é clara para mim.

Ela olhou para ele, estava curiosa.

— Pode me dizer?

Sérgio afastou-se dela mais um pouco:

— Estou com receio de me enganar e enganar você também...

Ficaram alguns segundos, estáticos. Ela, de maneira neutra:

— Fale.

Sérgio sentou-se, ela, na cadeira distante dois metros. Ele riu, talvez de si mesmo:

— Jamara, eu não posso nem olhar para você e, quando estou longe não posso nem pensar em você, acho que estou apaixonado, nunca senti isso antes...

Jamara levantou um pouco a cabeça, falou calmamente:

— Deve ser o que chamam de *paixão*, vontade de fazer amor, vontade de rolar nu em uma cama... Comigo...

Sérgio não respondeu, ela insistiu:

— É isso mesmo, não?

Sérgio balançou a cabeça e negou:

— No começo eu pensava nisso, agora não quero, tenho certeza de que ficaria com as mãos frias... — olhou, esfregou as mãos, sorriu.

Jamara levantou-se, foi até ele, segurou suas mãos, abaixou-se, o beijou na boca, de leve, ele não se moveu.

— É, as mãos estão frias, a boca também.

Jamara voltou e sentou-se em sua cadeira. Sérgio respirou longamente:

— Pode me convidar para a cama, não vou, não quero ir...

— Você é muito inteligente, deve ser bom ator, fez uma bela representação, estou impressionada...

Sérgio mudou o tom de voz:

— Jamara, você sabe o que tinha na caixa, para que servia a caixa?

— Não, o Professor vive em... Eu não conseguiria definir, seu pensamento, suas intenções... — ela também mudou o tom.

— Ele queria algo de você, por isso lhe deu a caixa...

— Jamara, eu vou lhe confessar, tenho de contar a você...

— O quê?

— Eu abri a caixa...

Ela interrompeu:

— Como? Ela estava perfeita... O que havia lá dentro?

— Eu abri com cuidado e depois fechei.

— Você disse que ouvia um ruído...

— Mas nada encontrei lá dentro. Por que o Professor...

— Não há porquês, não há perguntas nem respostas.

— Mas... Um objetivo o Professor teria, uma intenção, um teste...

Ficaram em silêncio, Sérgio esperava que ela dissesse alguma coisa.

Jamara estava séria, sorriu levemente irônica:

— Você já sabe, ele me ensinou a não fazer conjeturas...

— Mágico, ele organizou as sincronicidades, liquidou com a sua libido, orientou seus neurônios na minha direção, agora só falta você me pedir em casamento...

Jamara riu discretamente, não se poderia saber se estava se divertindo. Sérgio deve ter se irritado um pouco, mas se controlou:

— Jamara, você quer casar comigo?

Ela cerrou os lábios, fingindo que segurava o riso:

— Preciso saber se ainda será capaz de fazer amor comigo, ambos completamente nus.

— Tentarei sempre.

— Não, não posso confiar em tentativas, tenho de ter garantias, desde a primeira vez.

— Hoje?

— Sim, hoje, daqui a pouco.

Sérgio criou uma ruga na testa. Surgiram imagens rápidas da sua adolescência, a fimose, a dor da primeira vez, a desistência. Ele olhou para ela, a voz firme:

— Não, hoje não.

Jamara deixou o sorriso, mas poderia estar disfarçando:

— E se nós dois fôssemos ao cartório, os papéis etc. e houvesse um casamento legal, digo, legalizado?

— Sim, eu concordo, você pode estabelecer qualquer condição.

Jamara continuava séria:

— E se, daqui a não sei quanto tempo, você descobrisse, ou desconfiasse, que foi hipnotizado, que o Professor com a caixa e o meu negado sexo montamos uma armadilha?

Sérgio ficou perturbado. Estava sentindo o perfume do incenso, queimado fora da sala, talvez. Levantou-se, passou em frente de Jamara sem olhar para ela, foi para o quarto. Na mesa de cabeceira viu a caixa. Tirou os sapatos e atirou-se vestido na cama. Talvez estivesse perturbado, mas sentia o perfume do corpo de Jamara. Olhos fechados, esqueceu onde estava.

Acordou de manhã, sem calças, só de camisa. Não sabia se fora Jamara. Ela entrou no quarto, os cabelos molhados, não sorriu, mas seu rosto parecia um ponto de interrogação:

— Sérgio, o que você decide?

Ele levantou-se, sentia-se ridículo sem calças, mas não se importou:

— Vou tomar banho, já volto.

A água em seu rosto parecia afogar a multidão de pensamentos. Voltou nu, Jamara lhe deu uma camisa do Professor:

— Sérgio, o que pretende agora?

— Vamos ao cartório, vamos nos casar.

Jamara pegou uma pequena bolsa, saíram juntos, Sérgio ao lado, sem tocá-la. Jamara pediu as chaves, disse que era melhor ela dirigir. Ele concordou. No centro deixaram o carro em um estacionamento. No primeiro cartório não efetuavam casamentos, andaram mais alguns quarteirões. Falavam pouco. Para atravessar as ruas Jamara segurava no braço de Sérgio, como se faz com as crianças. Havia muita gente no balcão do cartório. Foram atendidos por um senhor que sorria de vez em quando. Ele perguntou dos documentos, Jamara nada trouxera, Sérgio apresentou o cartão de identidade e um cartão de banco. O senhor anotou em um papel... Certidão de nascimento... Proclamas... Prazos... Averbar... Mudança de estado...

Ambos já não estavam mais ouvindo. Sérgio agradeceu, colocou o papel no bolso, saíram:

— Ingenuidade a minha. Trinta dias de prazo...

Jamara pegou no seu braço:

— Não vai mais casar comigo?

Ele olhou para ela:

— Você ainda quer? Teremos que ir a outro cartório e... Você tem os documentos que ele pediu? Você é brasileira?

Ela respondeu alguma coisa, mas a rua fervilhava de pessoas, havia buzinas nervosas, ele não ouviu. Voltaram ao carro. Ele disse:

— E o Professor?

Jamara suspirou:

— Vamos ao convento... Se não estiver lá...

Ela dirigiu, saíram da cidade, entraram em uma estrada de terra. Sérgio tinha pousado a mão esquerda no joelho coberto pela saia fina. Seu braço acompanhava todos os movimentos, ele imaginou gêmeos siameses, seu sangue entrando pelas veias da perna, correndo pelo sexo, colorindo o rosto de vermelho. Ele não saberia dizer quanto tempo levaram para chegar até o enorme casarão. Saíram do carro:

— É aqui o convento?

— Sim, mas não fale esse nome, é outro.

Uma senhora gorda desceu as escadas, vestida com roupa lilás, até os sapatos. Jamara foi falar com ela, Sérgio foi atrás, se aproximando. Ouviu algumas palavras, mas não sabia que língua era aquela. A senhora gorda tornou a subir as escadas, eles a seguiram:

— O Professor está aqui?

— Sim, vamos falar com ele.

Seguiram a senhora por dois corredores sombrios, entraram em uma pequena sala vazia, não havia cadeiras.

Daí a alguns minutos entrou o Professor, a barba mais comprida, parecia ainda mais velho. Ele estendeu a mão para Sérgio, depois começou a falar com Jamara naquela língua, talvez indiana. Havia perturbação em ambos. Sérgio ao lado, Jamara e o Professor se calaram, Sérgio sabia que não poderia fazer perguntas. O Professor estendeu a mão para ele. Só isso. Sérgio engasgou e disse: "Felicidades."

Jamara abraçou o Professor, eles se beijaram na boca.

Ela falou algo, ele respondeu com uma palavra. Jamara pegou a mão de Sérgio e o puxou para saírem. Andaram alguns metros, o Professor chamou:

— Sérgio.

Ele voltou, Jamara ficou onde estava. Ele aproximou-se do Professor:

— Quer me falar alguma coisa?

O Professor o olhou nos olhos, disse bem baixo, talvez para Jamara não ouvir:

— Você abriu a caixa...

Sérgio percebeu, era uma afirmativa e havia tristeza.

Hesitou um pouco e não soube o que poderia dizer. O Professor virou-se e saiu lentamente. Sérgio ainda esperou alguns segundos, depois voltou com Jamara. Descendo as escadas ele tentou:

— Você disse que eu abri a caixa?

Ela voltou o rosto para ele e sacudiu um *não* sem nenhuma palavra. Entraram no carro. Quando ultrapassaram o trecho de terra e entraram no asfalto, agora mais silencioso, Sérgio perguntou:

— Por que beijou seu pai na boca?

Estavam em uma reta. Jamara virou-se para ele, as sobrancelhas um pouco levantadas:

— Ele não é meu pai.

Sérgio olhou a paisagem, houvesse uma floresta, um castelo ou precipício, ele não saberia. A maior parte do tempo os olhos enxergam o lado de dentro, inventam filmes confusos que vão tombando aos pedaços e jamais são colados na sequência verdadeira.

Chegaram na casa pela tarde. Estavam famintos. Fizeram um lanche com o que havia na geladeira.

Foram para o quarto, Sérgio abraçou Jamara pela cintura, ela retirou o seu braço:

— Ainda não estamos casados.

Sérgio sentiu uma onda de exasperação tensionar seu corpo. Precisou apertar o peito para não gritar.

— E quando e quem vai nos casar?

Jamara olhou para ele seriamente. Ele não sabia se era real:

— Eu faço o casamento.

— Você, como?

— Eu faço.

— Quando?

— Faço agora.

Sérgio agarrou-a pelos braços, olhou dentro das pupilas e a foi soltando lentamente:

— Faça agora, então.

Jamara pôs o joelho na cama:

— Me ajude a empurrar a cama, quero pôr a mesinha aqui.

Ambos afastaram a cama até a parede. Jamara arrumou a pequena mesa no espaço vazio. Falou a ele que esperasse, foi lá dentro, trouxe o que parecia uma taça muito grande, de cobre, com um líquido. Jamara a deixou na mesa, depois abriu o armário com uma chave, tirou de lá a caixa e colocou ao lado da taça.

Sérgio sabia, não adiantava fazer perguntas. Ele sentia o perfume de incenso, devia estar na cozinha.

Ela pediu a camisa do Professor que ele vestia, entregou-lhe a sua, bem amassada, Sérgio a vestiu. Ela cobriu-se, uma espécie de manta com bordados, Sérgio ficou em frente da mesa. Ela desligou o telefone e disse:

— Vou começar.

Naquela língua, o que ela dizia parecia um mantra. Ele só ouvia.

Ela falou poucos minutos, parou, segurou a caixa com as duas mãos e continuou com os mantras. Estendeu a caixa para Sérgio que a segurou com as duas mãos. Daí a pouco ela parou, pegou a caixa, ia guardá-la no armário, mas a deixou na mesa, bem perto da cama. Sérgio olhou para ela:

— Já terminou?

— Sim.

— Quer dizer que agora estamos casados?

— Sim.

Havia algo diferente na expressão de Jamara. Parecia... Outra mulher, era o que passava na cabeça de Sérgio. Qual mulher, que figura diferente era aquela ele não saberia definir, pois a outra também se apossara dele como um líquido que, derramado em uma vasilha, invade todos os espaços.

Jamara saiu, voltou com o véu colocado no rosto. Pegou a taça e bebeu um pouco do líquido, com cuidado. Entregou a taça para Sérgio. Ele bebeu mais do que ela. Não era nada alcoólico, só um pouco amargo. Ela abriu de novo o armário, ia guardar a taça, mas deixou-a na mesa. Sérgio ansiava para fazer perguntas. Mas ocorreu-lhe algo estranho. Pegou a ponta do véu e o levantou com cuidado, aproximou os lábios no ouvido esquerdo de Jamara:

— Quantos anos você tem?

Jamara encostou-se nele e abaixou o véu. Ela respirava fundo, Sérgio suspeitou que estivesse excitada. Ela dissera, um dia, que ele se alimentava de perguntas, os agoras voavam e o passado era uma areia movediça, ele estava quase desaparecendo. Sérgio tomou mais um gole do líquido. Jamara tirou a taça de sua mão e com um gesto circular atirou o resto na outra parede. Sérgio também respirava rapidamente. Ele a abraçou com força, estavam na beira da cama, caíram ambos, ele mordia o véu tentando arrancá-lo, como um animal, depois o puxou com a mão direita, os cabelos se abriram em leque na cama. Ele lambeu o rosto de Jamara e os lábios que ela abrira. Disse mais alto:

— Quantos anos você tem?

Jamara desabotoava devagar a blusa. Ele ficou estático, à espera. Ela abria também os botões da camisa suja. Ele saiu da cama, acabou de se despir, de frente.

Depois puxou a saia e a calcinha dela. Jamara o explorava com as duas mãos de unhas curtas. Sérgio a penetrou lentamente e gozou muito antes do que planejara. Ficaram assim abraçados durante muito tempo, ela tinha estendido o braço esquerdo que repousava em cima da caixa, na mesinha. Sérgio puxou a caixa de repente e a colocou no ouvido. O ruído era diferente do outro. Os pensamentos obsessivos tinham se encolhido, eram fracos tentáculos atrás da testa. Vagamente Sérgio se recordava, também era professor, tinha um apartamento e não conseguia lembrar quais eram os seus objetivos.

**Descida no Maelström**

ROBERTO DE SOUSA CAUSO

ROBERTO DE SOUSA CAUSO nasceu em 1965 em São Bernardo do Campo (SP). É formado em Letras pela USP, ensaísta e editor, além de autor dos livros *A corrida do rinoceronte* (romance, 2006), *A sombra dos homens* (romance, 2004) e *A dança das sombras* (contos, 1999). Dos prêmios que recebeu destacam-se o Nascente e o da Sociedade Brasileira de Arte Fantástica. Atualmente mantém uma coluna semanal sobre ficção científica e fantasia na *Terra Magazine* (http://terramagazine.terra.com.br).

O barril a que eu estava amarrado flutuava a quase meio caminho da distância
entre o fundo do abismo e o lugar onde eu me lançara... Os que me
puxaram para bordo eram meus velhos camaradas de mar
e companheiros de todos os dias, mas não
me reconheceriam mais do que
um viajante regressado do
mundo dos espíritos.

— Edgar Allan
Poe

# 1

A largada para o mergulho planetário aconteceu, apropriadamente, com uma explosão.

Jonas Peregrino e seus quarenta e nove companheiros eram destroços deixados para trás pela fragata *Yucatán*, que, mortalmente ferida, precipitava-se contra as camadas mais altas da atmosfera do gigante gasoso Phlegethon, para queimar-se muito longe de onde eles foram deixados.

*Phlegethon*, Peregrino sabia, significava *lago de fogo*, e os cinquenta combatentes humanos dirigiam-se à vasta tempestade permanente — semelhante à Grande Mancha Vermelha de Júpiter — que havia inspirado a associação com o lago chamejante da mitologia grega. *Yucatán* prosseguia por sua vez, vazia de vida humana, a queimar contra a atmosfera enquanto os combatentes descreviam um arco preguiçoso a partir de sua trajetória, lentos o bastante para não queimar mas penetrar com segurança a termosfera de Phlegethon.

A destruição da fragata era um engodo, seu comportamento errático programado para sugerir uma desastrada aproximação, depois de sofrer uma pane dentro do poço gravitacional do planeta.

Um engodo dirigido aos tadais, a espécie alienígena que ameaçava a humanidade e os outros povos da Esfera — uma área da galáxia particularmente rica em sóis tipo G e planetas habitáveis.

Terradécadas atrás, quando as forças humanas na Esfera descobriram o quão avançada era a tecnologia gravítica tadai, sondas foram enviadas a gigantes de massa enorme como Phlegethon. O estudo de nuances em sua gravidade superficial poderia levar a avanços nesse campo, em particular nos mundos oblongos onde o puxão da gravidade no equador era substancialmente diferente da atração nos polos.

Uma das sondas, de origem euro-russa, descobriu uma instalação tadai flutuando incógnita, perfeitamente camuflada contra qualquer observação orbital, no olho da tempestade perene. A seção B da sonda, tendo sobrevivido à penetração atmosférica, foi destruída pelos robôs tadais pouco depois de enviar seus dados à seção A, que os retransmitiu por ansível. Um comando euro-russo foi montado às pressas para realizar o ataque contra a base dos alienígenas. Jonas Peregrino, um capitão-de-espaço-profundo a soldo da Esquadra Latinoamericana da Esfera, comandara a única vitória humana em carne e osso infligida contra os alienígenas. As autoridades euro-russas deixaram de lado as diferenças políticas entre os dois blocos e o convidaram para participar do ataque — esperavam que a base tadai fosse tripulada não só por robôs, como acontecia nas espaçonaves dos alienígenas, mas também por cientistas tadais que poderiam ser capturados. A experiência de Peregrino seria inestimável, se a esperança se confirmasse.

Peregrino sentia-se intrigado pela presença da instalação tadai — de configuração nova para ele —, mas desconfiava que os euro-russos estavam enganados. Não haveria nenhum tadai vivo na base, apenas robôs que, por algum motivo, ficaram para trás na enorme retração realizada pelos alienígenas, e que tanta dor de cabeça dava à humanidade.

Por que se lançar a uma guerra de extermínio contra as espécies de presença espacial na Esfera, para — quando já pareciam próximos de firmarem o controle estratégico — realizar um retraimento tão completo? Não fazia sentido, e descobrir suas razões tornara-se prioridade absoluta. Especialmente agora que o vácuo deixado motivava uma corrida de colonização planetária como nunca se vira antes. Talvez essa base secreta, esquecida ali ou não, forneceria algumas respostas.

Peregrino observou a constelação de luas que orbitavam Phlegethon girar com as estrelas, enquanto ele mesmo movia-se para antecipar a ordem de posicionamento para reentrada. Os dois sóis que iluminavam o planeta transformavam as seis luas visíveis em crescentes luminosos. O largo conjunto de anéis saía do terminador como lâminas longas e fulgurantes, pois a rotação de Phlegethon era bastante oblíqua em relação à eclíptica. Os cinquenta comandos mergulhariam, no escuro, rumo à tempestade. Durante o dia a dupla iluminação solar a alimentaria ainda mais com energia, multiplicando seus perigos. Mas durante parte da descida o albedo dos anéis forneceria iluminação e um firme ponto de referência. Ao menos pelo tempo em que durasse o ataque, pois a tempestade completava uma volta pelo equador do planeta a cada onze horas.

— Assumindo controle centralizado — Peregrino ouviu no rádio do capacete a voz abafada de Marie Obasango, a líder da operação.

Afrodescendentes como Obasango costumavam chegar a posições de comando de tropas de elite na Euro-Rússia. Talvez não fosse grande honraria, porém, diante do índice de mortalidade que envolvia ações táticas especiais nesse tipo de ambiente. Peregrino era um veterano no conflito contra os tadais, e suas lembranças eram povoadas de amigos que, feridos em ação, nunca tiveram chance de alcançar atendimento médico. O ambiente espacial é hostil e implacável. A ruptura do traje protetor, o contato desprotegido com radiações solares e qualquer soluço dos sistemas de suporte de vida levavam à morte, a danos cerebrais ou à mutilação.

Peregrino perdeu o controle dos movimentos. O traje era agora teledirigido por um sistema de computadores, em rede com os outros comandos e os seus respectivos fardos, e que os faziam girar conjuntamente no vácuo e assumir a posição estendida.

— Contagem regressiva para o mergulho — Obasango disse, em seus fones. Mas foi o computador que assumiu a contagem, a partir de hora H menos um minuto.

Ele havia cometido essa loucura antes. Dizia-se que os euro-russos haviam aperfeiçoado o mergulho planetário muito além das suas raízes como esporte radical. Contudo, as vezes em que Peregrino precisara mergulhar, vestindo apenas o traje de reentrada, não foram por esporte. As naves em que estivera haviam sido severamente avariadas pelos caças-robôs tadais, levando à perda de muitos vasos de escape. Com os remanescentes ocupados pelo resto da tripulação, a única alternativa de Peregrino, o oficial comandante, fora mergulhar até a superfície do planeta mais próximo e aguardar o resgate.

Agora mesmo, naves euro-russas e latinoamericanas esperavam camufladas na nuvem de Oort local. Elas se aproximariam somente depois da operação estar terminada. Do contrário, poderiam chamar a atenção de possíveis sentinelas tadais, e pôr tudo a perder.

Cada combatente era acompanhado de um fardo aerodinâmico, contendo as armas de alta energia, o casulo de estabilização de feridos e os explosivos — tudo o que não poderia carregar consigo. Era sempre uma operação temerária, mergulhar para o combate com apenas um bastão de energia e duas granadas plásticas embutidas na mochila às costas. O fardo seguia cinquenta metros atrás, em ligação *transponder* com o seu *dono* — estaria ao seu lado, quando ele chegasse à superfície externa da base tadai.

Se não fosse destruído pelos ventos de quatrocentos quilômetros horários ou pelos relâmpagos que já explodiam, palidamente, lá embaixo.

A tempestade era um inchaço na cobertura de nuvens que envolvia o planeta. Movia-se perceptivelmente em torno de si mesma no sentido anti-horário, como uma serpente letárgica a estrangular uma presa invisível. Enorme — a Terra poderia ser engolida inteira por ela, como uma cotia no abraço da sucuri. Peregrino sentiu seus dentes cerrarem-se; por um segundo, seus ombros e seu peito arrepiaram-se, parecendo se desfazer na microgravidade suborbital. Sorriu. Lá embaixo estava o grande monstro, e ele alegrava-se. Uma alegria suicida velha conhecida.

Fora por isso, certamente, que o almirante-de-esquadra Túlio Ferreira, seu oficial superior, hesitara em permitir que Peregrino participasse da ação. Era perigoso demais. E Peregrino, tendo escapado de tantas mortes e visto a ruína de tantos companheiros, talvez ansiasse por um fim semelhante. Com a retração dos tadai — e com o suposto tratado entre os blocos políticos humanos já rascunhado —, Peregrino perdera importância como recurso para a Esquadra. Os políticos falavam em levá-lo de volta à Terra, para usá-lo na propaganda da expansão colonial. Apenas Túlio desejava manter o seu melhor soldado na ativa. Mas Peregrino já havia pedido para ir para a reserva quando viera o convite dos euro-russos. Para o almirante, enviá-lo na missão tornara-se um modo de tê-lo um pouco mais sob o seu comando. De espremer um pouco mais o bagaço.

Mas Túlio estava a anos-luz dali, orbitando a Esfera em passagens subluz para que, quando Peregrino voltasse, ele mesmo estivesse esperando, não muito mais velho e com todas as novidades do conflito.

— Estarei lá com uma atualização do que aconteceu na Esfera enquanto você praticava esportes radicais, Jonas — Túlio lhe dissera na partida. — Quem sabe até então os malditos tadais terão decidido voltar pra te dar mais trabalho.


Os combatentes alinhavam-se, seus fardos atrás deles, enquanto adiante se projetava a ala de guias-robôs que desceriam mil metros à frente. Em rede-transponder com os homens, escolheriam o trajeto mais seguro em meio à turbulência, guiando os combatentes pelo melhor caminho. Peregrino viu os guias se precipitarem para baixo, seguidos da vanguarda. Ele mesmo ia no miolo — importante demais para a missão, disseram-lhe, para se arriscar à testa da inserção planetária. Sentiu o impacto da aceleração coordenada dos seus foguetes-frios. De olhar embaçado pela força G, enxergou seus companheiros transformados em estrelas cadentes pelo atrito com a termosfera altamente energizada de Phlegethon. O isolamento térmico e a vedação dos trajes tinham de ser perfeitos, ou o plasma incandescente entraria pela menor das frestas. Fatiaria como um maçarico o corpo humano em seu interior. Agora mesmo o visor de seu capacete era escurecido para proteger seus olhos contra o brilho dos gases ionizados.

Tinha confiança na tecnologia euro-russa — superior à latinoamericana nessa área —, mas programara o computador do traje para tocar, durante a passagem pela termosfera — quando a ionização bloqueava as comunicações —, um velho solo de viola que trouxera de casa, Terradécadas atrás. Uma música jovial e melancólica, que falava dos bosques e campinas deixados para trás, ideal para se ouvir antes de morrer. Mas a capitã Obasango havia descoberto o truque e ordenado a ele que cancelasse a programação. Não o queria mexendo nos softwares.

Peregrino piscou seguidamente e respirou fundo. A descida pela termosfera parecia durar uma eternidade. O traje de mergulho era também um traje propulsado que realizava sozinho todo o serviço, até o instante em que chegassem à base flutuante tadai. Giroscópios informavam o computador, que fazia o traje se estabilizar automaticamente. Peregrino concentrou-se então nos dados que apareciam sobre as linhas luminosas do head-up display do capacete. Dois relógios digitais em contagem regressiva: agora o paraquedas-piloto se abria de uma haste projetada da mochila do traje, estendendo-se para trás por três metros para frear a queda quando a atmosfera começasse a adensar. Peregrino sentiu a primeira trepidação. Era importante que não rompesse a barreira do som, ou a interação das ondas de choque atingiria os tecidos orgânicos do homem e os sistemas do traje. O piloto era semirrígido, e aberturas no funil faziam com que ele girasse no encaixe do cabo, produzindo eletricidade para os sistemas.

Minutos depois, outra contagem chegou ao fim — duas hastes finas projetaram-se dos calcanhares do traje, para descarregar a eletricidade estática.

A trepidação aumentou. Chegava à primeira camada atmosférica após a termosfera, os extratos mais elevados de cristais de amônia. O head-up display piscou e uma série de vaga-lumes apareceu nele, quando a rede-transponder voltou a operar: os sinais de posicionamento de seus colegas.

Um relâmpago titânico estalou, apagando o display e permitindo que os pontos luminosos fossem substituídos pelas figuras duras dos mergulhadores arrastando fios de condensação. A imagem durou só um segundo, além da efeméride registrada em suas retinas.

— Repetir frizar imagem fixada relâmpago — Peregrino ordenou ao computador.

A imagem foi reconstituída no visor. Peregrino concentrou-se no fundo. Aproximavam-se da tempestade e seus megatons de energia revolvente.

— Última forma — ordenou, antes de cerrar os dentes.

Sentiu o primeiro impacto. O aperto do traje de pressão estrangulando seus membros para que o sangue não escapasse do cérebro e o levasse à inconsciência. Mais de um quilômetro à frente dele os guias começaram a tomar as primeiras curvas para abordar a tempestade. Nessa velocidade, retardada pelo piloto, as mudanças de direção forçadas pelas aletas que se projetavam da mochila, dos braços e das pernas do traje — movendo os cinquenta guerreiros num único movimento com um segundo de diferença entre os primeiros e os últimos — comprimiam seu corpo próximo dos cinco Gs de força.

A atmosfera densa de Phlegethon era um bolo de noiva. Na primeira camada, nuvens de gelo de amônia; na segunda, de hidrossulfídeo de amônia. Entre uma e outra havia uma faixa de relativa ausência de condensações. Lá embaixo a tempestade contorcia-se em linhas de arrasto também relativamente livres de grande turbulência, conforme a rotação anti-horária fazia retorcer os jatos zonais causados pela rotação do planeta. Os combatentes não iam querer se meter nesses jatos de ar quente que sopravam a mais de 350 quilômetros por hora. Eram as áreas livres que os guias-robôs negociavam, com o poder de computação conjunto dos cinquenta trajes de mergulho e periféricos, em sua queda para o centro da tempestade, a área de baixa pressão onde os ventos eram mais tranquilos — e onde se abrigava a base tadai.

Mais relâmpagos arrebentaram nas nuvens abaixo. Sinal de vapor d'água subindo das camadas inferiores funcionando como condutor elétrico. Os raios de Phlegethon podiam ser 800 vezes mais potentes que os raios de um planeta como a Terra.

Peregrino e os outros voavam na direção deles.


Uma garganta escancarada onde caberia um continente. Peregrino via seus colegas da vanguarda como os pontos no visor frontal ou como reflexos apenas vagamente antropomórficos da luz cegante dos relâmpagos. Mais do que lampejos, agora colunas ardentes com a largura do Amazonas riscavam o espaço, de um paredão de nuvens a outro.

Ou projéteis globulares incandescentes de arrepios elétricos saltando das nuvens para descrever trajetórias improváveis, espiralantes e animadas como as de cardumes de peixes bioluminescentes. Peregrino sorriu diante da sua beleza, apesar de saber que o choque com um deles seria morte certa. A única proteção era a distância — centenas de quilômetros separavam uma parede nebulosa da outra, nos intestinos titânicos da tempestade. Ainda assim, era melhor os descarregadores de eletricidade estática funcionarem....

Foram os raios que iluminaram a *cidade*.

A enorme estrutura — um iceberg de glóbulos unidos por traves fibrosas, flutuando no vazio com surpreendente estabilidade — cruzou o caminho dos mergulhadores, visível como uma imagem estroboscópica.

Ela também trafegava na zona livre no imenso tubo de ventos quentes ascendentes.

A *cidade* era um cacho descolorido de balões grandes como fragatas estelares, cheios de hidrogênio separado da atmosfera por processos biológicos, e concentrados em densidade superior à da atmosfera. De aberturas no alto e na base, precipitavam-se formas de aparência ainda mais orgânica. Formas semelhantes a pontas de flecha lançavam-se para fora penduradas em flutuadores de gás de formato elipsoidal.

Eram seres vivos, Peregrino sabia. Tinha lido livros sobre as criaturas dos gigantes de gás, seus corpos ditados pelo ambiente assumindo morfologia semelhante à dos peixes no ambiente líquido. Viviam do plâncton das camadas altas, onde havia incidência de luz solar para a fotossíntese. E delas se alimentavam uma classe de predadores, novo degrau da cadeia alimentar. Peregrino reconhecia, na visão fantasmagórica recortada pelos lampejos, dezenas deles lançando-se contra as presas assim que elas deixavam o abrigo da cidade de balões flutuantes.

Lembrou-se de um dia cavalgando no campo, a visão de um formigueiro cuspindo siriris, as formigas aladas que aspiravam tornarem-se rainhas de novos formigueiros — se sobrevivessem aos esquadrões de passarinhos que as caçavam mal saídas do formigueiro. Fora isso que chamara sua atenção, a revoada de pássaros se banqueteando da gorda safra de siriris.

Em Phlegethon, os predadores eram maiores do que suas presas, e semelhantes a arraias gigantescas.

Ficaram para trás, como a lembrança.

A própria cidade flutuante ficou para trás — para *cima*, conforme Peregrino e seus companheiros caíam ainda mais para dentro da tempestade.

A visão da surda luta pela vida, dos predadores abortando a reprodução de novas colônias, o fez se lembrar de uma inquietante conversa com o almirante euro-russo Otterholm, o supervisor da operação em Phlegethon.

Otterholm o recebeu em sua nave-capitânia Feroe, e o levou ao camarote, onde lhe serviu um cálice de vinho de Cantares.

— Estava ansioso por conhecê-lo, capitão Peregrino — dissera. — Queria aproveitar a oportunidade e discutir certa repercussão da sua vitória contra os tadais, uma que possivelmente ainda não chegou aos seus olhos.

Otterholm era um aumentado, como costumavam ser os oficiais-generais euro-russos. Mas seus prolongamentos cibernéticos externos eram misericordiosamente discretos. O escandinavo entregara a Peregrino uma pasta com estudo conduzido por um instituto norte-americano de análise estratégica.

— Com base nos dados coletados por sua expedição ao Vão — disse Otterholm —, e no padrão do retraimento tadai, a hipótese que eles levantaram é a de que uma inteligência alienígena tão longeva quanto o nosso inimigo em comum seria extremamente conservadora e possuidora de um projeto hegemônico de pouco espaço para diálogos ou alianças.

Um dos principais fatos revelados com a captura dos tadais pela força-tarefa de Peregrino na Batalha do Vão foi a longevidade natural dos alienígenas, estimada em mais de mil e quinhentos anos.

— Obrigado, almirante — Peregrino disse, pesando a pasta brevemente contra a palma. — Mas não me parece uma conclusão distante do que já imaginávamos. O uso intenso de robôs já revelava um não comprometimento dos tadais, e seu desinteresse em se comunicar conosco...

— De fato. Mas a hipótese mais interessante desse estudo seria a propensão tadai pela ação preventiva contra todas as inteligências alienígenas que cruzassem o seu caminho. No longo prazo, numa fase posterior às constantes escaramuças que temos visto desde o nosso primeiro contato com eles, o *xenocídio preventivo*.

Peregrino havia bebericado o vinho de Cantares, em busca de alívio momentâneo, e respondido a Otterholm que o estudo (ou o próprio almirante?) pintava um quadro terrível do Universo. Os tadais não teriam então nenhum aliado em seu avanço pela galáxia? Deixavam um deserto de inteligências no seu rastro? E para *quê*? Quando dominassem a Via Láctea teriam imposto a sua hegemonia, mas também uma solidão absoluta diante de toda e qualquer alteridade, de toda e qualquer alternativa de existência.

Otterholm então sorrira para ele, com a expressão de superioridade comum nos ciberaumentados.

— Talvez em uma segunda fase, tendo estabelecido a sua hegemonia — o almirante euro-russo argumentara —, eles passariam a propor tratados. Ou depois de exterminar toda a oposição senciente na galáxia, engendrariam as suas próprias raças subalternas para lhes fazer companhia. Um conceito interessante, o de *inteligências de estimação*... Mas veja que uma estratégia como essa faz sentido, Peregrino, e pertence à experiência humana. É a lógica da competição levada à escala galáctica, diante do potencial destrutivo das tecnologias que acompanham a viagem espacial c-mais. Somos capazes de chegar a qualquer ponto da galáxia por meio de energias tão poderosas que podem ser facilmente canalizadas para a guerra de extermínio planetário. Diante de tamanho poder destrutivo, a única estratégia de sobrevivência no longo prazo pode ser justamente a do xenocídio preventivo.

— E como isso faria parte da nossa experiência, senhor? — Peregrino perguntara, em voz baixa.

Otterholm argumentara que, não fosse o fator c-mais a permitir a colonização interestelar, os conflitos políticos na Terra e nos mundos do sistema solar natal da humanidade já a teriam conduzido à extinção. Peregrino fizera notar a ele a contradição aparente.

— Oh, sim — Otterholm exclamara. — A viagem interestelar desafogou as tensões políticas na Terra, e a própria criação de conflitos regionais a anos-luz de distância, nas colônias, forma um escudo contra o conflito local. As forças políticas da Terra, com suas configurações que remontam ao século XXII, são o poder moderador. Mas por quanto tempo, capitão? Com o retraimento tadai e a corrida planetária subsequente, quanto tempo mais até que as colônias se desliguem do poder centralizado, e nos vejamos em meio a uma guerra total?

Otterholm sorrira e levara o cálice até os lábios, antes de arrematar:

— Muitas gerações depois que você e eu tenhamos virado poeira estelar, meu amigo. Isso, se os tadais realmente abandonaram o campo de batalha. De qualquer forma, também entre os blocos políticos humanos a competição pelo poder levará a um conflito derradeiro.

Agora Peregrino conferia o relógio em contagem regressiva no seu head-up display. Tinha tempo mais do que suficiente. Pediu ao computador do traje que repassasse as imagens dos predadores de Phlegethon atacando suas vítimas.

É claro que haveria algum equilíbrio entre as duas espécies de Phlegethon. Talvez as presas ascendessem das profundezas em sua cidade flutuante até o cerne da tempestade buscando justamente o caos dos ventos como um despiste dos predadores, nesse momento delicado da sua reprodução. Notou então que os siriris lançavam-se diretamente contra as correntes mais rápidas — os que as alcançassem talvez estivessem livres dos predadores, mais volumosos, mais vulneráveis à força dos ventos... As imagens congeladas revelavam mais detalhes ainda, os flutuadores separando-se dos corpos dos alienígenas, como as asas das formigas-voadoras — e as tiras dos corpos das presas refletindo como papel picado a luz dos relâmpagos.

Era isso o que o Universo tinha a oferecer? Esse mesmo desejo de aniquilação levado ao extremo, potencializado pelas tecnologias da morte até que existisse apenas uma vontade — sombria e aterradora, em seu isolamento moral, jubilosa pelo deserto que criara — ocupando toda a galáxia?

A base tadai tinha o formato de uma noz-moscada, vista pelo ângulo intencionalmente oblíquo de abordagem dos mergulhadores. No eixo mais longo, 85 metros de extensão; 68 no mais curto.

O computador produzia, sobre a intensificação luminosa, uma imagem digital instantânea de cores, formas e detalhes visíveis como que à luz do dia, sem a coloração eletrônica esverdeada. Na parte superior, poucas projeções. Embaixo, na ponta de uma haste modular com o dobro do comprimento do corpo principal, o gerador de campo anti-G funcionando também como estabilizador aéreo.

Peregrino procurou por seus colegas na tela digital do visor. Por que eles não reagiam? Prosseguiam no mesmo rumo, no mesmo posicionamento travado de aproximação. Os paraquedas gravitacionais já estavam acionadas — em mais um segundo, seriam descobertos pelos detectores gravíticos tadais, e se tornariam alvos fáceis.

Seriam inexperientes a esse ponto? A reação dos robôs tadais era sempre instantânea — mas Peregrino lembrou-se que os euro-russos eram uma das forças menos engajadas no conflito com os alienígenas. Ainda assim...

— Saci-pererê — Peregrino disse, sem hesitar mais.

A rigidez do seu traje desapareceu. Seus membros assumiram o controle, após um segundo de caos, quando o vento os agitou em meio-parafuso. Seu treinamento disparou. Ganhou o controle dos movimentos do traje, seu braço direito procurou a trava do bastão energético na mochila às suas costas. Empunhou-o temendo que o vento o arrancasse de seus dedos enluvados, mas o plástico prendeu-se às ventosas no tecido de micropouro. No mesmo instante, a mira digital acendeu-se no visor frontal. O paraquedas anti-G diminuíra a velocidade o suficiente para a pontaria com boas chances de acertar alguma coisa...

— Peregrino! — ouviu. A voz de melodiosa de Obasango. Agora áspera, em tom de comando. — Volte para a formação!

Peregrino apenas sorriu. Obasango havia descoberto as músicas que ele contrabandeara para a memória do computador do traje — mas não o reprogramador troiano cuidadosamente escamoteado nos arquivos musicais. Até que a capitã acionasse um override qualquer e o congelasse em seu traje outra vez, esperava ter uma chance de realizar o único disparo do bastão de energia. Um disparo apenas não seria garantia de nada, mas talvez ganhasse algum tempo.

Obasango continuava berrando no comunicador do seu capacete, mas ele mal a ouvia. Centrado no que fazia, seus olhos pareciam querer dissecar a cúpula metálica da base tadai, seus músculos tentavam rasgar o traje de pressão em suas costuras.

O computador de pontaria fez a aquisição da escotilha se abrindo à sua esquerda, quase no limite da curva superior da base tadai. Peregrino respirou fundo, buscou com o olhar a periferia da linha de tiro para garantir que não tinha nenhum companheiro ou fardo no caminho da projeção.

Pressionou o disparador. Não esperaria a confirmação da saída precipitada de dezenas de robôs-combatentes por essa escotilha. Seu visor despixializou-se momentaneamente pelo feixe ionizante.

"Na mosca", pensou, ao enxergar, na imagem reconstituída, a escotilha agora obliterada pela descarga energética.

Só então tornou a procurar pelos outros mergulhadores. A vanguarda, a cem metros ou menos da base, perdera finalmente a rigidez. Contudo, riscos ionizados já partiam de uma outra escotilha, oposta àquela que ele havia destruído.

Testemunhou as primeiras baixas acontecerem.


Não podia mais compensar a imprudência dos euro-russos. Concentrou-se em progredir pela superfície metálica, agora que havia pousado. O paraquedas anti-G havia se desligado automaticamente, e, como Peregrino descobrira na Batalha do Vão, uma instalação tadai mantinha seu campo de gravidade artificial excedendo em alguns metros o limite do casco metálico — para favorecer o movimento dos seus robôs? Seu mundo-lar devia ter pouca gravidade superficial — aqui também ela era inferior a um gravo. Peregrino pediu ao computador que ajustasse os reflexos do traje propulsado para essa medida. À sua volta, outros mergulhadores pousavam ou procuravam as armas em suas mochilas ou nos fardos que os seguiam. Rajadas de comunicações de rádio explodiam em seus ouvidos, a cada segundo, enquanto homens e mulheres pediam cobertura, apontavam alvos, gritavam por socorro, gemiam de dor e morriam.

Peregrino correu então para a comporta que já havia atingido. Tinha uma granada térmica pronta em punho. A poucos metros da comporta, pôde ver membros robóticos, superarticulados, tentando abrir caminho por entre o metal fundido pela irradiação do disparador energético.

Instruiu o computador pelo canal fechado do traje para dar ao temporizador da granada um minuto apenas. Atirou-a dentro da abertura e afastou-se em disparada. Avisou sobre o ponto de explosão a quem estivesse na escuta, somando seus próprios gritos à cacofonia do combate.

Olhando em torno, a tela tática do visor desligada, pôde ver os rastros de ionização fazendo novas vítimas entre as levas de mergulhadores que ainda estavam no ar. A novidade euro-russa — um sistema de contramedidas que deveria embaralhar as transmissões dos robôs — não parecia funcionar muito bem. Mas Peregrino foi grato ao ver combatentes pousarem em torno — nenhum perto da escotilha que ele atacara — seguidos de seus fardos.

Sabia que o seu fardo — com as armas que lhe permitiriam continuar lutando — estava irremediavelmente perdido, no momento em que se desligou da formação. Mas pelo modo como os robôs tadais praticavam tiro ao alvo contra os que ainda estavam no ar, em pouco tempo haveria uma sobra de equipamento. Peregrino ajoelhou-se, acionou a tela tática e pediu para o computador lhe apontar o fardo-órfão pousado mais próximo. Ele conferiu na rede transponder um fardo que tinha o seu respectivo combatente fora da rede, e o sinalizou na tela.

Estava a vinte passos de distância.

Peregrino pediu cobertura pelo canal aberto, e começou a correr até ele, enquanto seu olhar conferiu mais uma vez a direção dos disparos tadais.

Estavam mais próximos.

Algo se rasgou na garganta de Peregrino. Seus dentes cerraram-se. Uma lágrima ensaiou minar em seu olho esquerdo. Outra vez, a alegria suicida. A sensação aguda de ter todas as suas células corporais pulsando com o desejo de continuarem vivas, enquanto um lado torto dele ansiava pela dissolução total. Talvez os átomos duros no interior das células desejassem voltar a ser poeira de estrela outra vez.

Não havia um seio macio para o qual regressar, num universo que oferecia apenas a fúria do predador ou a morte fria e maquinal dos robôs-tadai. À sua volta, as comunicações de rádio transmitiam uma confusão de gritos de alerta, de ordens táticas, de gritos de dor dos feridos.

Peregrino continuou lutando porque era o que sabia fazer.

No fardo, apanhou a carabina de alta energia. Fez pontaria, deitando atrás do invólucro. Às suas costas, a granada explodiu na comporta.

Deveria ter olhos na nuca, para não ser surpreendido por algum robô que conseguisse passar pela massa de metal retorcido. Mas o que tinha à frente era mais preocupante — feixes ionizados agitando-se brevemente como holofotes dirigidos aos mergulhadores no alto. Aproximavam-se da sua posição. Peregrino fez pontaria tendo por base a curva metálica que formava o piso em que lutavam. Os robôs surgiriam ali a qualquer momento...

O primeiro tornou-se visível. Havia algo de cômico nele, no seu perfil baixo e aracnoide, nos braços armados apontadas para cima, enquanto entrava na mira de Peregrino. Esperou que mais dois surgissem, só então disparou.

As três máquinas de guerra tadai foram atingidas pela rajada de sua carabina, da esquerda para a direita, e da direita para a esquerda. Bastou para tirá-los de ação. Esse tipo de robô-tadai multiuso tinha pouca blindagem contra lasers de alta potência e seus sensores eram obliterados muito facilmente pela radiação ionizante.

Mais um robô surgiu acima do curto "horizonte" metálico, seu impulso anterior forte demais para detê-lo mesmo quando sua rede com os colegas assinalou as três baixas.

Ao perceber que outros combatentes nesse lado da base entravam na luta, Peregrino deitou-se de costas e conferiu sua retaguarda. Tudo limpo por ali. Mas sabia que os robôs agora se moveriam em leque na linha do horizonte. Tinha pouco tempo para pegar no fardo os magazines energéticos sobressalentes e prendê-los nas presilhas do seu cinto. Enquanto o fazia, gritou para o comunicador:

— Capitão Peregrino aqui! Os robôs vão formar uma linha próxima ao topo do abaulamento. Fogo neles!

Pelo posicionamento dos disparos tadais, pôde ver que os robôs logo se curvariam em pinça sobre ele, e estaria liquidado. Atirou uma granada contra o centro. Então puxou do pulso esquerdo um cabo, que plugou no ponto de comunicação externa do fardo. Ordenou ao computador que acionasse o paraquedas gravitacional do invólucro em gradiente negativo. O fardo flutuou. Peregrino levantou-se, apanhou-o com o punho que não segurava a carabina. Arrastou-o consigo por uma dezena de metros e o arremessou, com um giro do corpo, na direção oposta.

Seguiu correndo e atirando, enquanto o fardo era fuzilado por múltiplos disparos.

Ele mesmo atingiu mais um robô, na extremidade oposta, antes de se jogar atrás de uma das poucas estruturas que se projetavam da superfície da base tadai. Já conhecia a sua função de outras batalhas. Era uma grua magnética para o içamento de peças de manutenção.

Dava entrada ao interior da base.

— Encontrei um ponto de entrada — anunciou no rádio, por cima da balbúrdia do combate.

Descreveu a estrutura, pediu cobertura enquanto preparava uma carga explosiva para arrombar a escotilha de manutenção. Tendo-a pronta, berrou para dentro do comunicador:

— Vinte segundos para a explosão. Vou sair de trás da estrutura em cinco. Peço cobertura. E pelo amor de Deus, não atirem em *mim*!

Quando deixou o abrigo, arma em punho, esbarrou em um robô que acabava de descer a elevação.

Tropeçando e agitando os braços, Peregrino desvencilhou-se de suas muitas pernas e braços. O robô estava desorientado pelos disparos sobre os seus sensores, ou teria tentado impedi-lo. Suas armas, montadas em braços articulados, estavam inoperantes ou sem energia — salvo por uma, que ele mantinha voltada para a esquina da estrutura que suportava a grua magnética. Sem dar atenção ao combatente inimigo em quem tropeçara, esticou o membro articulado e disparou a arma seguidamente. Ele havia se programado para assaltar a última posição inimiga, antes que seus sensores fossem inutilizados.

Peregrino deu dois passos para longe do robô, acocorou-se e disparou contra o braço armado e as pernas — atingir a unidade propulsora poderia causar uma explosão forte o bastante para atingi-lo.

O robô-tadai tombou atrás da estrutura.

Peregrino deitou-se e rolou para longe dele. Olhando para cima, viu disparos múltiplos, rajadas das armas de seus companheiros, passando perigosamente perto de onde estivera.

Quanto tempo havia se passado? Cinco segundos? Dez? Quinze?...

Sentiu a explosão da carga que havia instalado. Estilhaços voaram de trás da estrutura.

Peregrino já estava em pé e correndo para a via de entrada.

Uma vez dentro da instalação tadai, pediu ao computador do traje que acionasse a lanterna infravermelha.

O poço da grua magnética subia por cerca de seis metros, a partir da rampa de carga — exatamente onde Peregrino estava nesse instante. Controlando a respiração, fez um reconhecimento do espaço ao seu redor. Viu a imagem sintetizada de um depósito de componentes — longas prateleiras com as peças acondicionadas em casulos aerodinâmicos dotados de âncoras magnéticas. As comportas internas do depósito estavam fechadas. Não havia sinal de qualquer presença biológica ou robótica. Peregrino foi meticuloso e fez mais um reconhecimento visual, antes de informar aos seus companheiros que o caminho estava livre.

Só então dirigiu os olhos para um canto da tela tática em seu visor — a contagem de baixas. Dezenove mergulhadores estavam mortos. Quatro outros incapacitados. Entre os mortos, Marie Obasango.

## 2

A mochila e o ombro direito de Peregrino haviam sido chamuscados por disparos de alta energia — provavelmente de origem tadai, embora ele não descartasse fogo amigo. As armas tadai não costumavam ter a potência dos lasers humanos.

Lá fora, a batalha ainda rugia. Havia sete combatentes com Peregrino agora. Os outros se ocupavam de rechaçar os últimos robôs em condições de luta, e de proteger os fardos e os feridos.

Se essa fosse uma operação latina, com a morte da capitã Obasango, Peregrino seria o próximo na cadeia de comando. Mas os euro-russos já haviam dito que entre eles a sua condição era singular, e ele teve de se submeter à autoridade de um assustado sargento, que, gaguejando, ordenou que um autoguardado fosse feito no depósito, cobrindo as comportas. Outros se juntaram a eles, conforme o rescaldo lá em cima progredia.

Peregrino pigarreou.

— Hã, sargento? Eu gostaria de respeitosamente sugerir que fizéssemos um primeiro avanço, com metade do grupo que se encontra aqui agora.

— Negativo — o sargento disse, sem chamá-lo por seu posto. — Esta é a única via de entrada. Precisamos sustentá-la se os robôs tentarem um contra-ataque.

— Sim, sargento — Peregrino disse, e calou-se.

Foi apenas quando um tenente — de nome Fligen — se uniu a eles que fizeram o primeiro movimento para dentro dos corredores da construção alienígena.

Os primeiros estavam vazios. Todos os robôs estariam na defensiva no topo da base? Peregrino não contava com isso.

Os detectores de movimento dos trajes logo apontaram a aproximação das primeiras máquinas de guerra, avançando em duplas a partir de direções diferentes. Os euro-russos, porém, estavam muito bem-treinados e equipados — melhor do que Peregrino e os seus comandados na Batalha do Vão — para esse tipo de confronto. O combate aproximado, travado em espaços sem iluminação, foi curto e produziu apenas uma baixa humana.

Do exterior, os combatentes aptos uniram-se a eles. Os feridos, estabilizados pelos programas de suporte de vida de seus trajes, foram atados aos casulos-médicos infláveis dos fardos, e enviados para a órbita por meio de caras boias-gravitacionais. O programa de navegação dos trajes os guiaria pelo caminho de volta, numa subida muito mais lenta do que o mergulho orbital.

Os vinte e dois guerreiros que ainda estavam em pé foram organizados em quatro grupos de reconhecimento pelo Tenente Fligen, para percorrer as entranhas da construção tadai.

Construído no plano equatorial da base tadai, havia um grande salão circular, um anfiteatro em que círculos de casulos-médicos de várias dimensões escalavam os níveis do piso ao teto, situado a vinte metros de altura. Peregrino e os outros já haviam percebido que os corredores e compartimentos da construção orientavam-se a partir desse enorme espaço central, mantido na penumbra. Os círculos de casulos alinhados eram interrompidos a intervalos regulares a partir de um ponto de fuga central. Nesses intervalos, robôs-enfermeiros movimentavam-se sobre pequenas plataformas. Nesse momento dezenas de robôs — indiferentes à invasão humana — dedicavam-se às suas tarefas.

Os euro-russos haviam se dividido em novas equipes. Aqueles que possuíam conhecimentos médicos se aproximaram dos casulos; os técnicos de informações se dirigiram aos robôs e aos monitores médicos, na tentativa de retirar deles toda a informação possível. Os robôs não opuseram resistência — embora Peregrino duvidasse que suas CPUs e seus bancos de memória seriam recuperados intactos pelos euro-russos.

Peregrino contemplou os incontáveis seres vivos, nus e impotentes em suas pupas cibernéticas. Eram adultos, infantes, machos e fêmeas e catalisadores sexuais e ciborgues aumentados de várias espécies sencientes habitantes da Esfera. Humanos, é claro, mas também havia espécimes dos quadrúpedes esbeltos do Povo de Riv, e dos quase humanoides folsoranos, os encarapaçados mukbukmabaksai. Apenas o dimorfismo sexual extremo dos casais de Tupuganamê permitia que o macho parasítico fizesse companhia à enorme fêmea nos casulos. De modo semelhante, as fêmeas uaiaraps sustinham em umbilicais externos sua prole de quatro à espera da injeção do material genético dos machos que os levaria à vida autônoma.

Povos vítimas dos raides tadais em seus planetas de origem ou colônias, em trânsito de mundo em mundo. Abduzidos para este lugar, para...

O olhar atento de Peregrino já vinha registrando o que os tadais fizeram a eles, mas sua mente hesitava em aceitar.

Aproximou-se de um dos euro-russos que observavam os encapsulados de perto.

— Exposição à radiação intensa? — perguntou, numa voz miúda, pouco mais que um sussurro.

— Sim — o médico disse. — Você já viu este tipo de dano antes, capitão.

— Envenenamento por reatores rompidos ou por exposição ao ambiente intrassolar, sim. Mas nada tão intenso quanto isto. O que os tadais usaram neles?...

— Radiação ionizante. Raios gama, em doses diferentes. Provavelmente são ministradas em uma câmara especial em outra área destas instalações, e então os sujeitos são trazidos para cá, para observação.

Em espécies diferentes, a ruptura do material genético levava a sintomas exteriores de ordens diversas. Todos, porém, contavam a mesma história: morte lenta e dolorosa. Havia mais do que o envenenamento radioativo, porém. Muitos prisioneiros dos tadais tinham sofrido amputações de membros, ou tiveram suas entranhas substituídas por tubos e filtros e bombas cibernéticas, para durarem mais como cobaias.

— Propósito? — Peregrino balbuciou.

— Só o que posso pensar é o desenvolvimento de alguma arma — disse o médico. Seu nome aparecia sobre o código de barras em seu peito: Totti.

Fligen aproximou-se deles.

— A comunicação dos resultados — disse — para os tadais é feita por meio de pequenas naves-robôs com geradores de tunelamento quântico. Encontramos as comportas de lançamento. Não restam muitas. Provavelmente descobrimos as instalações já no fim do experimento.

— Alguma estimativa de quando foi o seu início, tenente? — Peregrino perguntou.

— É cedo demais para saber. Meus técnicos estão analisando os relógios tadais, especialmente os dos casulos-médicos.

— Não sei se bastará para determinar uma cronologia. Um... paciente pode usar vários casulos, um casulo receber vários pacientes. Se forem os robôs que centralizam a informação atrelada a cada paciente...

— Também estamos esvaziando os bancos de dados dos robôs.

— Há um outro aspecto... — Totti disse. — Muitos desses prisioneiros, ao menos os em melhores condições, estão em animação suspensa. — Apontou alguns casulos. — Eles vivem, mas não há respiração, nenhum movimento ocular sob as pálpebras, nada de espasmos musculares nem sangue fluindo das feridas abertas, pelo tempo que pude observar... Quer dizer, a experiência dos tadais com eles pode ter começado há muito tempo.

— Terradécadas atrás? — Peregrino quis saber. E diante do silêncio do médico: — Séculos?

— O quanto essa animação suspensa pode dificultar a remoção deles, Totti? — Fligen perguntou ao médico.

— Será impossível removê-los vivos, senhor. Agora mesmo o processo de animação suspensa está sendo interrompido. Nosso ataque deve ter ativado o desligamento. Eles provavelmente morrerão antes que possamos estabilizá-los para o transporte.

Houve um instante de silêncio, antes que Fligen ordenasse:

— Separe vinte indivíduos adultos, com uma integridade física maior. Apenas humanos, Totti. Você tem uma hora.

## 3

Peregrino observou de dentes cerrados os casulos-médicos com as vítimas da tortura tadai alçarem voo atrelados às boias-gravitacionais, lançados ao ar de Phlegethon como os esporos da monstruosa flor tadai que era a base no escuro olho da tempestade. Totti foi com eles.

Em seguida subiram Fligen e uma primeira leva de combatentes euro-russos. Ninguém seria deixado na câmara mortuária criada pelos tadais. Um programa de reação já poderia ter sido acionado, para lançar contra-ataques contra eles a partir de outros pontos do planeta ou de suas luas. Assim imaginavam os táticos euro-russos.

Peregrino discordava. A base estava ali há muito tempo, solitária, conduzindo o seu experimento por Terrasséculos. Teria importância para os tadais, mesmo após o retraimento, mas não um papel crucial em seus planos. O propósito do experimento já teria sido obtido. Sua continuidade era perfunctória. Deixar a base ali, funcionando em inércia robótica, havia sido a ação de melhor custo-benefício — ou talvez ela possuísse uma tarefa posterior, desconhecida, que a obrigasse a permanecer em operação. Como saber que propósitos tinham os tadais? Eles viviam mais de um milênio; seus planos cobriam eras.

Evitou especular sobre a razão do experimento. Uma atrocidade é, antes de tudo, uma atrocidade. O diabo podia afirmar que exerce justiça sobre os pecadores, mas isso não livrava o inferno de ser uma câmara de torturas.

O que Otterholm diria? Um comentário frio sobre a competição pela hegemonia entre as inteligências?

A segunda leva de combatentes subiu. Portava os dados que puderam ser coletados dos robôs e dos sistemas da base. Peregrino iria no grupo final, à retaguarda da extração. Ordens de Fligen.

Logo ele também alçava voo, sua boia acionada pelo computador novamente em rede. No primeiro momento da ascensão, os trajes estavam livres do enrijecimento coletivo.

Peregrino pôde olhar para baixo, para a construção que parecia afundar na tempestade. Ele nunca esqueceria o que o inimigo alienígena fizera ali.

Conforme o grupo de Peregrino afastou-se lateralmente do olho do furacão, os ventos aumentaram, os trajes tornaram a se enrijecer. Antes que chegasse a uma das monstruosas câmaras por onde subia espiralando o ar quente, Peregrino notou que seus companheiros distanciavam-se dele.

Disse ao computador do traje que fizesse um check-up da boia anti-G. O computador demorou para informar que tudo estava bem, embora obviamente não estivesse. Seus companheiros penetravam na câmara lateral, enquanto ele ainda se movia como um cisco no olho do furacão.

— Mayday — chamou, no canal aberto. — Mayday, não estou conseguindo acompanhar o grupo da retaguarda. Na escuta.

Nenhuma resposta.

Peregrino pediu outro check-up da boia e do radioemissor. O relatório demorou duas vezes mais. Ele já estava na boca da câmara, sendo lançado adiante pela fúria dos ventos ascendentes, mas o aumento de velocidade não bastou para que alcançasse os outros. Movia-se à metade da velocidade deles. Nas horas que se seguiram, repetiu o pedido de socorro a intervalos de meia hora, sem resposta.

Esforçou-se para relaxar. Pediu que o computador fizesse verificações dos sistemas-mestres. Enquanto aguardava, apreciou o novo festival de relâmpagos. Na lenta subida, já sem enxergar os colegas e fora da rede-transponder, o espetáculo de forças titânicas era exclusivo.

A lentidão também lhe permitiu observar nuvens de flutuadores ascendendo para as camadas superiores da tempestade, a tempo de banharem-se nos sóis que nasceriam em breve. Balões biológicos que sugavam hidrogênio pela frente e o expeliam por trás. Mesmo no lago de fogo existia vida.

Ao longe, pôde discernir com a ajuda do zoom do head-up display um cardume de predadores.

À luz dos relâmpagos, avaliou melhor sua morfologia. A aparência de arraias foi confirmada, mas quatro olhos enormes, na extremidade de hastes que se estendiam acima e abaixo da larga boca-entrada de ar, destoavam e lhes davam ares de uma inquirição faminta. No visor do capacete, suas silhuetas cresceram.

Aproximavam-se.

O computador avisou-o que recebia mensagens de rádio numa frequência estranha. Peregrino pediu que abrisse o áudio — para ranger os dentes diante da explosão de estática. Ritmos mal rascunhados no interior da massa ruidosa o fizeram intuir que as emissões eram outra coisa.

Era presumível que predadores que atuavam em bando precisassem de meios de coordenação de esforços. Nas distâncias superlativas de Phlegethon, haviam desenvolvido um modo natural de comunicações de rádio.

Ouviu por alguns minutos suas comunicações, tentando identificar padrões e ritmos. Uma ideia ocorreu-lhe. Pediu ao computador que as traduzisse como instrumentos de cordas. Demorou para se fazer entender. Duvidava que ele tivesse recursos de processamento para algo assim, mas então seus fones se inundaram com o arranhar de cordas.

Não bem solos de viola. Não bem violinos ou violoncelos, muito menos harpas celestiais, mas havia música ali — fusão do canto das baleias e dos apelos uivantes dos lobos. Ainda assim, canções adequadas para se ouvir na hora da morte.

— Mayday — disse, num sussurro, e repetiu seguidamente o apelo de socorro.

A única resposta foi o surgimento de um holograma diante do seu nariz. Fechou um olho, para observá-lo melhor.

Era Marie Obasango, viva evidentemente, e vestindo o uniforme cerimonial do grupamento de mergulhadores atmosféricos. Peregrino suspirou diante da formalidade. Já sabia o que o holograma — gravado antes da missão iniciar — tinha a dizer.

— Bem, eis o fim do Matador — Obasango disse. — Não é assim que o chamam na América Latina e suas colônias? *O Matador.* — O holograma fez uma careta jocosa de medo. E então a imagem da capitã ficou séria. — Lamento que um guerreiro como você termine deste modo. Sua jornada foi excepcional. Mas todos temos de obedecer ordens. Você é importante demais como herói do seu povo para continuar vivo no cenário pós-tadai. Ou foi o que me disseram.

Foi um traço de vergonha, que percorreu por um instante o rosto escuro da mulher?

— Uma liberdade que tomei — o fantasma disse —, foi dar-lhe a escolha de como vai terminar. Basta dizer o seu número de série na Esquadra Latinoamericana ao computador do traje, e um gás letal de efeito instantâneo será liberado. Adeus, capitão.

O holograma piscou uma vez e desapareceu.

Peregrino dirigiu um curto pensamento a Marie Obasango, quase uma prece silenciosa. Admitiu que a morte dela tornava bem mais fácil perdoá-la.

Pediu ao computador uma estimativa do ar disponível e de quanto tempo levaria para chegar à altura de extração orbital. Era pura curiosidade, pois mesmo que conseguisse alcançá-la, não haveria ninguém lá para resgatá-lo. O computador confirmou que ele morreria em Phlegethon, sufocado em seu traje de combate, muito antes de deixar o puxão gravitacional do planeta.

Observou então a aproximação dos predadores, e retificou-se — morreria no aparato retalhador da boca de um dos monstros.

Seu pensamento fugiu para o seu número de série, a esperança de uma morte rápida.

Algo, porém, o fez respirar fundo e manter a boca fechada. Curiosidade. O tempo do concerto radiofônico cresceu. Dando novamente seu comando Saci-pererê, Peregrino livrou-se da rigidez do traje e girou no denso ar de Phlegethon, para encará-los. O vento quase o lançou num rodopio sem controle, mas agitando braços e pernas ele se manteve estável.

Ainda estavam a quilômetros dele, mas seu volume era tão grande que pôde enxergar detalhes nítidos — as duas asas possantes, duas menores atrás na raiz da cauda, agitando-se em discreta sincronia; entradas de ar como guelras nas laterais do arremedo de cabeça, com saídas não junto à cauda, mas sobre as asas maiores. Funcionariam como jatos com efeito de sopro de superfície superior. Peregrino considerou a lógica evolucionária por trás disso. O efeito lhes dava maior sustentação e a habilidade de ascender abruptamente, atacando suas presas por baixo.

Mas aproximavam-se de frente agora, e, um em relação ao outro, mantinham-se todos no mesmo nível.

Contou-os. Eram nove. Tendo-os mais próximos agora, estimou com a telemetria do traje que os maiores deveriam possuir cem metros de envergadura, mais de duzentos de comprimento. "Não vou ser mais do que um petisco para eles", pensou. Imaginava qual seria o aproveitamento energético desses predadores, ou quanta energia consumiam em seus deslocamentos. Virem os nove atrás dele não era um dispêndio desnecessário? "Não vão conseguir me digerir", avisou-os.

Retornou o pensamento ao seu número de série. Os leviatãs estavam tão próximos que a vanguarda preenchia o seu visor. Tinham cores que os fariam mimetizarem-se contra as nuvens alaranjadas de Phlegethon. Os pares de olhos imensos centravam-se nele. O estouro de relâmpagos iluminou seus corpos cheios de bolsas de hidrogênio com certa sugestão de transparência.

Um deles voou muito lentamente até ele. Peregrino tinha a boca aberta, os pulmões cheios de ar para gritar a numeração suicida — mas esperou. Inconscientemente, estendeu o braço direito para a mochila às suas costas, para o bastão de energia que não estava lá.

Peregrino não conseguia ordenar a própria destruição. Seu pensamento inundou-se de imagens dele próprio tentando rasgar o estômago do monstro com as aletas do traje, se conseguisse passar vivo pelos retalhadores.

O predador aproximou-se ainda mais, a bocarra sempre aberta oferecendo-lhe um túnel escancarado por onde passaria um caça estelar.

Acima da boca havia um espaço de cerca de quatro metros de extensão, separando as hastes dos olhos superiores. Peregrino deslizou lentamente na direção dessa lacuna. ordenou ao computador que retraísse o piloto e os descarregadores de eletricidade. Os olhos enormes, de um metro de diâmetro, acompanhavam-no estrabicamente, íris contraídas num foco que para o leviatã deveria ser microscópico. Movia-se com a suavidade de um balão dirigível. Para se aproximar assim de Peregrino, devia ter desligado os seus jatos.

Peregrino tocou o cenho do monstro, virou-se rapidamente e fitou um dos seus olhos. Um instante depois, sentiu o impacto de uma súbita aceleração. Com esforço, deitou-se de costas, espalhou braços e pernas, deixou que o traje de pressão fizesse seu trabalho. A aceleração aumentou. Seu hospedeiro começava uma forte arrancada. Peregrino cerrou os dentes, os olhos. Perdeu os sentidos, despertou ofegante, desorientado. Era um piolho na testa do monstro, que ao seu toque enluvado se fazia sentir como uma lona esticada, que o empurrava cada vez mais para cima. Aos poucos a arrancada diminuiu, então outro impacto tremendo, quando os jatos se extinguiram. Era levado pelo caminho entre os intestinos da tempestade, para o alto. Para a saída.

Havia espaço mais do que suficiente no corpanzil para um cérebro complexo. Poderia ser muito inteligente, se a administração dos quatro olhos não tomasse todo o espaço de processamento.

Estariam curiosos a respeito dele? Viviam ou ao menos caçavam os siriris na tempestade perpétua e deviam conhecer — mesmo que observando apenas de longe — a base tadai há séculos ou gerações. Teria sido o bastante para formarem lendas e mitos, endeusando a estrutura alienígena entre as nuvens, ou ainda haveria relatos objetivos daqueles que estiveram lá quando a construção apareceu pela primeira vez? Quanta curiosidade não teriam — e seus olhos foram capazes de acompanhar a invasão e a batalha dos humanos contra os robôs.

E de testemunhar a retração dos humanos. Um deles ficara para trás. Agora eles tentavam retornar este desgarrado ao seu bando.

Suas reflexões foram interrompidas por outra arremetida. Quando despertou, viu dois predadores posicionados adiante daquele que o transportava, suas hastes oculares entornadas para observá-lo. Podia entender isso como um olhar curioso, ou seria uma expressão de gula? Talvez quisessem apenas sair do furacão para devorá-lo com calma. Não. Era um dispêndio exagerado de energia, para uma única, e *minúscula*, refeição. Agora mesmo o seu transportador praticamente detinha-se para descansar, sua escolha ficara para trás — o esforço de expelir os jatos de ar devia ser extenuante.

Peregrino também sentia os efeitos das arremetidas. Seu olho esquerdo acusou uma fisgada dolorosa, e nublou-se. Um capilar rompido? Mais tarde, uma hemorragia nasal encheu o capacete de pequenos glóbulos de sangue, até que um novo impacto G os fizesse chover sobre o rosto crispado de Peregrino. Os períodos sucessivos de inconsciência e consciência estariam fazendo algo semelhante ao seu cérebro?...

A frequência de seus desmaios diminuiu, porém. Podia sentir que a força G exercida sobre ele era cada vez menor. Os gigantes estavam cansados.

Peregrino lembrou-se da origem bíblica de seu primeiro nome. Sorriu, quando a imagem dos marinheiros lhe veio à mente — marinheiros que, temendo morrerem na tempestade, atiram o recalcitrante Jonas ao mar como um sacrifício a Deus. "Se me lembrasse da oração de Jonas, eu a faria", Peregrino asseverou em silêncio. Aturdido, refletiu sobre qual deus pedia o seu sacrifício, e a que deus deveria orar? Seria o almirante Túlio e seu desejo de que este Jonas o representasse entre os pecadores? Ou o deus que antecipava a guerra total entre os homens, que era Otterholm? Seria um deus mais alienígena, um deus tadai da tortura e da destruição invisível, aninhado no inferno entre as nuvens?

Sentiu que se separava do cenho do leviatã. Não havia vento algum ali, e ele, com uns poucos movimentos de membros doloridos, virou-se para o monstro.

Dois olhos gigantes o observavam com o mesmo ar alienígena, imperscrutável. O vasto campo que era as costas do morador de Phlegethon emolduravam as silhuetas de seus oito companheiros. Rebrilhavam sob a luz do sol, e abaixo deles o redemoinho alaranjado da tempestade agitava-se com fúria renovada, como que tentando retomar a posse destes que escaparam de suas garras.

Estavam a dezenas de quilômetros do teto do furacão. Ali a atmosfera era mais rarefeita. O céu estrelado exibia-se ao redor das linhas fulgurantes dos anéis. Os predadores tinham sua flutuação facilitada, e seus tecidos não se rompiam na densidade menor do ar em torno. Mas não havia ar suficiente para formar jatos fortes, que os fizessem ir mais alto. Até mesmo suas comunicações de rádio haviam caído para uma desanimada jam session de cordas desafinadas. O computador ofereceu seus números. Peregrino havia subido muito alto, e rápido, com a inesperada ajuda. Mas não o suficiente para alcançar os euro-russos — e ainda longe da altitude orbital.

Os olhos de Peregrino ficaram úmidos. Logo as lágrimas escaparam deles para flutuar em torno do seu rosto, no capacete.

— Eu agradeço — disse, numa mensagem enviada por rádio. — Vocês fizeram muito por mim, apesar de ter sido uma escalada inútil. Posso morrer agora...

Um dos predadores adiantou-se. Ao ultrapassar seus companheiros, mostrou-se bem menor que eles. Tinha as proporções de uma lancha de desembarque. Um filhote? Peregrino disse:

— Eu me ofereço a você.

Mas o infante não o aspirou para dentro da boca. Ao contrário, com delicadeza aproximou-se para que Peregrino se aninhasse entre suas hastes oculares superiores. Os dois globos tinham a altura de um homem, na escala menor do filhote, e eles se encostaram nos ombros de Peregrino. Não se voltaram para ele. Voltavam-se para adiante, para o alto. Para as estrelas.

Os dois subiram. Peregrino olhou para trás, viu que os outros caíam para baixo em boa velocidade. O impacto G foi pequeno, porém. O jato projetado pelo pequeno não era forte.

Sua massa interagia com a boia-antigravitacional de Peregrino. Acima da massa do mergulhador mais traje, e até um certo quociente, o contato de uma outra massa multiplicava a taxa de compensação anti-G. Superado esse limite a somatória não acontecia, para não sobrecarregar o funcionamento da boia. O infante, menor, estava dentro do limite, e por isso subiam rápido.

Quando os dois enfim se separaram, Peregrino ouvindo uma rajada de rock 'n' roll nos alto-falantes do capacete, ficou claro que o pequeno chegara ao seu limite.

Peregrino também. Os esforços da subida haviam consumido o seu ar rápido demais. Letárgico, respirando fundo e tremendo, disse adeus.

Disse outras coisas na frequência de suas canções. Que morreria em paz. Que sabia agora a que deus orar. Que havia agora a mais estranha fé em seu coração.

Que os tadais nunca teriam a sua vitória final.

# 4

Ao acordar, a primeira coisa que viu foi o rosto negro do almirante Túlio Ferreira, semioculto atrás de um relatório secreto com o brasão da União da Herança Interestelar Latino-Americana. Túlio sentava-se ao lado do leito hospitalar.

— Como?... — Peregrino disse. Sua voz soou fraca e coaxante.

Túlio baixou o documento. Tinha o sorriso de muitos dentes armado na cara.

— Como *o que*, Bela Adormecida?

— Como foi que morri e voltei para o inferno.

Embora parecesse impossível, o sorriso de Túlio alargou-se.

— Ah, então é assim que você saúda o seu velho amigo e mentor. Mas o que quer dizer é como eu cheguei rápido o bastante pra salvar a sua bunda magra da morte certa.

Peregrino apenas assentiu.

— Graças a cálculos tomados com precisão, meu velho — Túlio prosseguiu. — Assim que estabelecemos a hora em que a inserção planetária estava em andamento, entrei no sistema com um destroier e me instalei numa das luas de Phlegethon. Não deixaria o meu melhor soldado sozinho nas mãos desses euro-russos traiçoeiros. Quando eles começaram a extração dos mergulhadores, eu me expus e pedi que você se apresentasse. Disseram que você estava morto, seu corpo perdido na tempestade. Por via das dúvidas, fiz uma varredura orbital e ouvi os seus delírios numa frequência inesperada. Só por isso pudemos chegar até você.

— Obrigado...

Túlio apenas o encarou. Então Peregrino disse, com dificuldade:

— Recupere os dados do computador do meu traje de mergulho. Vai achar o holovídeo de uma bela mulher. Ele explica tudo.

— Evidência sólida de traição?

— Tentativa de assassinato político...

Túlio fez um som desdenhoso.

— Você não é tão importante.

Peregrino estava cansado demais para exprimir o que lhe veio à mente: "Certo. Foi por isso que você comandou pessoalmente a minha operação de resgate." Mas disse:

— Só permaneci vivo tempo suficiente pra ser salvo porque essa mulher, agora morta, cumpriu suas ordens com um gesto romântico dirigido a este velho soldado. — Fez uma pausa e acrescentou: — E porque existem anjos até mesmo no inferno.

O almirante o observou atentamente por um minuto ou dois.

— Você está velho demais pra ser convertido — disse.

Peregrino sorriu.

— Mas na idade certa de me aposentar e voltar pra casa.

— É isso mesmo o que você quer? — Túlio perguntou. Havia incredulidade em sua voz.

— Foi minha última batalha — Peregrino disse, antes de voltar a dormir. E a sonhar com os anjos de Phlegethon.

# O motim

EDLA VAN STEEN

EDLA VAN STEEN nasceu em 1936 em Florianópolis (SC). É jornalista, editora, dramaturga e autora dos livros *A ira das águas* (contos, 2004), *No silêncio das nuvens* (contos, 2001) e *Corações mordidos* (romance, 1986), entre outros. Dos prêmios que recebeu destacam-se o Prêmio Nestlé de Literatura, o do Pen Club e o da Academia Brasileira de Letras. Atualmente dirige oito coleções literárias da Global Editora.

Hoje colhi nêsperas, para que não virassem pó. O serviço de controle da colheita é implacável: quem não a fizer, dentro do período estipulado, terá suas frutas pulverizadas. Dizem que antigamente as frutas não colhidas tombavam na terra e se transformavam em adubo. Atualmente nossas plantações são feitas em vasos. Um administrador qualquer, nunca me lembro do nome deles, tentou legislar que os vasos deveriam ser brancos, de porcelana vitrificada. Que falta de imaginação. A argila cozida dá margem à criatividade. Você nem precisa dizer o número onde mora, basta mencionar as cores ou modelos dos vasos. Porque todos, sem exceção, são diferentes uns dos outros. Os bonitos da minha rua são de outro material: caixotes de néon, de um tom azulado indescritível, de onde sobe uma parreira de uvas pretas. O mais próximo que posso chegar, vejo que os caixotes são de um azul-madrugada, se é que essa cor existe. Quem pintou deve ter inventado o pigmento, pois nunca vi nada igual. (Vou perguntar ao Saul, que vem me visitar hoje ou amanhã.) À noite, acesos, são fantásticos.

— Olha a hora, Virgínia.

— Já vou dormir, mãe.

Toda noite é a mesma coisa. Acordo entre três e quatro horas e fico zanzando, tomo água, evito ligar a televisão para não me interessar por nenhum filme, faço planos, dou corda no meu cachorro Foncho (os animais foram proibidos). Muito se falou no extermínio dos seres não pensantes, pobres diabos, incapazes de se defender. A verdade é que não foram totalmente dizimados e sim escondidos nos porões de suas casas. Espera-se no grande dia o motim dos banidos.

— Com quem você está falando, minha filha?

— Estou gravando.

Depois voltarei a esse assunto. Não posso entrar em detalhes agora. Tenho medo de que alguém ouça esta gravação, ou que ela esteja sendo grampeada. São muito comuns escutas à distância. Por que eu iria correr o risco? Preciso checar meu Zé Micro. Pode estar exposto a clonagens e invasões. A gente tem de se esconder até de um nosso íntimo amigo e confidente. Sou grata ao Saul, que me ensinou a gravar as palavras que o Zé Micro transforma em texto. Às vezes, ele não entende o que eu falo e junta um monte de letras sem sentido. Erros fáceis de corrigir, por enquanto. Tem gente que digita mais rápido do que pensa. Eu prefiro gravar e corrigir. Espero que nada de sério aconteça na manifestação que está sendo preparada e está tirando o nosso sossego.

— Vá dormir, Virgínia.

— Vim buscar o sonífero.

Quero deixar tudo registrado. Tivemos tantas mudanças após a eleição do novo dirigente. Foi impressionante a votação que ele teve. Parecia que ia salvar o planeta. E não é maneira de dizer, não. Tantas promessas. Projetos admiráveis. Gritava *honestidade*, jurava que os assessores seriam corretos, que a nossa vida mudaria da água para o vinho, o salário mínimo seria dez vezes maior, em aumentos progressivos, iguais aos do Japão. Absurdo? Não. Ele prometia mundos e fundos, porque só ele herdara esse poder. E o povo acreditou. Minha mãe caiu de quatro na campanha do salvador da pátria. Ela sempre quis voltar a dar aulas numa escola ou num colégio. Isso de ensinar na televisão não é com ela.

Confesso que estudo e aprendo tudo virtualmente. Não tenho a menor necessidade de frequentar um lugar coletivo como a minha mãe descreve, e onde ela dava aula. Na hora certa, ligo a telinha e me concentro na lição do dia. Ficou barato para o governo cumprir os currículos do ensino, pela rede. Aprende quem quer. Não existe casa sem acesso gratuito. Quero dizer, gratuito não, porque está incluído nos impostos que todos devem pagar, que são da ordem de sessenta por cento. O que, na opinião do meu pai, é um verdadeiro roubo do nosso orçamento mensal e não vai acabar com a pobreza, porque está sendo desviado para fins escusos.

A alimentação, igual para todos, é distribuída a domicílio, sem exceção, embalada a vácuo. Se alguém quiser plantar verduras ou árvores frutíferas deve obter uma autorização especial. Por isso, são poucos os que ainda têm prazer em comer coisas frescas. Fala-se muito, nas pesquisas, que os almoços e jantares serão, dentro de pouco tempo, consumidos em comprimidos.

A velhice foi abolida oficialmente. Comprimidos letais são entregues em todas as casas, quando alguém atinge setenta anos. Quem obedece a essa obrigação disparatada? Os nossos avós estão escondidos, assim como os animais de estimação de muita gente, e são alimentados e cuidados. Falamos deles como se não existissem, ou lhes damos apelidos que apenas nós conhecemos. Eu jamais me separaria dos meus avós, nem deixaria que fossem mortos, só porque são velhos. Dividimos com eles o que recebemos. A solidariedade humana vale mais do que a lei da eutanásia e há médicos que prestam assistência secreta aos idosos, mediante remuneração, é claro. São os avós e bisavós vivos que estão criando uma nova economia informal. Por exemplo, meu avô faz berços descartáveis de papelão e minha avó, roupas para bebês. Eu faço a minha parte, indo ao mercado das trocas.

Meu pai é controlador do espaço aéreo e minha mãe, orientadora profissional. Os dois saem juntos, de manhã, na aeromoto, e voltam à noite. Tenho um livro que mostra o transporte de antigamente e custo a acreditar que fosse verdade. As ruas agora são apenas para lazer. O transporte se faz no ar. Hanna & Barbera imaginaram uma família que vivia no século 21, num desenho que eu vi outro dia nos clássicos infantis para televisão. Puxa, eles quase acertaram. Acho até que certas ideias deles eram melhores do que a nossa realidade.

Minha mãe deve ter dormido. Posso continuar gravando à vontade. Que é aquilo? Ah, o sinal que confirma a reunião de amanhã. Não respondemos para não despertar desconfianças. Todos os interessados entenderão a mensagem. Precisamos planejar tudo, nos mínimos detalhes, pois nossos velhos querem ter vida normal. Não aguentam mais viver em porões, sem poder sair e tomar sol. Felizmente existem as vitaminas e os possantes comprimidos de cálcio para compensar a falta que ele faz.

Nosso núcleo habitacional é um dos mais simpáticos, pois só tem casas reformadas. Daí a existência dos porões. Na maioria dos núcleos recentes, as habitações são verdadeiros iglus de fibra, que já chegam prontos e são fixados sobre quatro colunas. Têm janelas pequenas e jamais poderão esconder os parentes. Mas os moradores ajudam, pintando as janelas e os aerobus, por exemplo, para esconder os velhos e os animais. Porque os machimbombos aéreos estão sendo camuflados para levá-los ao grande encontro e os vidros são pintados com figuras jovens e adultas, para que ninguém desconfie da idade dos passageiros. De longe, ninguém vai supor quem estará dentro dos ônibus siderais. Os artistas convidados estão se esmerando. Esperam que, conseguido o objetivo, os veículos sejam expostos como obras de arte. Andam fazendo exposições de vacas pintadas há muitos e muitos anos. Parece que existem milhares delas pelo planeta. Quem sabe os nossos trezentos machimbombos aéreos não terão sucesso no futuro? Não tenho certeza, mas acho que *machimbombo* é uma palavra africana. Dizem que há bilhões de anos o nosso continente e a África foram um só, e grande cataclismo separou-os. Mais tarde, uma doença horrível quase dizimou todos os habitantes da África. Salvou-os do extermínio a descoberta, num fruto dourado, de uma substância salvadora.

O encontro vem sendo preparado há meses, e será num velho estádio de futebol onde cabem cem mil pessoas. Até me dá um frio na barriga pensar na reação dos meus avós, que arrumaram roupa nova e estão contentes. O dirigente ou guia, como alguns o chamam, não está sabendo de nada. Ele vai apenas comemorar seus oito anos no poder, recebendo homenagens da população. Ah, ah, ah. Só quero ver.

Nosso país é dividido em estados com população limite de dois milhões, distribuída em núcleos de cem mil pessoas. Será incrível a estupefação quando os velhos e os animais aparecerem. O índice da população não vai ser o mesmo! Não haverá nenhum sentimento de vingança na grande data, apenas tentativa de recobrar direitos perdidos.

Nas últimas semanas, há uma atmosfera feliz nos ares. Nem sei como descrevê-la. Músicas antigas são assobiadas ou cantaroladas nas esquinas, os funcionários conseguiram diminuir uma hora de trabalho, para aproveitar a primavera, prometendo reposição no inverno. Óbvio que precisavam do horário para tomar providências. Havia um sentimento de solidariedade jamais visto.

Finalmente chegara o momento da grande reunião. Minha avó está radiante com o vestido de cor pérola que ela fez, o pano guardado para festejar as suas bodas de ouro. Meu avô reformou um velho terno preto (ele emagreceu e diminuiu de altura) e envernizou os sapatos. Acabo de vê-los animados, dançando algum ritmo imaginário. Qualquer coisa que meu avô conta: um, dois, três, um, dois, três. Eles vão comigo, que também vesti roupa nova, pois meu pai está de plantão e minha mãe vai direto do trabalho.

Vou desligar você, Zé Micro. Ao chegar, conto tudo que aconteceu. O aerobus passará aqui na porta dentro de alguns minutos. Cruzo os dedos para que não dê nada errado.

Que alegria, para meus avós, rever tantos conhecidos. Cada um que entrava no ônibus era saudado com entusiasmo. Dava para entender que uns pensavam que os outros estavam mortos. Daí o contentamento geral. As mulheres levavam uma cesta na mão.

Nosso monitor pediu silêncio para dar as instruções: os machimbombos parariam ao mesmo tempo, para que ninguém ficasse desguarnecido. Ao apito do guia chegando, todos, sem exceção, deveriam descer e se dirigir para o pódio.

Assim que o chefão se sentou na poltrona soberba, olhando em volta, o campo foi invadido silenciosamente pelos cabelos brancos e pelos animais. Comoção geral. As autoridades não estavam entendendo nada. Mas, surpresa, os avós do supremo guia estavam presentes, e ao lado dos manifestantes. Ao vê-los, o coitado ficou perplexo. Não sabia o que fazer. Não tinham morrido? Como fizeram isso com ele, que tanto sentira a falta dos dois? Onde estavam ocultos?

Por sua vez, os guarda-costas e os ministros, ao darem de cara com seus próprios parentes, também levaram aquele susto. De onde eles surgiram? E os animais? Eram mortos que ressuscitaram?

Passado o espanto, o silêncio foi logo interrompido pela vaia monumental que se ouviu. Os cães uivaram como lobos. Tenho certeza de que aqueles sons foram ouvidos até em outros planetas. Os dirigentes se olharam, temerosos. Alguns tentaram se retirar. A multidão rodeou o palanque. Dali ninguém saía. O guia supremo pegou o microfone, providencialmente desligado. O povo apertava o cerco. Apertava mais. De repente, o pódio foi invadido. Muitos pensaram que ninguém sobreviveria. Em vez disso, os velhos tiraram flores artificiais dos bolsos e das cestas, com as quais enfeitaram a si e aos poderosos apavorados. Depois, às gargalhadas, vararam a noite, dançando e se divertindo ao som da Orquestra das Estrelas.

Hoje de manhã, meus avós se levantaram, tomaram café como todos nós e saíram para passear, de mãos dadas. Sem medo.

# Depois da Grande Catástrofe

DEONÍSIO DA SILVA

DEONÍSIO DA SILVA nasceu em 1948 em Siderópolis (SC). É doutor em Letras pela USP, leciona na Universidade Estácio de Sá e é autor dos livros *Os guerreiros do campo* (romance, 2002), *De onde vêm as palavras* (ensaio, 1997) e *Avante soldados, para trás* (romance, 1992), entre outros. Dos prêmios que recebeu destacam-se o Casa de las Américas e o da Biblioteca Nacional. Escreve semanalmente na revista *Caras*, sobre etimologia, e no jornal *Primeira Página*.

O reitor tirou a carapaça de bronze e a colocou sobre um banco de ferro. Fazia alguns anos que ele vinha para a universidade vestido assim, com o fim de evitar ovos podres que profissionais universitários desempregados jogavam nele.

O tratamento de *magnífico*, a que ele fazia jus, que na Idade Média era privativo dos primeiros latifundiários que se tornaram reitores quando as universidades começaram a instalar unidades em campus e campi, não tinha sido abolido.

Porém nos últimos séculos ninguém mais vinha de carro.

Todos os combustíveis fósseis tinham sido exauridos um pouco antes da Grande Catástrofe que dizimara também os combustíveis vegetais.

Os carros elétricos eram cedidos mediante cotas na universidade e ele, sendo reitor, tinha direito a um, o que de pouco lhe servia, pois morava na vila e a bateria durava pouco.

Assim, preferia vir a cavalo, um animal cibernético que do muar antigo aproveitara pouco mais do que o desenho.

Quem jogava ovos podres eram profissionais universitários, formados em verdadeiros aluviões todos os anos, pela garantia de vagas em todas as universidades. Sobravam vagas, todos eram universitários, mas os rebeldes eram apenas aqueles que tinham se formado por reservas de cor, religião, tipo de desodorante, de calçado, de roupa, de costumes culinários etc. Os ovos eram recolhidos nos centros de abastecimento, depois do expediente, entre alimentos e víveres com prazo de validade vencido.

A secretária estava numa posição incomum, esticada de bruços sobre a mesa. Ele a colocava nessa posição com muita frequência, mas por outros motivos, e sem deixá-la com a rigidez que a acometia. Ela estava morta.

— Doutor Ateneu, Luz Amarela chamando.

Ele se aproximou, obediente. Era reitor, mas o que mais sabia era obedecer, principalmente ao Partido, que o elegera reitor e ao qual prestava serviços extrauniversitários.

— Confidencial, digite sua senha.

Obedeceu de novo.

— Confirme.

Obediente outra vez, repetiu a combinação de letras, números e diacríticos. Seu perfil patognomônico era decifrado em seguida, pois desde o século XXI as doenças incuráveis eram utilizadas para identificação. E o diabetes era uma delas.

Equivocadamente inspirado em leituras feitas em restos de manuscritos gregos antigos, recuperados depois da Grande Catástrofe, o chefe do Departamento Financeiro tinha tentado identificar o reitor por um meio peculiar.

Sabedor de que o magnífico era diabético, tinha construído um sifão de alumínio onde o reitor deveria mijar a cada vez que sua intervenção fosse solicitada.

Ele denominou o invento de *diabaíno*, que em grego antigo significava *passar pelas pernas, atravessar*. Como tinha pouco a ensinar a quem quer que fosse, tinha gosto de explicar que os antigos gregos, que já sofriam de diabetes, deram este nome à doença ao observarem que as pessoas por ela atacadas precisavam urinar com muita frequência.

Para dar nome a seu invento, o burocrata empedernido tinha consultado uma edição escaneada do *Dicionário das línguas francesa e inglesa*, do lexicógrafo inglês Randle Cotgrave, publicado sete séculos antes, em 1611.

Nas anotações que fizera num canto da tela eletrônica em que escrevia, tinha incrustado estes versos recolhidos de uma região antiga chamada outrora Brasil, cujos limites geográficos, constituição política e instituições tinham sido dissolvidos, como os das outras nações, depois da Grande Catástrofe.

Os versos eram do cordelista Manoel Monteiro, extraídos de fragmentos de sua *Cartilha do diabético:* "Todo diabético deve / Portar uma identidade / Com o seu tipo sanguíneo, / Nome, endereço e idade, / Para não dizer que esqueceu / Anote do médico o seu / Fone de necessidade. / Se de dois em dois minutos / Precisa ir ao banheiro, / Sentir as veias das pernas / Ardendo como um braseiro, / Se está se sentindo assim / Não espere tempo ruim / Consulte um médico ligeiro."

Doutor Ateneu tinha prazer em ser identificado assim, liberando urina, porque, humilhado com tanta frequência por aquele a quem só chamava de Financeiro, como se fosse um anátema ou uma condenação que deveria repetir todos os dias com salmodiante precisão, dizia à secretária: "Tou mijando e andando pra esse daí." Mijando, sim, mas andando, não.

A confirmação da senha de identificação requeria que ele parasse para mijar no tubinho. Saíam apenas umas gotinhas, diabético que era, mas suficientes para a máquina decifrar e decidir que ele era ele mesmo.

Feitos os devidos reconhecimentos mnemônicos da parafernália, recebeu o informe: "Odores estranhos exalando do tugúrio habitual. Verifique a configuração da secretária e dos outros utensílios, examinando o frigobar e o fogão descartáveis. Restos alimentares apodrecidos é a hipótese mais provável. Saia imediatamente da cabine para as abluções. Vá ao banheiro contíguo e lave o que nos apresentou."

O que nos apresentou? O gerúndio tinha sido abolido junto com os mosquitos, mas os eufemismos, não. Ele mostrara parte do que era chamado aparelho urinário, indispensável ao procedimento da correta identificação, a mais segura.

Só então veio examinar a secretária, afinal a origem daquelas advertências todas.

Mas não conseguiu continuar o exame. A aterrorizante holografia invadiu a sala numa luz azulada. No viva-voz soou o aviso: "A figura que adentrou o recinto indica que o testamento foi escrito inteiramente pelo invasor que manipulou a identificação de sua auxiliar. A presença dos indícios de restos alimentares nos sistemas de detecção, a que se devem?" "Ela sempre escovou mal os dentes", disse Ateneu. "O senhor pode comprovar o que está afirmando?" "Só se beijá-la mais uma vez", disse o reitor. "Resposta prejudicada, entendimento impossível. Destrinche o que disse no decodificador."

O decodificador eletrônico era usado quando falhavam respostas como aquela. Era considerado um aparelho rudimentar, pois requeria informação explicada em palavras, de acordo com o léxico e a sintaxe hegemônicas.

O Financeiro, cujo nariz lembrava a probóscide de uma anta, misturava nomes e conceitos. Tendo ouvido uma conferência sobre etimologia, enquanto instalava os recursos de captação de sons e imagens, soubera da insólita semelhança entre as palavras *holocausto*, onde tudo ou todos são queimados; *hipocausto*, o sistema de fornalhas subterrâneas que os antigos romanos instalavam em termas e casas de luxo; e *holografia*, palavra que os antigos gregos criaram para designar o testamento inteiramente escrito pela mão do testador e não apenas assinado por ele. Roma e Grécia permaneciam ainda, tantos séculos depois, como referências solares de civilização.

Aquela, porém, não era uma das mensagens-padrão que armazenara no sistema de comunicados internos. Ele a criara para tentar inutilmente desfazer a imagem que o reitor tinha dele, a de uma anta, que o funcionário, em espessa ignorância, atribuía à probóscide que lhe marcava o semblante, e não ao fato de ser um dos maiores néscios da universidade.

Doutor Ateneu não se fez de rogado: "Fiquei com minha secretária algumas vezes, porém hoje não. Nem ontem."

O verbo *ficar* para designar atos de namoro era um dos poucos que tinham permanecido. E digitou no decodificador: "Quando a beijava, era frequente que ao tirar a língua de sua boca, trazia nela restos alimentares, ela escovava mal os dentes depois das refeições. E eu a beijava sempre depois da merenda ou do almoço. Fui claro?" "Sim", foi a resposta objetiva. O neologismo *OK*, vigente no século em que a antiga nação bárbara do Norte tinha dominado o mundo, havia sido abolido.

Andra, a secretária, tinha nas mãos um exemplar de *Tempo de delicadeza*, de Affonso Romano de Sant'Anna, que, antes da transformação criogênica, tinha dirigido uma grande biblioteca, a maior de uma nação no tempo em que o mundo era assim dividido. O autor era também conhecido como o marido da Marina, adorável e igualmente fascinante escritora, que escrevia em prosa repleta de sutis complexidades, a quem Affonso amara a vida inteira, sendo também por ela amado. Ela, como ele, tinha sobrevivido à Grande Catástrofe.

A palma da mão esquerda de Andra cobria o seguinte trecho: "Outro dia tive saudade do papel-carbono. E tive saudade também do mimeógrafo a álcool. Os mais jovens nem sabem o que é papel-carbono ou mimeógrafo a álcool. Mas tive saudades deles, ou melhor, de um tempo em que eu não dependia eletronicamente dos outros para fazer as mínimas tarefas."

Ateneu era um homem sensível. A doença o tornara tolerante, modesto, bondoso e sábio. Tirou o livro da mão de Andra e lembrou que esse nome lhe fora dado por ela, quando a trouxera da antiga China, país que visitara antes de a Humanidade ser unificada em pátria nenhuma, sob o Governo Geral do Planeta, logo depois da Grande Catástrofe.

Disse-lhe que doravante a chamaria de Alessandra, mas ela achara o nome muito comprido, ainda que tenha comido a inicial, pensando ser um artigo, quando lhe perguntara: "Por que Lessandra?". "Sandra, então", ele sugeriu. E ela: "Andra é um nome bonito, que bom!"

E rolou um clima, como então se dizia, pois era comum se fazerem metáforas com a inclinação da Terra quando alguém, interessado em ter intimidades com uma pessoa, se inclinava sobre ela. Ele, ao contrário do Financeiro, que só sabia restos de grego, sabia grego por inteiro e não desconhecia que *clima*, em grego antigo, queria dizer *inclinação*, fosse a do sol, no poente, fosse a dele sobre Andra, ou a dela sobre ele. Enfim, metáforas, comparações, transportes, modos de se fazer entender.

Antigamente era necessário apertar botões para rever a memória, mas agora bastava um leve toque e foi o que ele fez.

De imediato rolou a seleção dos melhores momentos dele e de Andra, que recolhera depois de muita pesquisa.

A cena inicial mostrava o modo gentil como ela lhe entregava o cartão de visitas, segurando-o com as duas mãos, segundo a etiqueta, e se inclinando respeitosamente.

Depois, os dois juntos tomando sopa de ninho de andorinhas e a seguir degustando escorpiões fritos.

A seguir, ainda com a seleção de imagens de refeições, os dois numa grande mesa, rodeada de festivos convivas que devoravam com gosto um cachorro assado recheado de cobras.

As cenas seguintes mostravam a primeira refeição na companhia do amado, quando, para experimentar a cor local dos alimentos, tinha comido uma feijoada, embora achasse estranhíssima essa comida repleta de orelhas, pés e rabos de porco.

As imagens eram mudas, mas ele relembrou a pergunta que ela lhe fizera, simplesmente lendo os lábios dos fotogramas em movimento: "Por que só patas, rabos e orelhas? É alguma superstição que impede de aproveitarem outras partes do animal, como o lombo e o pernil?"

Mas agora Andra estava morta e ele precisava saber por quê. A imagem holográfica, que ele muito contemplara, infelizmente lhe dava poucas pistas.

"O assassino será identificado em minutos", disse o vivavoz. "Ela morreu de água injetada na veia. Por que ele fez isso, ainda não sabemos, mas essas mortes em geral são sem um motivo definido, ainda que a causa todos saibamos: é tristeza. Mortes com água são sempre por tristeza. O algoz era seu namorado. Matou-a com uma injeção de água e aplicou outra em si mesmo, mas com bastante açúcar na mistura. Eles queriam viver felizes para sempre e tinham certeza de que só poderiam ser felizes por pouco tempo. Inconformados, optaram por morrer juntos. Ele desencarnou primeiro e aos poucos estamos recuperando o ectoplasma na holografia. Ela vai demorar um pouco mais para se espiritualizar."

Só então o reitor viu que também tinha morrido, que agora ele era apenas imagem da imagem que dele todos faziam, pois o açúcar tinha tomado todo o seu organismo num ritmo alucinante. A última borrifada de urina tinha sido a da identificação, um pouco antes de perder a memória do passado recente.

A morte dos dois coincidiu com o fim da Idade da Grande Catástrofe, pois os cientistas naquele mesmo dia descobriram a árvore sintética, com sombra, flores, pássaros e odores primaveris o ano inteiro.

O agente-rabecão, ao recolher os corpos, tomou o livro nas mãos e, enquanto rodava a *Nona sinfonia* de Beethoven, música que os dois tinham escolhido para o funeral, leu a dedicatória: "Para Neu, o amor que não pode ser eterno: que eu possa ser para ti como uma árvore antiga, dessas que ambos temos contemplado em ilustrações: que eu te dê sombra, flores, frutos e não te fira nunca porque..."

"São fragmentos de um antigo poema", disse o agente-rabecão. "Ela não conseguiu terminar a dedicatória, mas de todo modo a mulher do reitor vai ficar aborrecida quando souber que os dois se amavam tanto, pois amor demais irrita os que não sabem, não podem, não precisam ou não querem se amar."

E, quando a música terminou de rodar, ele contemplou filosófico: "Ninguém deve terminar nada, pois nada termina, tudo continua e, depois de resolvida a Grande Catástrofe, certamente virá outra maior ainda."

Mas ele era um homem sombrio, por influências do ofício que exerce. Apesar de artificial, a natureza agora seria ainda mais exuberante, poderia ser controlada e nisso também se assemelhava ao homem, que sobre ela reinara por tantos séculos.

Também eu não vou terminar este conto, a prece da decifração tem muitas urgências e de todas elas a mais insuportável é esta: a de que o autor deve ter pressa em cifrar, enquanto o leitor tem a vida inteira para decifrar o que, em bruxuleantes sinais, vacilante, elaborei, sem nenhuma certeza, apenas com muita esperança, "a divina mentira que deu ao homem o dom de suportar a vida", como li num fragmento de poesia.

Busquei entender a morte do reitor e de sua amada de mil maneiras. Procurei luzes em fragmentos. Li que se não amamos, vamos para o inferno, em cuja entrada está escrito: "Deixa toda esperança, tu que entras."

Mas no céu entro quando amo e sou amado, assim como vivo no purgatório ou no inferno quando não amo nem sou amado. Então a chave de tudo, incluindo a deste relato, é aquele sentimento assim definido por Shakespeare: "O que é o amor? Não é o futuro; / A alegria presente produz risos no presente; / O que está para vir é ainda incerto; / Na tardança não há fortuna alguma; / Pois então venha beijar-me, criatura doce e moça. / A juventude é coisa que não dura."

Não foi eterno para Andra nem para Ateneu, como não é para ninguém, pois tudo termina, mas sei que foram felizes enquanto se amaram.

Por mais que me tenha esforçado, não entendi o desespero deles. Mataram-se por inconformados, não aceitavam que seu amor não era eterno e a decisão levou-os a abreviar o amor e a vida.

# Espécies ameaçadas

MÁRCIO SOUZA

MÁRCIO SOUZA nasceu em 1946 em Manaus (AM). É formado em Ciências Sociais, roteirista, dramaturgo e ensaísta, e autor de *Mad Maria* (1980), *Galvez, imperador do Acre* (1976) e da tetralogia Crônicas do Grão-Pará e Rio Negro, entre outros. Dos prêmios que recebeu destaca-se o Jabuti. Teve textos estampados nas principais publicações literárias do país e do exterior.

24 de junho de 2009

    Nem sei como me meti nessa história. Fui passar a festa de são João em Marabitanas, onde ainda se comemora o santo como antigamente. Um arraial no largo da Igreja, barraquinhas de prendas, vendedores de guloseimas, banda de música com sanfoneiro, tudo como manda o figurino. Estava com uma amiga, colega do INPA. Sou biólogo, especializado em grandes mamíferos, minha colega estuda peixes. Não somos da região, sou carioca e ela é mineira, mas adoramos isto aqui, que é o campo ideal para o nosso trabalho.
    A festa estava animada, uma quadrilha terminava a sua apresentação, quando o sistema de alto-falante pediu a presença do delegado da cidade no palanque. E quase que instantaneamente o povo já comentava que um casal tinha sido assassinado. A festa virou tumulto e consternação. Eu e minha amiga caminhamos para a pousada, que ficava fora do perímetro urbano, na beira do rio Negro, mas um jipe da PM veio em alta velocidade e freou em cima da gente. Um oficial pulou do jipe e perguntou se éramos médicos, e se podíamos ir até o local do crime.
    — Sou biólogo — respondi. — Somos pesquisadores, minha amiga aqui estuda peixes.

— Por favor, venha pelo menos nos ajudar — ele suplicou. — O delegado está pedindo.

— Está bem — concordei, e subimos no jipe.

Fomos para o posto de saúde, uma casa de alvenaria meio decadente. Eram duas vítimas, arrumadas no chão do consultório, cobertas por lençóis ensanguentados. O delegado nos agradeceu e descobriu os corpos, revelando um casal de adolescentes. Os corpos estavam bastante mutilados.

— Quem poderá ter feito uma coisa dessas? — indagou o delegado, meio para si mesmo.

Minha amiga se retirou do consultório e eu fiquei observando os corpos, as lacerações e a forma como parte dos membros superiores estavam destroçados. Eu conhecia aquele tipo de lesões, em meus anos de doutorado no Canadá estudara os hábitos dos ursos cinzentos e — uma única vez — vi o estado que ficou um turista após o ataque de um desses animais num parque em Alberta.

— Isto aqui não é coisa de gente, delegado. Eles foram atacados por um animal de grande porte. Um urso, por exemplo.

— Aqui no Amazonas não temos ursos — ele respondeu.

— Eu sei.

— Logo...

26 de junho

Participei da equipe de legistas do Instituto Médico Legal que fez a autópsia dos cadáveres. Não há a menor dúvida, os dois foram mortos por um animal de grande porte, um urso ou coisa parecida. Os grandes felinos, como a onça, não atacariam um casal de namorados que se davam uns amassos no escurinho da quadra de esportes do colégio, em meio ao barulho e o movimento de gente na festa. Os felinos são animais cautelosos, e além do mais, os efeitos de seus ataques são bem característicos. Aqueles dois pobres namorados não tinham sido atacados por uma onça faminta. O que teria acontecido?

## 12 de julho

Fui convocado pelo secretário de Segurança. Sete da manhã, ainda meio com sono cheguei na sala do secretário, pois costumo acordar tarde porque fico trabalhando até a três da madrugada. Lá estavam o delegado de Marabitanas, o secretário e dois outros caras que eu não conhecia, que ficaram calados o tempo todo.

Mostraram umas fotos de outras vítimas com ferimentos semelhantes.

— Este aqui — disse o secretário, apontando cada foto — aconteceu faz uma semana, na localidade de Santa Izabel, era um pescador. Este aqui foi há três dias, a mulher encontrou o corpo ainda deitado na rede em que dormia. O pior é que a mulher dormia na rede debaixo da dele, não ouviu nada e acordou suja do sangue. O casal morava com mais dois filhos no paraná Sumuru, perto de São Gabriel da Cachoeira.

— O bicho está subindo o rio Negro — comentei.

— Exatamente — concordou o delegado.

— Ele está voltando de onde veio — disse o secretário de Segurança. — Temos informações que no mês de maio ocorreram mortes parecidas no mesmo trajeto. O que aconteceu é que as vítimas eram garimpeiros de um garimpo clandestino no igarapé Uaurá. O garimpo acabou esvaziado depois da terceira morte. Uma semana depois da última vítima ser enterrada no garimpo, o cadáver de um narcotraficante colombiano foi encontrado nas mesmas condições das outras vítimas, num lodaçal próximo à cidade de Barcelos.

— O mais estranho é que o bicho não come suas vítimas — comentou o delegado.

— É verdade — concordei. — Mas os ursos raramente devoram suas vítimas humanas.

— Lá vem ele com esse negócio de urso — atacou o delegado.

2 de agosto

Foi organizada uma força-tarefa para apurar a série de ataques, pois outras vítimas foram aparecendo, cada vez mais ao norte. O INPA me liberou para fazer parte da equipe, contra a minha vontade. Além do mais, o delegado de Marabitanas me enchia o saco.

— Quem sabe o urso não fugiu de um circo? — ele sugeriu. — Vamos pedir o registro de todos os circos que tenham urso no país.

— Duvido que vocês consigam a tal lista. Este país não é organizado. E este não é o método de investigação de nossa polícia.

— Não?

— Pena que não tenhamos nenhum suspeito para pôr no pau de arara e fazer ele confessar, elucidando o crime. Ser Sherlock aqui é fácil.

— Bem, tu estavas lá em Marabitanas, na noite do crime — disse o delegado.

15 de agosto

Visitamos o garimpo clandestino, agora abandonado. Comparamos as fotos e, quando observava a barraca onde se deu o último ataque, consegui coletar amostras de sangue e alguns pelos. Nossa equipe seguia numa corveta da marinha, e contávamos com um laboratório a bordo. Passei a noite trabalhando. Por volta das cinco da manhã consegui os primeiros resultados. Fui chamar o comandante da corveta e o delegado.

— O pelo não é humano, mas não há como dizer a espécie. Vamos precisar de um exame de DNA que não posso fazer aqui. As amostras de sangue revelam que procedem de duas fontes distintas, e ambas são humanas.

O delegado me olhou com ar de triunfo.

23 de agosto

A corveta nos deixou em São Gabriel, dali para frente apenas eu, o delegado e mais um cabo e um soldado, estes dois índios tukano, seguiríamos numa canoa com motor de popa. Alguns índios do rio Vaupés haviam relatado a passagem de uma espécie de macaco de grande porte, que atacara as criações de galinhas. Nenhuma morte havia sido relatada nas últimas semanas.

Seguimos para o rio Vaupés, onde os índios diziam que o tal macaco tinha passado.

O meu companheiro delegado tem quase a minha idade, uns trinta e poucos anos, embora pareça mais velho e calejado. O nome dele é João Barreto, mas todo mundo o chama de Barreto, ou doutor Barreto, já que é delegado de polícia concursado, como gosta de afirmar. Não tem muito tempo de polícia e nunca serviu na capital, por isso desenvolveu certa frustração, certo ressentimento. Deve ter tido seus sonhos, mas foram logo destruídos pela mediocridade do trabalho policial em cidades pequenas, onde imperam as relações de favor e a lei está abaixo dos interesses políticos pequenos, mas poderosos.

Fiquei sabendo que Barreto, quando era delegado em Boca do Acre, meteu na cadeia e preparou um processo muito bem feito contra um grupo de madeireiros. O processo não deu em nada, os criminosos voltaram a praticar os mesmos crimes e ainda conseguiram que ele fosse transferido para outro município. Contam que Barreto passou por um período difícil, bebendo muito, foi abandonado pela mulher e quase perdeu o emprego. Estava se reabilitando em Marabitanas, cidade pacata, quando o incidente na noite de são João o lançou novamente ao primeiro plano de um caso rumoroso.

28 de agosto

Paramos numa aldeia de índios no rio Apaporis. Comemos frango com polenta, preparado pelo soldado, que havia feito um curso de culinária no SENAC, em Manaus, pago pelo exército. Os índios não sabiam de nada, não tinham visto nada estranho.

— Aqui só acontecem coisas estranhas — disse o chefe, um velho encarquilhado, que se balançava na rede com duas adolescentes.

— Tá de mulher nova, né? — perguntou o soldado.

— Velho precisa de mulher nova — explicou o chefe.

As meninas riam muito.

Por volta das duas da tarde, com um calor brutal, deixamos a aldeia e seguimos viagem. A mesma imensa e monótona paisagem: rio, mata, céu. Para o delegado Barreto o crime já estava elucidado. Para mim, se tratava de alguma espécie desconhecida de primata, muito reservada e arisca, que a invasão da civilização estava acossando. De vez em quando chegavam no INPA histórias de animais fabulosos, avistados por aventureiros e nativos imaginosos, mas não levávamos a sério esta criptozoologia amazônica.

2 de setembro

O Barreto deitou falação a manhã inteira. Protestou que estávamos gastando o nosso tempo e o dinheiro do contribuinte. Aquela expedição era uma besteira. A morte do casal era um crime encomendado, tava na cara. Ele vivia na cidade, sabia de tudo que ali se passava. O rapaz era filho de um comerciante da cidade, o pai era contra o namoro, porque a menina era filha de um vereador da bancada evangélica. Os dois eram inimigos, por questões políticas e religiosas. O comerciante mantinha um terreiro de macumba, que era atacado pelo vereador como *antro de vícios e casa de satanás*. A coisa era séria. Tão séria que ele não duvidava que o crime fosse encomendado. Provavelmente pelo comerciante. Contratou um matador de Manaus, e mandou fazer o serviço, e o cara caprichou, eliminou logo os dois, ele argumentava sem parar.

O problema, eu pensava, é que a tese de morte encomendada não explicava as outras mortes.

5 de setembro

Eu e Barreto tivemos um desentendimento sério. Para ele, caso fosse mesmo um animal e o encontrássemos, deveríamos abater a besta imediatamente. Discordei, porque não poderíamos perder a oportunidade de capturar vivo um animal desconhecido, para ser estudado em Manaus. O problema era controlar o cabo e o soldado, na hora em que nos deparássemos com o animal.

11 de setembro

Amanhecemos perdidos numa bruma densa, que nos deixava desorientados. A visibilidade era nula e tudo estava no mais completo silêncio. Os militares haviam desligado o motor e remavam com cautela. Não conheciam muito bem aquela área, e sabiam que era frequentada por narcotraficantes.
No meio da manhã um raio de sol rompeu a bruma que logo se dissipou, revelando um curso sinuoso de água límpida e tranquila como um espelho. Numa das curvas avistamos um pequeno avião anfíbio amarrado aos galhos de uma árvore. Os soldados pegaram suas metralhadoras e encostaram a nossa canoa a uma distância prudente. O cabo fez sinal que ficássemos em silêncio e usou um binóculo para perscrutar o avião, que parecia abandonado.
Para encurtar a história, o avião estava mesmo abandonado e em perfeito estado, até mesmo com combustível. Mas uma cena dantesca estava armada numa clareira próxima daquela margem. Os três homens que viajavam no hidroavião aparentemente decidiram acampar naquela margem, durante a noite.

Armaram três barracas de camuflagem e se alimentaram da comida que traziam numa caixa de isopor, evitando acender uma fogueira. O acampamento era tecnicamente sofisticado, como explicou o cabo, possuía um sistema de alarme baseado no calor, que rastreava com precisão até um raio de dez metros, havia equipamentos de comunicação via satélite, armas e conforto. O que não impediu que agora estivessem mortos.

O acampamento estava intacto, não havia sinais de luta ou depredação, apenas o isopor de comida fora levado para o mato e seu conteúdo devorado. Não havia sinal de que os três homens tivessem se dado conta do que acontecia, pois não dispararam um tiro sequer. Um dos homens, com um corte único no ventre, pendia do galho de uma árvore; o outro, ainda deitado na cama, a garganta com um golpe que quase o decapitara, congelara o rosto numa expressão de estupor. O terceiro elemento o cabo encontrou enforcado num cipó, a alguns metros do acampamento.

Para o delegado Barreto aquilo era um massacre promovido por narcos rivais. Nada havia sido roubado, os pacotes de pasta base estavam acondicionados no avião, além de uma mala recheada de dólares.

O cabo entrou em contato com a base militar de Cucuy pelo rádio e relatou o ocorrido. Recebemos ordens de esperar uma patrulha que viria de hidroavião nos encontrar para fazer o resgate dos corpos e dos pertences dos mortos.

A hipótese do Barreto não era nem um pouco absurda, não fossem as pegadas no chão do acampamento, de um animal quadrúpede que podia andar em duas patas.

15 de setembro

A força-tarefa do exército nos resgatou ontem. Estamos no quartel, em Cucuy. O pessoal da inteligência está intrigado, as mortes fogem aos padrões dos narcos, que procuram sempre ser discretos em suas ações, assassinando e escondendo os corpos. E não teriam abandonado o avião com a mercadoria e o dinheiro. Um oficial me chamou para conversar, fez muitas perguntas sobre a minha hipótese de se tratar de um animal desconhecido. Queria saber se era um primata, ou um felino. Não tive como responder, nem mesmo tinha certeza se era um animal. O resultado do ataque ao acampamento dos traficantes não parecia coisa de animal.

Após o jantar, eu estava sentado num banco, no pátio do quartel, quando Barreto me chamou. Tinha um mapa, com rabiscos. Estivera pensando e achava que o criminoso seguia um roteiro, estava indo para o norte, conforme mostrava o rastro de mortes.

— Veja, ele segue uma reta, não há desvios. Vai direto para a fronteira com a Venezuela, bem mais a nordeste do nosso caminho.

— Você pode ter razão — concordei.

— Poderíamos interceptar — ele disse. — Falei com o coronel e ele concordou em nos levar de helicóptero até aqui, ao pé dessa serra. É terra pouco conhecida, quase ninguém andou por aquelas bandas.

21 de setembro

Estamos caminhando há dois dias. Nenhum sinal do animal, ou seja lá o que for que estamos procurando. Estamos quase no ponto em que passa a linha que marca a trajetória da coisa rumo ao norte. Mas não vejo como a criatura poderá seguir em linha reta, já que estamos aos pés da cordilheira do Parima, nos confins do Brasil. É um território impressionante, de savanas e pedras gigantes. O cabo e o soldado continuam com a gente, mas o Barreto anda intragável, embora estejamos seguindo um plano elaborado por ele.

23 de setembro

Encontramos um paredão intransponível que sobe íngreme e quase na vertical, por uns trinta metros. Uma queda-d'água de tirar o fôlego desde as alturas, causando um rumor e uma nuvem de gotículas, uma neblina perene.

24 de setembro

Acordei no meio da noite com uma sensação estranha e vi uma garota índia, belíssima, me observando. Dei um salto e peguei a lanterna, mas não vi ninguém, nada, nenhum som, nenhum ramo se movendo, que indicasse que se tratava de alguém de carne e osso. Acho que a exaustão está começando a me pregar peças.

Barreto passou o resto do dia me gozando, dizendo que era atraso, que eu podia me aliviar sem problemas...

26 de setembro

É claro que agora não conseguia mais dormir, estava sempre sobressaltado, com a imagem da garota índia me observando. Ela tinha os olhos oblíquos, orientais, e uma expressão de curiosidade encantadora. Meus devaneios foram cortados pelos gritos do soldado, corremos para ver o que era e não o encontramos mais, apenas a arma e parte de seu fardamento dilacerado.

— É o criminoso, ele atacou o soldado — disse Barreto, excitado. — Nós estamos no lugar certo...

Encontramos o corpo do soldado, bastante dilacerado, numa ribanceira, perto de um igarapé. Realmente tínhamos sido visitados pela criatura, porque os padrões dos ferimentos eram idênticos aos das outras vítimas. Enterramos o corpo e marcamos o lugar, para posterior exumação. Barreto lavrou um documento, registrando a ocorrência. Agora sabíamos que a criatura era inteligente, de grande porte e dona de uma força descomunal.

29 de setembro

O cabo nos abandonou durante a noite, andava assombrado e falava que a criatura era uma entidade das matas, que os velhos de sua tribo contavam que quem perturbava a paz da floresta era perseguido pela tal entidade.

— Vocês, brancos, vão pagar pelo que estão fazendo — ele tinha dito na noite em que desapareceu.

2 de outubro

Estávamos descendo um desfiladeiro, no trajeto que fazíamos em direção ao nordeste do platô, quando avistamos a criatura pela primeira vez. Era um animal grande, peludo, e caminhava nas duas patas, como um primata, meio encurvado, cruzando uma área descampada, numa distância de uns dois quilômetros de onde estávamos. Parou várias vezes para nos observar, prosseguindo sua caminhada. O terreno onde estávamos era em declive, de difícil acesso, o que nos obrigava a seguir com cautela. Um escorregão nos precipitaria de uma altura de mais de dez metros, e seria fatal. Por isso, de vez em quando perdíamos de vista a criatura. Pelo binóculo do cabo, Barreto não se cansava de observar o animal, ele não conseguira absorver a ideia de que ainda pudesse existir criaturas daquele porte desconhecidas pela ciência.

Suados e exaustos, seguíamos cuidadosamente pelo desfiladeiro, esperando chegar na mesma clareira em que tínhamos visto a criatura pela primeira vez e ali parar para beber água e descansar as pernas. Foi quando ouvimos disparos, rugidos e silêncio. Apesar do perigo, apressamos o passo. Duas horas depois chegamos a uma clareira onde havia sinais de luta, galhos quebrados e cartuchos de tranquilizante animal atirados no chão. A criatura havia sido capturada, mas por quem?

Marcas de rodas levavam até a entrada de uma caverna.

3 de outubro

Fomos dominados por um grupo de paramilitares. Chegaram de surpresa. Não foi possível escapar ou resistir. Nos vendaram, algemaram e nos empurraram para dentro de um furgão.

4 de outubro

A viagem foi longa e enjoativa. Nunca me senti tão mal na vida.
Tiraram nossas vendas e nos desembarcaram numa praça, cercada por quatro edifícios. O conjunto era todo murado e

com eletrificação. No entanto, parecia um hospital, pois as pessoas que transitavam pela praça vestiam-se inteiramente de branco. Os prédios eram modernos, de fachada de vidro escuro, todos com quatro andares. Nenhuma inscrição, nenhum símbolo, nada que nos indicasse a natureza daquela organização.

Os paramilitares nos conduziram para um dos prédios. As pessoas não pareciam surpresas em nos ver ali, algemados, sujos e cansados. O ambiente era refrigerado, contrastando com o calor brutal que fazia no exterior. O andar estava quase vazio, a não ser por um balcão com duas recepcionistas vestidas de branco. Passei por elas e tive um sobressalto: eram exatamente como a garota índia que eu pensara ter visto naquela noite na selva.

8 de outubro

Passamos o dia num quarto com duas camas. Tiraram nossas algemas, trouxeram roupas limpas, sabonetes, creme de barbear etc. Barreto estava mudo, nada daquele delegado loquaz que parecia saber de tudo. Na verdade, estava apavorado. Tomei um banho demorado, troquei de roupa e observei o quarto. Era bastante austero: duas camas de solteiro, um armário grande, uma estante com livros e um quadro com uma paisagem europeia de inverno. Nada de janelas, e a porta estava trancada.

Barreto foi se banhar e folheei os livros da estante, todos romances americanos em tradução para o português.

9 de outubro

Fomos retirados do quarto e levados para uma sala de jantar. A mesa estava posta para quatro pessoas e garçonetes indígenas, belíssimas, traziam pratos de comida que depositavam sobre um bufê. A sala era elegantemente decorada, com tapetes persas e móveis de madeira escura, tudo em estilo contemporâneo, mas sem extravagância. Nos serviram bebidas e canapés, até que um casal jovem, bastante afável, entrou na sala.

— Sou o professor Grass, esta é minha esposa Ruth — o homem se apresentou, apertando a mão de cada um de nós.

— Quero pedir desculpas pela maneira como foram trazidos até aqui. Aconteceu um equívoco, mas vamos repará-lo.

— Onde estamos? — quis saber Barreto, que não conseguia disfarçar a irritação.

— Este é um centro de pesquisas, senhores. Trabalhamos com questões do meio ambiente, economia sustentável, equilíbrio natural etc. Creio que já ouviram falar de nossas ações na região, esta é a sede da Sobrevivência Natural da Amazônia.

— Sei, a SANAM — disse Barreto, que não parecia comungar com os ideais daquele tipo de organização.

— Estamos funcionando aqui desde 1998, quando construímos o nosso primeiro laboratório — prosseguiu Grass.

Eu tentava identificar o sotaque de Grass, que falava um português claro, gramaticalmente perfeito, mas com um leve acento gutural. Observava também a linda esposa de Grass, que se mantinha calada e triste, a nos olhar com certa indiferença.

Barreto, não sei por que tipo de dedução, perguntou se havia uma pista de pouso no complexo. Grass explicou que servia para aviões de pequeno porte, que transportavam pessoal, pequenas quantidades de material, e levavam alguns dos produtos de uso médico que eles produziam experimentalmente no laboratório.

Todo mundo razoavelmente bem-informado conhecia as ações da SANAM na região, seu apoio na modernização dos métodos agrícolas, a cooperação no campo da biotecnologia, nos estudos do desmatamento em áreas intermitentes, enfim, não havia um aspecto da vida na região amazônica em que a ONG não estivesse presente. E aquele era o recluso e milionário Grass, que a imprensa perseguia em busca de uma foto. Não imaginava que fosse tão jovem. Era alemão, daí o sotaque gutural, mas nascera na Argentina, onde sua família ainda vivia.

— Os senhores fiquem à vontade, são nossos hóspedes. Mas há algumas restrições, pois estamos em um sistema de laboratórios de segurança A, por isso, peço que permaneçam em seus aposentos, não circulem sem que sejam convidados e aguardem até que possamos mandá-los de volta para Manaus.

— Enfim — disse Barreto — somos seus prisioneiros.

— Vamos almoçar, delegado. Por favor, cavalheiros, tomem seus lugares. Minha senhora preparou um almoço muito saboroso.

A mulher fez uma tímida saudação com a cabeça e foi se sentar à direita do marido.

Grass passou o almoço se jactando dos feitos de sua ONG. Meus olhos iam da bela esposa do milionário para as lindas garotas indígenas, todas adolescentes, que nos serviam sorridentes. Eram assustadoramente semelhantes, como gêmeas univitelinas.

Naquela noite o cabo foi trazido para o nosso quarto. Havia sido capturado quando caminhava na mata, numa demonstração de que aquela gente controlava uma área bastante extensa da região.

12 de outubro

Nossa rotina era deixar o quarto-prisão, comer com o casal Grass e ouvir os feitos humanitários do milionário alemão. Barreto estava prestes a explodir; até mesmo o cabo, que era um nativo estoico, estava com os nervos à flor da pele.

Naquela noite fomos acordados por gritos de homens, correria, rugidos e esturros. Não durou muito e logo o silêncio e os insetos voltaram a dominar a escuridão.

Barreto pegou de sua pasta um clipe de metal, desdobrou e foi tentar abrir a fechadura da porta. Parecia saber o que estava fazendo, pois logo ouvimos um clique e a porta estava destrancada.

Observamos o corredor, estava vazio, não havia guardas. Seguimos pelo trajeto conhecido, que nos levava à sala de jantar. No caminho havia outro corredor, que levava à saída do prédio. Estávamos nos arriscando, mas não havia outro jeito. Não encontramos guardas, mas por certo estávamos sendo vigiados por câmeras de segurança. Não era possível que um complexo moderno como aquele não tivesse câmeras por toda parte.

Chegamos na porta do edifício e podíamos ver a praça iluminada por luzes amareladas. Não havia guardas, não havia vivalma. Talvez estes se concentrassem no portão principal e ao longo da cerca eletrificada. Ficamos acocorados dentro do edifício, observando. Ouvimos o ruído de um carro que se aproximava. Como era de se esperar, uma patrulha de cinco homens armados deu a volta na praça, em marcha lenta. Seguiram novamente para os fundos da propriedade. Barreto estava agora demonstrando sua experiência de policial. Ele disse que esperássemos o retorno da patrulha, para marcar o tempo que levavam para passar pela praça. A patrulha levava mais de meia hora, tempo suficiente para um bom reconhecimento, antes de retornarmos ao quarto e ali planejar a fuga.

Deixamos o prédio e seguimos para os fundos, onde havia um jardim muito bem cuidado e uma elevação natural, toda gramada. Não muito distante da praça com seus prédios, outra estrutura havia sido construída num declive, cercada por muros altos e torres com sentinelas.

— Se isto aqui é um centro de pesquisas, eu troco de profissão — disse Barreto.

— Parece é um campo de concentração — eu disse.

— Não vamos sair vivos daqui — constatou o cabo, que raramente externava seus pensamentos.

Agora estávamos certos de que tínhamos de aprender a confiar um no outro e engolir nossas próprias certezas, se quiséssemos sobreviver.

13 de outubro

Voltamos ao quarto e não percebemos nenhuma alteração na rotina diária. Almoçamos com o casal, ouvimos as arengas de Grass e sua mulher comeu em silêncio, como se o marido monopolizasse no casal o dom da loquacidade. O que nos intrigava é que Grass não tivesse mandado instalar câmeras de vigilância naquele prédio, onde parecia que funcionavam os serviços administrativos e hospedavam, vez ou outra, autoridades federais e estaduais brasileiras.

Nossa intenção era tentar escapar durante a madrugada, tentando deixar o complexo através do campo de pouso, onde não havia muro, apenas uma cerca de arame farpado.

Barreto sugeriu que roubássemos garrafas de água para levarmos na fuga, além de uma lanterna. Conseguimos apenas duas garrafas de água, mas não a lanterna, pois os guardas nos controlavam e, a cada saída nossa para as refeições, o quarto era vasculhado.

18 de outubro

Tudo se precipitou e estou aproveitando a calma da madrugada para registrar os últimos acontecimentos. Quando deixamos o quarto, fomos surpreendidos pela mulher de Grass, que estava acompanhada por quatro índias. Ela se chamava Ruth Landau, nascera em Berlim, em 1914.

— Isto quer dizer que a senhora está com 94 anos? — surpreendeu-se Barreto.

Eu e o cabo olhávamos para ela com incredulidade.

— Vai ver que essas meninas são bem entradinhas nos anos — disse o cabo.

— Elas são jovens — explicou Ruth. — Mas não podemos perder tempo. Essas garotas foram treinadas para fazer o controle das câmeras de segurança deste prédio. Elas me alertaram de suas escapadas e não informamos Grass. Vocês precisam nos ajudar a deixar este inferno.

— Não estou entendendo mais nada — protestou Barreto.

— No caminho eu vou tentar explicar tudo — disse Ruth, arrumando nas costas uma pequena mochila e passando outras para cada um de nós. As garotas índias também traziam o mesmo tipo de mochila. — Temos tudo o que precisamos agora para sobreviver na selva por quatro dias. É o tempo de atravessarmos a fronteira e chegarmos na cidade de San Isidro, na Venezuela.

— Por que Venezuela? — quis saber Barreto.

— Aqui o Grass manda, estaríamos mortos em pouco tempo — ela explicou. — Na Venezuela ele ainda não tem influência, o governo Chavez é duro com ONGs estrangeiras.

E Ruth nos contou a mais estranhas das histórias. Grass, na verdade, estava com 106 anos, e era um dos mais brilhantes cientistas do III Reich, especializado no campo da genética. Em 1944 ele viu sua carreira de glórias e progressos científicos chegar ao fim com a vitória dos aliados. A decadência da máquina de guerra nazista nos meses finais da guerra o levaram a administrar o campo de concentração de Birkenau, onde prosseguiu precariamente com suas pesquisas. Foi lá que encontrou Ruth, judia alemã condenada à câmara de gás. Ela foi retirada da fila da morte por Grass, que a mantinha como amante e cobaia de seus experimentos com envelhecimento. Salva, mas sem jamais adquirir a liberdade, o maior desejo de Ruth foi superar aquele pesadelo sem fim. Não suportava viver com aquele homem, também seu algoz, queria ser igual a todo mundo, envelhecer e morrer. Seus pais, irmão e parentes tinham sido mortos pelos nazistas.

No final de 1946, Grass conseguiu escapar para o Paraguai, mais tarde se estabelecendo na Argentina, na cidade de La Plata, onde montou uma clínica para idosos ricos, em geral seus camaradas nazistas que não desejavam envelhecer. Ali deu início ao projeto de clonagem humana, que culminaria mais tarde, já na Amazônia, com a fabricação em série de meninas indígenas. Tudo em Grass era falso, a idade, os documentos e a fachada humanitária. Estava montado numa máquina poderosa que movia imensos recursos financeiros e atendia alguns dos interesses mais perigosos e letais que existiam no mundo.

Para um poderoso grupo de empresários evangélicos norte-americanos, que mantinham sofisticados hospitais em países asiáticos, como Malásia e Mianmar, ele fornecia órgãos para transplantes e células-tronco. A todo momento chegava a encomenda de algum tipo de órgão, para prolongar a vida de algum milionário, ou outros materiais biológicos dispendiosos para tratamentos sofisticados, que eram prontamente atendidos. Grass tinha uma linha de produção inesgotável, um exemplo de economia sustentável, já que a constante produção de meninas indígenas clonadas permitia a extração de órgão em perfeitas condições e nos prazos acertados, que eram despachados em unidades especiais a bordo dos pequenos jatos executivos que pousavam e partiam do pequeno aeroporto do complexo. Naqueles países ninguém perguntava sobre a procedência daquelas peças anatômicas.

Mais de três dezenas de meninas eram sacrificadas mensalmente, seus restos triturados e incinerados num forno crematório de última geração, que não lançava fumaça negra ou detritos sólidos no meio ambiente, um exemplo de indústria limpa.

De vez em quando um clone degenerava e saía uma aberração, a criatura era estudada por algum tempo pelos pesquisadores, antes de ser sacrificada. Era o caso do *primata* que deixara o rastro de mortes. A criatura conseguira escapar de sua jaula, na véspera de sua eliminação, deixando Grass enfurecido, porque expunha a organização.

Para Ruth o mais grave era a intimidade de Grass com o governo iraniano, com quem seu amante se identificava pelo antissemitismo e a negação do Holocausto. Grass visitara várias vezes aquele país, e estava desenvolvendo, com dinheiro iraniano, um projeto de arma biológica. Ruth não era cientista e não podia explicar em detalhes as conquistas e pesquisas de Grass, mas sabia que ele estava trabalhando com a manipulação de vírus letais da selva amazônica, conjugado com seus conhecimentos de cadeias de DNA humano, em busca de um vírus que fosse altamente patogênico apenas para algumas etnias que ele considerava inferiores: eslavos, ciganos, judeus, latino-americanos etc. Os iranianos gostavam da ideia de eliminar Israel apenas infiltrando alguns suicidas especialmente contaminados com o vírus, e, por extensão, os judeus de todo o mundo, porque seria impossível isolar os países e não haveria um antibiótico capaz de combater o vetor.

Ouvimos um tanto incrédulos o relato de Ruth, mas ela trazia documentos que comprovavam suas acusações. E as meninas indígenas que nos acompanhavam eram provas vivas de toda aquela loucura.

20 de outubro

Fomos atacados pelos paramilitares de Grass. O cabo e o Barreto lutaram bravamente, enfrentando o ataque com serenidade e precisão. Por algum tempo a situação ficou equilibrada. Mas nossa munição era pouca e os atacantes sabiam disso. Como já estamos quase na fronteira com a Venezuela, dois helicópteros do exército bolivariano vieram fazer um reconhecimento, obrigando nossos assaltantes a recuarem.

21 de outubro

Ruth está muito doente, começou a ter dores e a perder massa muscular, sua pele se desidratou e está muito fraca. Explicou-me que precisava passar duas vezes ao dia por um processo semelhante a uma hemodiálise, sob pena de rápida degenerescência. Só não contava que o processo começasse tão cedo. Precisava chegar com vida em San Isidro.

22 de outubro

Estamos em San Isidro, hospedados num quartel do exército bolivariano. Fomos muito bem-recebidos e os militares venezuelanos ouviram as denúncias de Ruth e remeteram a documentação para Caracas.

25 de outubro

Ruth faleceu pela manhã, as meninas vão ser levadas para um centro de pesquisas em Maracaibo. Eu, o Barreto e o cabo não sabemos o que fazer da vida. O coronel que comanda a unidade de San Isidro nos disse que esperam ordens do Estado Maior.

30 de outubro

O Brasil chamou o seu embaixador em Caracas e emitiu uma nota de protesto pela invasão de seu espaço aéreo por helicópteros venezuelanos. Um tremendo incidente como há muito não se via na América do Sul. A coisa foi mais grave do que está publicado na imprensa e do que o governo brasileiro admite.

Eu sei, eu estava lá.

# História de uma noite

CHARLES KIEFER

CHARLES KIEFER nasceu em 1958 em Três de Maio (RS). É professor e coordenador de oficinas literárias, e autor dos livros *O escorpião da sexta-feira* (romance, 2002), *Valsa para Bruno Stein* (romance, 1986) e *O pêndulo do relógio* (romance, 1984), entre outros. Dos prêmios que recebeu destacam-se o Jabuti e o Afonso Arinos. Teve contos e artigos estampados nas principais publicações literárias do país.

Verônica atravessou a sala quase com arrogância, elegante e determinada. Era alta, magra e mais linda que a Gisele Bündchen, um dos ícones de beleza feminina do século XXI. O sul da Ameríndia, onde se localizava um país chamado Brasil, era famoso por produzir mulheres com uma excelente genética. Por um momento, desobedecendo ao Código de Conduta de Relacionamentos, antes de inclinar a cabeça para cumprimentar-me, encarou-me, e compreendi o que um escritor do século XIX quis dizer sobre o estranho efeito de certo tipo de olhar. Como se eu estivesse numa de nossas maravilhosas praias de realidade virtual, com os pés enterrados na areia, senti que o chão cedia, à força da ressaca. Fitar os olhos de Verônica era como ser arrastado mar adentro. *Magnetismo animal*, diziam os velhos romances açucarados; *pathos*, exclamavam os personagens da literatura expressionista. Verônica tinha pernas longas, seios pequenos e bunda arrebitada, qualidades que me excitam nas mulheres reais e virtuais. Seu olhar como que atravessava as coisas. Observei-a atentamente. Não era um programa de simulação de realidade, mas talvez fosse adepta de meditação transcendental, capaz de passar dias conectada ao Grande Cérebro. Hoje é difícil dizer qual a porção real e qual a porção simulada dos seres. Eu mesmo tenho mais de sessenta e dois por cento de minha massa corporal composta de componentes artificiais.

— Ela *é* transcendental — comentou André, assim que a mulher se ausentou da sala.

— Desculpe — eu disse. — Esqueci de desligar meu Interceptador...

— Não tem problema — ele respondeu. — Não sou ciumento.

Imediatamente, regulei meu Interceptador de Pensamentos e Produtor de Realidade Virtual em frequência que evitasse novas situações constrangedoras. Desde o final do século XXII, esses aparelhos são absolutamente necessários. Dispendiosos, mas eficientes. Nas regiões pobres, aonde a nova tecnologia ainda não chegou, os conflitos são permanentes. Contam que, no passado, a hipocrisia é que possibilitava as relações sociais. Nesses tempos arcaicos, a mente humana ainda era indevassável. Imaginem, já vivemos um período da história em que tínhamos livre arbítrio e direito à absoluta intimidade! (*Por um bom período, as exclamações estiveram desativadas. Desde o advento do novo governo, instalado em 2357, sutilmente mais liberal, exclamações e reticências retornaram. No entanto, conforme o Novo Manual de Conduta, recentemente lançado na Rede, recomenda-se o seu uso com parcimônia.*) Hoje, para se preservar um mínimo de autonomia mental, é preciso gastar-se fortunas. O aparelho de IPPRV, em si mesmo, é barato; caros são a manutenção e os créditos de frequência. Agora que meu Interceptador está ajustado, posso confessar: eu o tenho usado pouco por falta de dinheiro. André não pode saber disso, seria muita humilhação. Espero que ele não consulte os registros no Grande Computador, onde há cópia desse texto. Nada, absolutamente nada do que escrevemos ou pensamos escapa ao Arquivo Universal. Os ativistas dos direitos civis que defendiam a confidencialidade desses dados estão presos ou mortos.

Verônica retornou com os cabelos úmidos, sem a maquiagem pesada, num vestido de cetim negro que se grudava às suas ancas como fazem as roupas magnetizadas pela eletricidade que emitimos. No escuro, aquele vestido, que mais revelava o seu corpo do que o escondia, produziria faíscas ao ser tirado. Evitei encará-la outra vez. Era esplendor demais, sedução demais. E não era minha. Observei André e ele parecia achar perfeitamente natural que ela retornasse à sala, mesmo com minha presença ainda na casa. Vi, inclusive, no canto de seus olhos, um ar de satisfação, quase de prazer. Meu primo parecia deleitar-se com a exposição da própria mulher, em mais um de seus fetiches.

Somos memória, um absoluto presente que se apaga no mesmo instante em que é, ou um arremesso para o além, um vir a ser que não se completa jamais no ser? Agora, que recordo e revivo o que vivi nessa noite, é o passado que se regenera, é o presente que se esvai ao retornar ao passado ou é o futuro que insiste em sobreviver?

Sou fotógrafo e estou de volta à Ameríndia depois de oito anos de ausência. Morei em Nova Bruxelas, Nova Amsterdã e Nova Paris. Um dia, acordei com saudade da família e da terra natal. Fiz as malas e regressei. Mal encostei os pés na sala de teletrans de chegada e me conectei com André. Nunca, nesses oito anos, perdêramos o contato.

— Vais jantar na minha casa, no sábado — respondeu, eufórico com o meu retorno.

No dia em que viajei à Grande República do Islã, que congrega num só Califado as terras do Oriente e da antiga Europa, "para não voltar nunca mais", como eu alardeara, ele estava lá, na antessala do teletrans de partida, com os olhos vermelhos e a voz embargada.

— Tenho certeza de que vais voltar — ele me disse, quando me abraçou.

André nunca se interessou por arte, preferia as coisas da terra. Cães e gatos, que horror. Passar os dias, os meses, os anos a cuidar de cães e gatos! Não me surpreende que tenha se transformado em veterinário depois que a fazenda da família foi sugada pelas transformações sociais sofridas nas últimas décadas. Perdeu os anéis, mas ficou com os pelos! Eu, ao contrário, tinha — e tenho — nojo desses brinquedos vivos, de suas tosas, de suas tosses, de suas sarnas, de suas fezes. Adoro animais domésticos — empalhados, ou em fotografias. Sou, como tantos, fascinado pela aura que exalam, desde que não me lambam, e estejam sempre bem-aprisionados.

Jamais consegui deletar Verônica de minha mente. Introduzi em meu cérebro novas memórias, algumas reais, outras virtuais, e a mulher de longas pernas e olhar doce continua lá, como um vírus devastador. Talvez os relacionamentos amorosos devessem ser sempre assim: intensos, epifânicos e únicos. Repetir o que foi maravilhoso é o começo do fim. Só o que aconteceu uma única e irredimível vez é capaz de sobreviver ao desgaste, só a aura do absolutamente novo é que dá permanência à paixão.

Infelizmente, não a fotografei, mas a registrei, talvez para sempre, na memória — essa tela virtual em que podemos pintar e repintar a realidade ao nosso gosto, eliminando as manchas, corrigindo os tons, valorizando este ou aquele aspecto. Hoje, sempre que me deito com alguém, são fragmentos da imagem dela que acesso para me excitar. O que eu não daria para regressar àquela noite de sábado? O que eu não faria para recuperar, na língua, o seu sabor? Basta-me fechar os olhos e sentir o seu cheiro, uma suave mistura de canela, chocolate, baunilha e algo mais. Um perfume? O sabonete com que se banhava? O seu próprio suor? Seria dessas mulheres selvagens que se recusam a extrair as glândulas sudoríparas? Houvesse, mesmo, um néctar dos deuses, e teria essa mistura. Às vezes, Afrodite concede a certas mulheres alguns de seus próprios predicados. Mas a deusa é avara e ciumenta, e teme a concorrência. Por isso, ela evita derramar sobre uma e mesma mulher todos os seus dons. O que, talvez, explique a necessidade que temos de amar tantas delas ao mesmo tempo. O homem que encontrasse a mulher que reúne beleza, inteligência e sedução deveria jogar-se à terra e cobrir a cabeça com cinzas, ou esconder-se no fundo de um poço para que os deuses não o vissem. Verônica recebeu mais do que merecia. Se soubesse de seu poder, iniciaria um culto, abriria um templo, como tantas dessas falsas pitonisas que infestam os nossos grandes centros urbanos.

Verônica murmurou qualquer coisa, que não entendi, quando André, um sorriso enorme no rosto bem-escanhoado, nos apresentou. Mais tarde, durante o jantar, dei-me conta de que ela, na verdade, não falava — ronronava. Os olhos, meio enviesados, não olhavam — devoravam. Inquietos, não se fixavam em nada. Parecia uma fera enjaulada, a andar de um lado para o outro. Eu podia sentir, enquanto bebericava o excelente vinho local servido por André, o odor que o corpo de Verônica trescalava. Sua pele, que o sol devia acariciar três vezes por semana, nas salas de bronzeamento do clube, brilhava à luz mortiça que se espalhava pelo ambiente. De muito bom gosto, por sinal. Dela, naturalmente, que ele não tinha nenhuma sensibilidade para combinar tons e cores, móveis e cortinados, abajures e telas.

Verônica jogava a cabeça para o lado, para livrar-se das madeixas que insistiam em tombar-lhe diante do olho direito. Sobre os lábios finos surgia, de vez em quando, a ponta de sua língua avermelhada. Felizmente, meus quadris estavam sob a mesa. Ah, se eu não tivesse esquecido a câmera! Dizem que o novo governo pretende mudar a Lei, permitindo que não fotógrafos possam registrar a realidade, como se fazia na antiguidade. Um fotógrafo não pode, jamais, sair sem o seu instrumento de trabalho. Sempre que estamos desprevenidos, o pássaro de fogo alça voo diante de nossos olhos (*Figura de estilo repetida 8.967.324 vezes ao longo do último ano, conforme registra o Arquivo Universal. Deseja utilizar uma metáfora menos desgastada?*). Fiquei a imaginá-la em poses sensuais, com uma luz amarelada a pontilhar seus cabelos de brilhos fugazes. Seu nariz, de perfil, lembrava o de uma deusa egípcia. Se eu pudesse fotografá-la no chão, de quatro, como uma cadela, eu a transformaria num monumento ao desejo, ao prazer, ao festim da carne. Eram recém-casados, menos de um ano, se tanto. Não me aventurei a propor uma sessão de fotos, André poderia se ofender. E o que eu não queria jamais era perder a companhia deles, mesmo que ficássemos somente nos encontros casuais. Estar ali, nessa noite, já me bastava, enchia-me de gozo. Eu me sentia vivo outra vez, capaz de reformatar as trilhas do passado sob camadas de novas lembranças.

Depois dos pistaches, dos damascos, das castanhas e dos queijos, Verônica serviu o jantar, salmão grelhado com legumes, salada verde com pedaços de manga, regado a um maduro

Côtes-du-Rhône, um de meus vinhos prediletos, que eu trouxera como delicadeza de visitante educado. De sobremesa, a anfitriã serviu-nos musse de maracujá e licores de pêssego, amêndoas e amarula, essa exótica fruta africana que os macacos e os elefantes tanto adoravam. (*Os novos espécimes, geneticamente transformados, comem somente ração industrial, que não produz metano.*) Eu quis recolher os pratos e os talheres, mas André não permitiu. Arrastou-me para o living, enquanto Verônica trabalhava na cozinha. Ele passou a mostrar fotos do casamento e a contar sobre a festa, num dos clubes mais sofisticados da cidade. Ah, o orgulho provinciano, a arrogância da antiga classe rural-proprietária! Como se isso, em nosso novo mundo, ainda tivesse qualquer importância. Um bom programa de computador, hoje, vale mais que milhares de alqueires de campo e gado. Pobre André e seus valores arcaicos e decadentes. Recostados no sofá, terminamos de beber a segunda garrafa de vinho tinto da noite. Um calor doce e aconchegante invadia os meus músculos, relaxava-os, e os meus pensamentos como que dançavam sob o efeito do álcool.

— Imagina — disse André subitamente, dirigindo-se à esposa, que acabara de sentar-se num dos almofadões. — Éramos dois adolescentes, catorze ou quinze anos, e nenhum de nós conhecia mulher...

— E como faziam? — ela quis saber.

— Realidade virtual — ele respondeu.

— Pobrezinhos... — ela ronronou.

Mal disse isso, Verônica levantou-se e desapareceu no longo corredor. Antes de sair da sala, percebi um ar maroto em seu rosto. André não se deu conta de nossa troca de olhares. Quando ela retornou, poucos minutos depois, senti, no interior do bolso da camisa, onde eu colocara o meu Interceptador, a sutil vibração do pedido de acesso para a faixa de realidade virtual.

Fui ao banheiro e autorizei o contato. Antes de retornar, algum tempo depois, dei a descarga, para justificar a minha saída intempestiva da sala.

Encontrei André com os evidentes sinais do torpor produzido pelo excesso de vinho. Às vezes, entre breves cochilos, ele contava alguma história, sorria bovinamente, e nós respondíamos como se estivéssemos muito concentrados no que ele dizia. Para o meu primo, parecíamos ouvintes educados, pois ríamos com gosto de suas piadas grosseiras. Mas, no plano da outra realidade, Verônica, recém-banhada, vestia um minúsculo negligê vermelho, reagia às minhas carícias e (*nesse ponto, o autor, em flagrante desobediência ao Artigo 236, parágrafos 23 e 24, do Código de Postura de Escritores, inicia uma longa e minuciosa descrição sexual, que o Programa de Censura Geral deletou para preservar os nossos valores e as nossas instituições. Ave, Grande Cérebro, que nos protege de nossas próprias perversões, anomalias e delírios!*).

André nunca mais me convidou para jantar. Às vezes, nos encontramos em churrascarias, ou na casa de minha mãe. É um tipo sanguíneo, o meu primo. Ele tem necessidade de carne, de preferência mal passada. Imagino, sempre, que virá com Verônica, mas minha espera tem sido vã. Desconfia de alguma coisa? Seu Interceptador estava ligado na mesma frequência do aparelho de Verônica? Terá ela contado a ele o que fizemos? Descarto a hipótese de que tenha acessado o Arquivo Universal e lido este texto. André é um analfabeto funcional, jamais lê qualquer coisa. Literatura, muito menos.

Sei que eu devia apaixonar-me por alguém, para esquecê-la, mas o amor não é coisa que se queira, que se determine. Há ou não há. O amor pode ser uma mistura de canela, chocolate e baunilha.

E de suor, talvez.

## As infalíveis H

PAULO SANDRINI

**PAULO SANDRINI** nasceu em 1971 em Vera Cruz (SP). É designer gráfico e autor dos livros *Códice d'incríveis objetos & histórias de lebensraum* (contos, 2006), *O estranho hábito de dormir em pé* (contos, 2003) e *Vai ter que engolir* (contos, 2001). Publicou textos nas revistas *Oroboro*, *Coyote* e *Et Cetera*, e nos jornais *Rascunho* e *Cornélio*, entre outros.

para o pequeno Gianluca e seu futuro

Quase nada restou da espaçonave invasora depois que ela tomou um coice elétrico da Corrente de Plasma que cobre a cidade e se chocou contra a densa vegetação da Floresta Violeta.

Foi uma explosão muito forte, que gerou um intenso tremor no solo e em tudo mais por aqui — como se fosse um terremoto que durasse uma minúscula fração de tempo. Mas assim que se teve notícia de que não havia restado vida entre os invasores, as eletroportas foram abertas e todos saíram para se informar sobre quem eram os seres hostis que tinham nos atacado.

Pelos poucos vestígios talvez nunca se soubesse ao certo quem eram aqueles que queriam tomar a todo custo a nossa fortaleza.

Digo *talvez* porque em meu poder se encontra ainda hoje um nanodisco de onde extraí dados que me possibilitaram saber com mais exatidão quem eram ou, melhor, quem são os invasores. E sobre o que, agora, começo a falar.


Lá fora, do outro lado das muralhas e das portas imensas que encerram a cidade, nossos agentes públicos acenderam os mega-holofotes para iluminar os trechos escuros da floresta onde foi destroçada a espaçonave inimiga. Nesse momento, mais da metade da população se juntou ali para ver em que estado se encontravam os invasores. Nem é preciso dizer que todos, sobretudo a garotada, estavam muito curiosos e também assustados. O ataque aconteceu no horário de aula e, por isso, óbvio, estávamos na escola. Mas o susto, apesar de grande, não nos intimidou, e saímos em bando quando liberaram os portões, nos locomovendo velozmente em nossas bicicletas em direção à mata externa que nos cerca.

Nessa nossa aventura de ir até o local para saber o que havia se passado com a espaçonave inimiga, todos tentamos encontrar alguma coisa que pudéssemos depois exibir em sala de aula. Mas ninguém [nem as autoridades] conseguiu nada de tão relevante. Apenas lascas de um tipo de fibra que parecia bastante resistente, mas não tanto a ponto de não explodir após o choque contra a floresta.

Porém eu, como já se sabe, tive bem mais sorte. Ou azar, se levarmos em conta o que li nos arquivos do nanodisco pertencente, o que soube somente depois, a um ser chamado major Orozimbo Neves, que se encontrava entre os vestígios da nave inimiga.

Dispensável ou não, digressão à toa ou não, conto como foi que o tal periférico veio parar em minhas mãos, para, logo em seguida, falar sobre as descobertas que fiz a respeito dos invasores.

Depois de eu ter permanecido um tempinho no local do acidente, sob a copa das árvores gigantescas daquela mata densa, buscando algo de interessante fora as pequenas lascas da carcaça da espaçonave, começou a soprar um vento fraco mas suficiente para chacoalhar alguns galhos e algumas folhas que lançaram sobre mim um pedaço de algo que, sob a luz forte dos mega-holofotes, reconheci como sendo o fragmento de um membro corporal que bem poderia pertencer a um tripulante da nave destruída. Rapidamente o recolhi em minha mochila e sem dizer nada aos outros [que poderiam querer me tomar o achado], deixei o local.

Quando cheguei em casa, logo pensei num modo de preservar, para um estudo posterior, o fragmento que havia encontrado. Colocá-lo em algum recipiente com líquido conservante, por exemplo. Mas a falta desse tipo de produto fez com que eu o deixasse ali mesmo, na mesa de estudo, sob a forte irradiação de hiperluz da minha luminária. O que fez com que ressecasse bastante, após três dias. Nisso foi que surgiu um rasgo em sua pele, me permitindo perceber um pequeno brilho entre todos os seus nervos, ligamentos e vasos secos agora expostos. Ali estava, então, o objeto que mudaria a situação de paz em que eu já quase me encontrava após o susto decorrente do ataque inimigo.

Aquele minúsculo objeto brilhante, claro, era o nanodisco. Bem parecido com esses que levamos adaptados as nossas roupas, óculos, bonés e às vezes dentro de nosso próprio corpo. E essa última opção era a que ali se mostrava.

Imediatamente, retirei-o do fragmento corporal e, percebendo do que se tratava, joguei-o dentro da minha nanocaixa-de-leitura que recolheu, em minutos, para a minha surpresa, todos os seus dados. Esse processo até que foi tranquilo, pois o periférico possuía um sistema operacional idêntico a alguns dos nossos. Contudo, o que me gerou maiores problemas foi sua memória ser muito maior do que eu supunha. Tive de ocupar três dos meus discos internos [de capacidade considerável, ao menos para nós de Terra Nueva] com o conteúdo retido naquela coisinha. Era um mar de informações que me deixou bastante desorientado no começo da minha pesquisa que, lógico, tinha por finalidade conhecer melhor, bem melhor, os nossos inimigos. Havia ali gráficos, planilhas, sons e imagens. Muita coisa mesmo. Mas o que mais me espantou durante os primeiros contatos com os arquivos deixados pelo tal de major Orozimbo Neves foi ver que o idioma em que estavam escritos era perfeitamente inteligível e possuía palavras e construções iguaizinhas a muitas de nossa língua, que chamamos de Universal. Por isso, de início achei que a tripulação da nave poderia ser de nosso próprio planeta, de outra cidade-estado que havia quebrado, de uma hora pra outra, o pacto de não agressão para assim nos subjugar. Cardiff, Bauru — ou talvez Oslo. Mas o que me fez descartar essa possibilidade, pouco depois, foi me lembrar, sem nenhum pingo de dúvida, de que a força aérea desses lugares não era assim tão avançada para que tentassem nos atacar. Nessa área, nosso nível de atraso era idêntico. Nunca usaríamos aeronaves para resolver os atritos entre as cidades-estado. A bem da verdade, atritos mesquinhos que nunca chegariam a gerar outra guerra capaz de destruir a memória de nosso planeta, como havia ocorrido muitos e muitos anos atrás!

O inimigo vinha de outro mundo e disso não restava dúvida, nem para mim nem mais para o nosso Serviço de Segurança, a partir do que tinha sido encontrado nas análises laboratoriais dos vestígios da nave espacial. Coisa que acabou vazando [e essas coisas sempre vazam] para o público por meio dos canais de comunicação de todo o planeta bem antes do final do prazo estipulado para a pesquisa. O que só veio reforçar o que também já havia vazado das análises feitas em outras cidades-estado.

O planeta, nessa época, só não entrou em maior pânico com a notícia porque não tinha restado, de fato, nenhum sinal de vida entre os invasores — questão que pouco mais tarde nos foi passada oficialmente, de modo que tranquilizasse de vez a nossa gente. E essa pulverização dos inimigos, por conta de eles terem subestimado a potência de nossas Correntes de Plasma [das quais suas espaçonaves levaram uns belos coices], foi motivo de muita chacota. Por isso é que receberam o apelido de Idiotas de Outro Mundo.

E era desse modo, como idiotas, que eu também os encarava à medida que ia lendo, de maneira aleatória, os arquivos do major Orozimbo Neves. Nada de interessante, até então, eu tinha encontrado ali, só besteiras e coisas irrelevantes. O que, óbvio, não era suficiente para me proporcionar um conhecimento mais aprofundado daqueles seres. Mas de uma coisa eu já sabia: sua raça era bem, mas bem parecida mesmo com a nossa, senão igual em certas idiotices. E tais semelhanças só pude de fato constatar vendo o material escrito, pois as imagens, no meio daqueles arquivos todos, foram o que não consegui acessar com meu logiciário, que se mostrou bastante limitado para isso.

O major Orozimbo Neves fazia parte de uma tal de Força Espacial Panamericana. Era isso o que constava de vários de seus documentos. E apesar de eu muito ter fuçado neles, ainda não descobrira o nome do planeta de origem do major. O que me instigava ainda mais a continuar abrindo seus milhares de arquivos, quase sempre nomeados com números e letras, não me permitindo com isso saber com antecipação do que se tratava. Só mesmo abrindo um por um. E assim eu seguia com a minha pesquisa, bastante estimulado em conseguir algum avanço nas informações a respeito daqueles que tinham nos atacado.

Encontrei ainda várias correspondências informais, fora os gráficos, as planilhas, os sons e os documentos oficiais. E as correspondências informais, confesso, eram as minhas favoritas [até um determinado momento, é bom que se diga]. Não havia nelas nada de especial. Eram apenas banalidades que, contudo, me possibilitavam perceber como a mecânica de vida dos invasores era parecida em vários aspectos com a nossa. Parecida demais. Foi então que me fiz a seguinte pergunta: seriam os habitantes do universo todo a mesma coisa, só mudavam o nome de seus planetas e o de sua raça — uns melhores; outros, menos piores?

Gostaria também de deixar aqui um breve comentário a respeito dos sons que consegui acessar, depois de alguns esforços e algumas tentativas com diversos programas [o que, repito, jamais consegui com as imagens]: se o que ouvi é realmente a música deles, o veredicto deve ser o seguinte: ruim, ruim pra danar.

Durante as aulas, e isso por um bom período, predominaram as conversas sobre a origem dos Idiotas de Outro Mundo. Mas tudo girava em torno de especulações e jamais se chegaria, com esse blablablá, a alguma conclusão, a não ser a de que eram seres de outro planeta, que vieram em espaçonaves feitas de uma fibra orgânica que lembrava pele de animal ou humana, coisa jamais vista por aqui. Pois nunca tivemos know-how para tanto. Sendo bem realista, o que melhor desenvolvemos até hoje a partir de nossas pesquisas foram a tecnologia de informação e comunicação e o sistema de proteção contra as intempéries e as Hipócritas,* como é o caso da Corrente de Plasma que cobre as cidades. Tirando o lado tecnológico, creio que vamos muito bem. Desenvolvemos um bom sistema de tratamento de água e esgoto, que faz com que nossos rios e nosso mar estejam sempre limpos. Na área de saúde, creio, temos poucos problemas. Assim como na educação. Todos sabemos ler e escrever. Conhecemos geografia, matemática, física, química. Entretanto nos falta mesmo, admito, ambição para nos desenvolvermos mais na área tecnológica. Por aqui, sempre tivemos o costume de nos alternar, todos nós, sem exceção, entre o trabalho na lavoura e os estudos. Ou seja, assim como estudamos bastante, também plantamos de tudo. E tudo misturado. Uma planta ao lado de outra diferente. Portanto, comida nunca nos faltou. Assim como jamais nos faltará água para beber e ar em bom estado para respirar. Sempre fomos um misto de sociedade rural e científica. Tudo bem divididinho. O que às vezes causa certo tédio e, é bom acrescentar, certo atraso em nossas pesquisas, pois poderíamos deixar de nos dividir entre estudo e trabalho para nos dedicarmos [conforme a aptidão de cada um] mais e melhor a apenas um deles.

Voltando um pouco aos restos dos inimigos, alguns dos meus colegas conseguiram capturar pequeninos pedaços da espaçonave e passaram a exibi-los orgulhosos aos outros. Uns fizeram adornos para o pescoço e as orelhas. As meninas fizeram anéis, enfeites para o cabelo e as roupas. Mas algo tão precioso como o que eu tenho em mãos — ou seja, informação de verdade — ninguém jamais imaginou existir.

---

*Serpentes aladas gigantes que habitam os céus de Terra Nueva. São extremamente indóceis, venenosas e cruéis. Representam o maior perigo natural do planeta.

E eu pensaria em manter segredo sobre isso até o fim de meus dias não fosse, num determinado ponto de minha pesquisa, eu ter encontrado alguns pontos, num dossiê pertencente ao major Orozimbo Neves, que me ajudaram a esclarecer os motivos dos ataques ao nosso planeta e também a colocar a história de nossa origem no seu devido lugar, ou seja: num lugar bem diferente daquele que nos ensinaram na escola.

Foi assim, seguindo na leitura do dossiê [denominado Dossiê Terra Nueva] que descobri, por fim, o nome do planeta dos invasores: Terra. Devo esclarecer agora o porquê do nosso planeta se chamar Terra Nueva? Óbvio que essa descoberta me impeliu ainda mais a querer saber de outras relações, fora o nome, que poderíamos ter com os inimigos.

E falando em nomes, não poderia me esquecer de relatar que o nome de nossas cidades-estado se originara do que na Terra são chamadas de gigalópoles [Vera Cruz, Cardiff, Porto Velho, Fresno, Klis, Bauru, Rosário, Liverpool, Oslo], imensas cidades sem muros que se juntam a tantas outras formando o que se conhece por lá como conurbações. Segundo o dossiê, esses lugares são feios, sujos e violentos.

O dossiê informava ainda que o nome Terra Nueva foi escrito em espanhol, língua que para nós se encontra inserida na já mencionada Universal. Fiquei sabendo ainda que as palavras que não se parecem em nosso idioma com as do espanhol fazem parte de outros cinco, conhecidos, na Terra, como português, italiano, grego, mandarim e inglês.

Curioso também é saber, com mais exatidão, por que falamos apenas essa língua e não outras. Do dossiê consta que o nosso planeta foi habitado por gente vinda de duas macrorregiões da Terra: Panamérica e Eurásia. Lugares em que os idiomas de que falei há pouco eram os principais [e se tornaram os únicos falados por todos os habitantes da Terra no final do século XXI]. Por isso, então, quando os peregrinos vieram pra cá, trouxeram na bagagem uma espécie de língua híbrida, que para nós acabou se tornando única.

Foi nesse mesmo período ainda, final do século XXI — no ano apontado como sendo o de 2095 — que o Homem, não o habitante daqui que também leva esse nome, mas o de lá, da Terra, conseguiu encontrar no cosmo o Buraco de Minhoca e viajou por ele tempos depois. E pelo que entendi do que li a respeito no dossiê, o tal buraco seria uma espécie de túnel no espaço-tempo que encurtaria a distância [contada em muitos anos-luz pelos invasores] entre a nossa galáxia e a da Terra. Distância que uma vez encurtada possibilitaria que a viagem entre Terra e Terra Nueva fosse realizada de modo bem mais rápido. Sem o Buraco, impossível: o homem jamais sobreviveria a essa [praticamente] inesgotável viagem.

Soube ainda que o Buraco de Minhoca foi um clichê de um tipo de literatura conhecida como *ficção científica* [algo que não temos por aqui] tornado realidade anos e anos depois de sua aparição em livros [sim, os livros nós temos].

Mais tarde, após a descoberta do túnel no espaço-tempo e com os avanços de suas pesquisas espaciais, o Homem, da Terra, se lançou então ao universo em busca de lugares habitáveis, com características parecidas com as de seu planeta, que já não oferecia as condições mais adequadas, devido à superpopulação. E, claro, já não era mais surpresa alguma, à medida que eu ia lendo o dossiê, saber que um desses lugares era o nosso próprio planeta. Mas fiquei pasmado, de verdade, quando cheguei a uma parte que tratava do surgimento da nossa espécie. Ou seja, de onde verdadeiramente nos originamos. Só que antes de discorrer sobre isso, falarei do que sempre nos foi passado. Assim, posso respirar melhor para continuar, depois, a parte mais forte do meu relato.

Consta-nos que a memória primordial de Terra Nueva foi apagada após uma grande guerra ocorrida muitos e muitos anos atrás! [sim, é nesse exato tom, com exclamação e tudo, que nos falam quando se reportam ao nosso resumido passado]. Uma guerra que dizimou todas as nossas cidades, todas as nossas conquistas e todos os nossos arquivos, deixando entre os sobreviventes um grande número de crianças. Os adultos, em sua maioria exauridos e doentes por causa das incessantes batalhas, morreram logo após o conflito. Tudo em nosso planeta parou de se desenvolver. Mas as crianças — após resistirem bastante, sobretudo aos ataques das Hipócritas e às intempéries — foram crescendo, se reproduzindo e formando as sociedades nômades, que depois se organizaram em tribos. E dessas foi que surgiram o que hoje são as nossas cidades-estado. Vera Cruz, onde vivo, é uma das principais.

Bem, então... Depois disso, diz a História Oficial, nunca mais houve guerras. Só as briguinhas bobas por causa da vaidade e da rivalidade entre as cidades-estado. As crianças de todo o planeta, numa atitude inteligente, firmaram uma espécie de pacto de não agressão. O que evitou novos conflitos armados. Resumindo, resumindo mesmo, foi isso que nos ensinaram:

que nosso registro histórico é recente em decorrência dessa guerra catastrófica para Terra Nueva. O passado distante, então, sempre nos foi colocado como irrecuperável.

Contudo, volto agora a dizer: nos arquivos do major Orozimbo Neves pude saber que não foi nada disso que nos aconteceu. E a história verdadeira, de acordo com as informações do dossiê, é esta: por volta de 2110, ano da Terra, seus habitantes finalmente chegaram ao nosso planeta depois de rodarem e rodarem pelo universo em busca das condições de vida de que precisavam. O clima por aqui era ideal, a temperatura também. Existia água em abundância e limpa, coisa que na Terra já quase não havia mais. O ar de lá também não tinha mais onde ser poluído. Ocorriam catástrofes naturais em cima de catástrofes naturais por causa do que eles chamaram de Efeito Estufa Radical. E havia ainda o solo de nosso planeta que, não exaurido como o deles, era propício à produção abundante de alimentos. Mas antes de virem em definitivo para cá, resolveram fazer alguns testes com seres que descobri [e nesse ponto foi que fiquei realmente chocado] se chamarem Clones: indivíduos que se originam de outros por reprodução assexuada e são idênticos a outros seres, conhecidos como matrizes ou originais.

Então é isso: nossos ascendentes são cópias fiéis, ao menos na constituição física, de outros Homens da Terra: cientistas, artistas, músicos, políticos, intelectuais os mais variados, arquitetos, engenheiros, esportistas e operários [esses para fazer o serviço pesado] etc.

Terra Nueva foi, então, colonizada por Clones de uma variedade bem selecionada de terráqueos, os mais capacitados, que desenvolveriam aqui a estrutura necessária para quando chegassem os originais. Com isso, toda aquela história de o nosso passado ter sido apagado por causa de uma grande guerra se revela, sem sombra de dúvida, uma grande balela. Uma falsa versão foi implantada na memória dos que para cá foram enviados. Não queriam que se lembrassem de nada referente à sua origem. Começariam do zero. Não queriam que sentissem nenhuma espécie de nostalgia, nenhum banzo. O que, se ocorresse, poderia comprometer todo o Projeto Terra Nueva. Dotados de memória do passado, os Clones poderiam cair deprimidos, cometer suicídio, serem acometidos pela inanição, pelo tédio — enfim, pela baixa produtividade. É o que argumentaram os terráqueos.

E o pior nisso tudo — e daqui em diante o conteúdo das informações passa a ser ainda mais aterrador — foi saber que, quando os originais aqui chegassem, os Clones e seus descendentes seriam exterminados e esquecidos. Ou seja: mortos e também apagados da história. Qualquer sombra de superpopulação em Terra Nueva seria um grande problema, como era na Terra. E se restássemos, seríamos considerados nós o excedente; não, eles, os da Terra. Bem, os originais precisavam respirar direito, coisa que havia muito não faziam. Por isso, dividir o espaço com quem quer que fosse não estava nos planos.

Porém, relata ainda o dossiê, uma guerra [essa, de verdade] pegou os habitantes da Terra de surpresa. A Antártida utilizou uma arma — chamada míssil — que atingiu em cheio Kiev. O que deu início à guerra entre o Polo Sul e os Aliados, esses representados por Panamérica e Eurásia, cuja gigalópole mais forte era a própria Klis. Nem é preciso dizer que o planeta deles foi em grande parte destruído e com isso houve um retrocesso. A Terra voltou a uma espécie de Idade das Trevas. Não houve mais como, durante anos e anos, retomarem as viagens pelo Buraco de Minhoca. Todos os projetos nesse sentido ficaram, além de estagnados, em segredo para quase toda a humanidade e assim ainda continuam, de acordo com os relatos do major Orozimbo Neves. Porém um longo tempo depois [contado em um século e meio pelos terráqueos] um desses projetos foi descoberto e retomado. Isso se deu em 2260, quando já estavam praticamente esquecidos os efeitos da guerra, mas havendo ainda muita gente na face Terra e uma boa parte do aparato tecnológico anterior tendo sido conservada. Sobretudo no sul de Panamérica, a região menos atingida. O projeto retomado, de modo clandestino, foi o Terra Nueva. A liderança ficou, claro, com o major Orozimbo Neves que montou a destemida Primeira Esquadra de Reconquista e assim saiu pelo cosmo [com espaçonaves que ele próprio define como *verdadeiras velharias*] em busca do Buraco de Minhoca, para assim chegar ao nosso planeta outra vez. A missão seria primeiro dominar [e exterminar se preciso fosse] nossa população e em seguida retornar à Terra para trazer mais gente. Se houvesse uma boa estrutura em Terra Nueva, como eles supunham existir, é óbvio que não mais precisariam dos Clones. Caso contrário, nos tornaríamos o que eles chamam de *mão de obra escrava*. Coisa que por aqui desconhecemos. Mas certamente quando viram que havíamos edificado excelentes estruturas urbanas, apesar de bem isoladas umas das outras, e quando perceberam que também tínhamos conservado bastante bem os nossos recursos naturais, concluíram que não éramos, de fato, mais necessários. Então vieram para cima de nossas cidades como verdadeiras Hipócritas. Se deram mal, como já se sabe.

Em resumo: a Primeira Esquadra de Reconquista era a continuidade do projeto anterior, só que muitos anos depois.

Hoje — passado certo tempo após os ataques e depois de ter fuçado bastante nos arquivos do major Orozimbo Neves, descobrindo com isso o lado dominador e hostil de sua gente —, eu deveria estar definitivamente aliviado em saber que as espaçonaves invasoras, todas, sem exceção, se espatifaram logo em seguida ao choque emitido pelas nossas Correntes de Plasma. O que deveria ser sinônimo de que jamais voltarão a nos importunar. E eu... Bem... Eu poderia guardar todas essas informações comigo para o resto da vida, evitando, assim, colocar os habitantes de Terra Nueva numa espécie de pânico prolongado [ou infinito]. Ou poderia ainda escrever um livro com isso tudo que sei. Como se a ficção servisse de alerta. Sim, eu quero muito ser um escritor. Acho que até já sou um, apesar da minha juventude. Só me faltam as publicações. Desde pequeno dedico parte dos meus dias a criar histórias. E dizem que levo bastante jeito pra coisa. Tenho o texto firme, ideias bem-resolvidas e vocabulário incomum para minha idade. Mas a verdade, a pura verdade, é que não sei o que fazer com isso tudo depois do que li como sendo as orientações finais deixadas pelo major Orozimbo Neves para a sua trupe lá da Terra caso ele não retornasse de sua missão após um período estipulado por ele em quatro anos. Desconheço o que isso significa em termos de passagem de tempo, pois não sei quantos dias dura um ano na Terra ou, ainda, quantas horas dura um dia por lá, essas coisas... E saber dessas orientações foi o que me deixou neste constante estado de apreensão, a ponto de qualquer coisinha no céu fora as Hipócritas [ou mesmo um barulho vindo de lá que eu desconheça] me fazer suar frio e passar bastante mal.

Se eu falar disso com as pessoas comuns, com as autoridades ou com algum colega, podem me chamar de louco ou dizerem que é tudo coisa da minha fértil imaginação de jovem escritor. Mesmo mostrando os arquivos, mesmo mostrando o nanodisco, talvez nunca acreditem em mim. Acharão que é tudo forjado. Sim, esses casos sempre terminam desse modo: um louco que forja certas situações para tentar convencer os outros de que seus desvarios não são desvarios.

Por outro lado, se eu não tentar avisar o mundo sobre o que pode vir por aí, a possível dizimação de nosso planeta será em grande parte culpa minha.

Contudo, reafirmo, não sei realmente o que fazer. Agir ou ficar aqui nessa agonia, gastando as minhas horas pensando no que pode nos acontecer se lançarem sobre nós as "anacrônicas mas infalíveis H"?

Sim, "infalíveis H" é como o major Orozimbo Neves se refere, em suas orientações finais, àquilo que ele mandou utilizar como último recurso caso oferecêssemos resistência e ele não retornasse à Terra.

Será que, se isso vier a acontecer, nossa gente e o nosso planeta resistirão? Será que só a Corrente de Plasma que cobre as nossas cidades será, de novo, suficiente para dar conta do recado?

*Requiescat in pace*

HILTON JAMES KUTSCKA

HILTON JAMES KUTSCKA nasceu em 1947 em Marcelino Ramos (RS). É publicitário, dono da Agência K, roteirista de HQ e autor dos livros *A casa dos mortos: contos do dia 33* (2007), *Vidas: diversão mortal* (romance, 2000) e *Lailah: divórcio de Deus* (romance, 1999). Dos prêmios que recebeu destaca-se o do Concurso Nacional de Contos promovido pela revista *Scarium*. Teve contos estampados nas principais publicações de ficção científica do país.

Terra, 1º de janeiro de 3002

Começa sempre assim:
Um rosto inexpressivo me encarando. Os olhos, o nariz, a boca de uma cabeça sem corpo que flutua a dois metros do chão.

Depois de um tempo que sempre parece infinito essa cabeça começa a falar, narrando os principais fatos ocorridos no último milênio. Pelo menos assim foi por quase setecentos anos de gravações nos cristais de quartzo.

Depois de mais de um ano assistindo a cenas que nenhum outro ser humano havia jamais visto ou sequer suspeitava vir um dia a assistir, eu sei que sou o responsável pelo mais importante achado arqueológico do milênio.

A pessoa na holografia, embora absolutamente humana na aparência, é um replicante.

O homem, imitando Deus, criou uma máquina à sua imagem e semelhança, para servi-lo e amá-lo.

Jody — esse é o nome do proprietário da cabeça — sem dúvida havia amado seus criadores. Sem dúvida os havia amado tanto que possivelmente criatura alguma, jamais, em toda a história da humanidade, tenha feito igual, ou sequer de maneira próxima, com relação a seu criador.

O áudio dos cristais está em esperanto, uma língua internacional inventada há milênios, que foi praticada apenas por pequenos grupos de sonhadores que imaginavam ser possível ter uma só língua no planeta.

Já no meio do terceiro século após o segundo milênio, todos os remanescentes da humanidade, que ainda insistiam em permanecer no planeta, falavam inglês. Era uma questão de sobrevivência.

Alguns dialetos sobreviveram por algum tempo, mas a cada morte de um dos mais velhos que ainda os usavam, suas sílabas sangravam lenta mas definitivamente rumo ao esquecimento.

A cabeça expressava-se nessa língua morta há tantos séculos, dirigindo-se a um eventual observador que fosse sortudo o suficiente para tê-la estudado algum dia.

A escolha do esperanto entrega uma das fraquezas do caráter de Jody.

Embora não inteiramente humano, ele era um sonhador.

Essa gravação em nossa língua atual é apenas para o caso de que algo de ruim venha a me acontecer, me impedindo de tomar as providências necessárias. Pois algo perigosamente humano parece estar germinando dentro de Jody.

Dessa forma, pelo menos por um tempo, somente vocês, os sobreviventes, vão poder entender essa mensagem e ter um ponto de partida para compreender o que se passou.

O que vocês verão e ouvirão a seguir são trechos editados a partir do material que, de uma forma ou de outra, descreve eventos e estados de espírito, todos narrados e descritos por Jody. Eventos e estados de espírito que na minha opinião são a chave para entendermos o que ainda pode acontecer, levando-se em conta o milênio de história perdido por todos os participantes da expedição.

Na sequência tentei resumir em poucos minutos os fatos que considerei os mais importantes dos últimos mil anos que precederam nossa chegada, um ano atrás.

A tradução simultânea está codificada para a vibração número dois no leitor de cristais. Mantive Jody na sua locução original porque a gradual mutação na entonação de determinadas palavras ao longo dos séculos é parte fundamental para validar este documento.

### Excerto da narrativa do primeiro século
### Século XXI

São Paulo, 3 de janeiro de 2058

Hoje a família foi embora, ficamos eu e Jude.

O doutor Paulo me explicou que como era considerado um bom botânico (na verdade isso se devia à sua modéstia, ele era considerado pelas mais importantes mentes da área como o melhor da Terra) fora convidado para integrar um grupo de cientistas que embarcariam em um projeto secreto desenvolvido pelos norte-americanos, chamado a Arca.

Aparentemente a humanidade ganhara na loteria.

Um grupo de cientistas envolvidos em um projeto apelidado de Alçapão, patrocinado pelo governo dos Estados Unidos, havia descoberto uma forma de alcançar as estrelas.

Dada essa possibilidade, o homem podia buscar outro planeta em melhores condições para habitar, uma vez que havia conseguido quase acabar com este em não mais que dois séculos após a revolução industrial. Desta maneira o homem finalmente poderia salvar a humanidade de um fim inevitável.

Não sou um replicante com dotes científicos, portanto não poderei explicar com detalhes fórmulas matemáticas que jamais entendi, mas de forma leiga a coisa funciona mais ou menos assim:

Eles param o tempo e o espaço que envolve a nave ainda estacionada na superfície; o planeta inteiro — menos essa área — se move por dois segundos em sua trajetória a milhares de quilômetros por segundo, enquanto a nave permanece no mesmo lugar em relação ao resto do cosmo, encontrando-se nesse momento em pleno espaço. Os habitantes no seu interior perderiam para sempre dois segundos de sua existência.

O que são dois segundos para seres que têm uma expectativa de vida de mais de cem anos?

Foi descoberto que o processo reverso também é válido.

A Arca, como era chamada a nave, desde que posicionada em órbita, calcularia com seus instrumentos a velocidade do planeta em questão e o ponto desejado onde deveriam se encontrar o espaço e o tempo da nave com o espaço e o tempo do planeta.

Então no momento especificado a nave simplesmente aparecia no ponto previsto como se houvesse se materializado ali.

Isso acabava com problemas aerodinâmicos e de capacidade de carga, o número de colonizadores a embarcarem nesta missão somente era limitado pela quantidade de mantimentos necessária para mantê-los vivos durante aproximadamente um ano terrestre, até as fazendas criadas em uma das naves começarem a produzir. A partir daí o tempo de viagem seria a menor das preocupações. Isso era de importância fundamental, pois a realidade era que o tempo para se atingir o provável destino ainda dependia de uma série de cálculos e testes de teorias que seriam desenvolvidos ao longo do trajeto. As estimativas das maiores mentes envolvidas no projeto — comentou o doutor Paulo — variam de imediatamente até nunca.

Foram construídas três naves chamadas de Arca.

Uma abrigando um imenso pomar com inúmeras espécies de frutos, campos arados com plantações de trigo, soja e outros grãos.

Aves, peixes, animais domésticos, como cães e gatos, até mesmo alguns pássaros, apenas para alegrar com suas cores e seu canto a solidão do vácuo, faziam parte dessa Arca, além de extensas plantações hidropônicas de toda espécie de verduras.

A água embarcada era mantida através de reciclagem. Pequenas naves-tanques estavam preparadas para recolher gelo de cometas ou calotas polares de possíveis planetas que as tivessem, e com os quais cruzassem o seu caminho.

Nela havia acomodações, laboratórios e máquinas para que um grupo de técnicos pudesse pilotá-la e mantê-la produtiva no vazio do espaço, teoricamente pelo tempo que fosse necessário. Na outra nave havia uma reserva de combustível nuclear para uma viagem ao infinito, alimentos para os primeiros doze meses, material para a construção de uma base de lançamento e máquinas suficientes para a construção de uma pequena cidade para abrigar em torno de dez mil seres humanos que estavam, quase que em sua maioria, na terceira Arca.

Eram os cérebros mais capazes do planeta, que trabalharam às escondidas até de suas próprias famílias durante mais de dez anos tentando abrir o Alçapão.

Ter sido eleito pelo doutor Paulo como depositário dessas informações confidenciais mostra seu apreço por meus serviços e sua confiança em minha discrição. Apesar de que, se a partir de agora eu conseguisse publicar tudo o que me contou na mídia mundial, já não faria nenhuma diferença para o projeto.

O Alçapão havia sido aberto e, embora nada pudesse ser visto do outro lado, havia uma esperança.

As famílias foram escolhidas levando-se em conta a idade, a saúde, o número de filhos, além do conhecimento técnico ou científico de seus integrantes ou de seu cabeça.

Embora com certeza quando esse fato alcançar a mídia (e com certeza em algum momento o fará) o governo seja sem dúvida acusado de levar em conta princípios de eugenia na escolha dos eleitos, não creio que ele pudesse ter feito de outra maneira.

Na verdade todo o projeto Arca, nome que designa o grupo de naves assim como seus tripulantes — destinados a usar pela primeira vez o Alçapão —, é um tiro no escuro, pois não tem uma direção clara a seguir. No ano passado os cientistas descobriram uma anã amarela mais ou menos do tamanho do nosso Sol, com um planeta girando ao seu redor a uma distância muito parecida com a que nos separa de nossa fonte de calor e vida.

O único problema é que este planeta, batizado de Éden, localiza-se a mais de uma dezena de anos-luz daqui, e embora se tenha desenvolvido, pelo menos na teoria, uma maneira de viajar criando *worm holes* no espaço, nunca se tentou isso na prática.

Os únicos replicantes levados junto com esse selecionado grupo de humanos foram os de mente científica avançada, indispensáveis para a navegação das Arcas.

O aquecimento global continua fazendo vítimas

O galão do petróleo está avaliado em U$ 600,00 e o litro de água mineral está sendo cotado em U$30,00

Existe hoje mais dióxido de carbono na atmosfera do que nos últimos quarenta e cinco milhões de anos

Alguém de dentro do Vaticano deixou vazar a notícia de que, em um momento de descontrole, sua Santidade o papa German I havia confidenciado a um monsenhor seu amigo de infância sua opinião de que o mundo estaria bem melhor sem esses malditos terroristas radicais muçulmanos, assinalando que ele abençoaria pessoalmente aquele que livrasse o mundo dessa raça, não perguntando como o conseguiria, desde que os varresse do mapa de uma vez para sempre.

Meu senhor pediu que eu e Jude cuidássemos da casa enquanto estivessem ausentes e colecionássemos as notícias para ele.
Agora que se foram terei tempo de sobra para isso.

## Excerto da narrativa do segundo século
## Século XXII

São Paulo, 29 de junho de 2160

— Às vezes sinto falta do barulho das crianças!

A cabeça olha para trás como se estivesse procurando por elas e fica pensativa por um instante.

Aproveitando o momento de silêncio inseri o seguinte comentário no segundo canal:
O que podia dar errado deu. Trinta anos depois do deslocamento espaço-temporal das Arcas, seus tripulantes (nossos ancestrais) não tinham logrado resolver o problema que haviam levado com eles para o espaço, problema que parecia a um passo da solução: como dobrar o espaço em torno da nave e alcançar as estrelas. Um a zero para Einstein, que ainda os vencia, forçando-os a arrastarem-se próximos à velocidade da luz.

Já estavam no espaço há mais de trinta anos, quando a comunicação cessou.

— Crianças!
Nunca entendi bem essas miniaturas de humanos, mas às vezes sinto, como um insight, que elas podem ser algo como

uma cola psicológica que mantém incólume a instituição que eles chamam de *família*, mesmo atravessando as mais terríveis provações.

Sou uma máquina com aparência humana, não possuo verdadeira carne nem uma alma, como acreditam os humanos, mas ao longo dos últimos cem anos comecei a ter ideias estranhas e até sentimentos (se é que os posso chamar assim) que nunca havia notado em minha existência. Às vezes tenho vontade de conversar com Jude e parece que ela também aprecia os momentos em que isso ocorre.

Hoje é um destes momentos.

Ontem aconteceu o que a imprensa está chamando de Noite dos Lemingues.

Milhões de pessoas ao redor do mundo se suicidaram à medida que a noite foi caindo ao redor do globo, como no ritual praticado pelos pequenos animaizinhos na Noruega quando sua colônia está em perigo por falta de alimento, devido ao excesso de população.

Um dos suicidas que se lançou do alto de um prédio de quatro andares em Xangai caiu sobre um caminhão carregado de engradados de frango.

Saiu machucado mas vivo, e declarou que Deus o havia ordenado em sonho a tirar sua própria vida ao anoitecer, assim evitaria um fim muito pior e cheio de sofrimento, além de garantir-lhe recompensas no paraíso por ter aliviado a carga dos que ficaram, pois já não havia alimento nem água para todos.

Outros suicidas malsucedidos estranhamente contaram a mesma história bizarra.

Estaria o governo, devido à crise, controlando mentes e levando a cabo um controle populacional involuntário?

Essa é uma pergunta para a qual não tenho resposta.

Gostaria de me encontrar com Jude e discutir com ela essa minha teoria.

Nenhum replicante tentou se desligar. Talvez porque replicantes não durmam, *ergo* não sonham... Às vezes ficam parados conjeturando possibilidades, estão em stand by, imóveis mas vigilantes. Creio ser esse um estado próximo ao do sonho dos humanos, mas não há como ter certeza.

Já faz setenta anos que não se tem notícia das Arcas.

Dois anos depois da partida da família eclodiu a guerra, chamada convenientemente de a Última Cruzada.

Durou dois anos.

Um dia inteiro de explosões atômicas nas capitais do Oriente.

Um ano e trezentos e sessenta e quatro dias de ameaças e negociações na ONU.

Sua Santidade o papa German I em comunicados fervorosos condenava veementemente os ataques que quase acabaram com a cultura Islâmica. Ele parecia bem mais calmo, ponderado e santificado agora.

Ninguém sabe de onde veio o primeiro ataque.

Alguns analistas culpam Israel, outros os Estados Unidos. Na verdade não se sabe com certeza de onde veio a primeira bomba.

O inverno atômico que se seguiu não foi tão rigoroso como se houvesse explodido um conflito global. Sessenta anos depois o sol voltava a ser visto com certa frequência entre as nuvens que cobriam São Paulo.

A cidade está praticamente deserta e às vezes alguns humanos ainda são vistos em determinadas regiões, como a da antiga avenida Paulista.

No início da guerra, logo após a primeira explosão atômica, um vírus lançado do Oriente se infiltrou nos computadores ocidentais e em segundos acabou com os satélites de transmissão internacional, causando o caos nas comunicações, com tudo que isso acarretava.

A instituição *cidade* deixou de existir quando os serviços fundamentais para sua manutenção, como hospitais, supermercados, companhias de luz e gás, postos de combustível, companhias de transmissão de dados e delegacias de polícia entraram em colapso.

As pessoas começaram a se dirigir para o campo, onde teriam maior probabilidade de sobreviver. Não sobraram muitos humanos nas cidades.

Depois de todo este tempo me parece meio fora de propósito continuar cuidando da casa de meu senhor...

A falta de água vem matando impiedosamente as últimas árvores do terreno, o chão do jardim onde antes uma grama japonesa vicejava agora é terra e poeira.

Nem eu nem Jude precisamos de água, mas às vezes comentamos sentir falta da visão dela correndo como vidro liquido entre nossos dedos, sem falar da falta estética que faz a nossos circuitos interpretativos da realidade a ausência cada vez maior do verde. Talvez nossos neurotransmissores estejam através da experiência do livre arbítrio — uma vez que não temos mais ninguém a quem prestar contas de nossos atos —, criando conexões impensadas. Essa sensação começa a me parecer com algo que na literatura os humanos tratavam como *nostalgia*.

É como se uma região intangível dentro de mim tivesse sido atingida por algo também intangível e causasse uma dor indefinível.

Os humanos usavam uma expressão: *livre como um passarinho*. Discordo dela. Passarinhos não têm consciência. Eles não estão em condições de valorizar a liberdade. Os humanos e nós, replicantes, estamos.

Se você que está me ouvindo não entender do que eu estou falando não se preocupe, eu também ainda não entendo muito bem o que está se passando comigo.

Amanhã vou trancar a casa, escolher algumas lembranças para levar comigo (confesso que não sei de onde me ocorreu esta ideia), além do gravador de cristais e cristais suficientes para fazer um relatório sempre que algo importante e digno de nota ocorrer. O que não creio que acontecerá com muita frequência, pois agora que não temos mais os satélites de comunicação é impossível saber se algo importante aconteceu até mesmo nas mínimas distâncias.

Rumarei para o norte, que é onde a maioria dos seres humanos deve estar, onde o clima é ameno e ainda, pelo menos em teoria, é possível se extrair algum alimento da terra.

Ah, já ia me esquecendo! Estou levando Jude comigo. Parece que vamos poder conversar mais agora. Uma vez que não existem mais meios de transporte a viagem será longa e vamos ter de ir caminhando.

## Excerto da narrativa do terceiro século
## Século XXIII

Algum lugar no norte do que um dia foi um país chamado Brasil, 13 de outubro de 2290

Levando-se em conta uma perspectiva cósmica, até que não levou muito tempo até os humanos restantes se darem conta de que se existe, ou em algum tempo remoto existira, um deus criador de tudo, seu nome não poderia ser outro que não Acaso.
As religiões foram sumindo com a mesma rapidez que as águas e o homem finalmente foi para o céu, como previam os livros sagrados de várias dessas crenças.

Neste ponto peço especial atenção para a frase a seguir e a entonação com que é dita — diz a tradução simultânea em um momento de silêncio em que a cabeça parecia conjeturar consigo mesma.

Deus criou o homem ou foi o homem quem criou Deus? Isso para ter em quem pôr a culpa quando as coisas não funcionassem da maneira esperada.

A dúvida é um sentimento humano e de alguma forma Jody começa aqui a misturar as coisas.

Os humanos tinham sentimentos e emoções porque eram feitos de carne e osso, ou porque impulsos elétricos bombardeavam com precisão as partes certas de seus cérebros mortais? As emoções responderiam mais a um processo orgânico do que intelectual? Ou, ao contrário, as emoções não passam do resultado de um aprendizado intelectual proveniente da experiência diária?

Se for assim, talvez essa seja uma explicação plausível para certas atitudes que têm gerado um sentimento de vazio em meu cérebro, algo que talvez os humanos chamassem *angústia*.

O filho do doutor Paulo, quando lhe perguntaram em seu aniversário o que havia desejado na hora em que apagou orgulhosamente as oito velinhas de seu bolo de um sopro só, disse: "Eu quero viver pra sempre, *nem que seja só um pouquinho*."

Já tenho mais de trezentos anos desde que fui posto em funcionamento e às vezes acho que havia algo de sábio naquele desejo do Paulinho.

Quando nós dispomos do tempo infinito, as oportunidades e possibilidades parecem ser também infinitas.

### Excerto da narrativa do quarto século
### Século XXIV

Vale do Amazonas, perto do local que algum dia se chamou Manaus, 14 de julho de 2398

No dia de hoje o país mais poderoso do planeta, país que sem dúvida foi um dos maiores responsáveis por as coisas estarem como estão, comemorava sua independência.

Hurra!

Uma breve observação:
Se isso não é sarcasmo, então não sei como classificar.


Faz já alguns meses que não subo até as ruínas do local onde ficava Manaus.

Eu e Jude, depois de quase um ano caminhando pelo que um dia se chamou Brasil, chegamos à grande depressão do Amazonas. Esse filete de água, que em alguns lugares logro vencer com um passo mais largo, foi um dia o grande rio Amazonas.

Da floresta restam algumas árvores ladeando o córrego d´água em toda sua extensão, que vai do abismo Atlântico até onde era o Peru.

Com a formação de grandes geleiras tanto no norte quanto no sul, devido ao inverno atômico e à Era do Gelo que se seguiu à inversão da corrente do Golfo, o nível do oceano Atlântico diminuiu muito e a água ocupa agora somente o fundo dos abismos. O resto do espaço que a água ocupava, desenhando os continentes como eram conhecidos no século XXI, são profundos desertos salgados.

A Terra, como era vista do espaço pelos primeiros astronautas, não existe mais.

O planeta azul é apenas uma lembrança sem sentido em cérebros sem objetivo claro, agora que não existem mais os senhores a quem servir.

Ontem comentei com Jude que a população de replicantes vivendo em Manaus já ultrapassa trinta mil, segundo os cálculos de uma pretensa Sociedade de Administração e Recepção de Replicantes Imigrantes.

A sociedade também trata de manter viva a crença de que os senhores um dia voltarão dos céus para levar todos nós para o planeta Éden. Há grupos de replicantes de maior capacidade científica do que os que compõem o grosso da sociedade, que negam essa teoria e pregam que as coisas estão muito melhores agora do que como estavam antes.

Não sei o que está acontecendo comigo, mas não estou me importando nem um pouco se eles voltarão ou não.

Para que precisamos dos seres que assassinaram este planeta?

Algo no meu cérebro me diz que não devo pensar assim dos senhores, mas não consigo evitar.

Paulo já está morto há muito tempo.


Na trilha em inglês uma observação:
Esta foi a primeira vez que ele tratou seu ex-senhor de igual para igual.
Para que isso sucedesse foram precisos quase quatrocentos anos.


Não precisamos nos alimentar, as pequenas baterias de urânio nos dão tudo que precisamos, mas recebemos com alegria os poucos frutos que as árvores que cuidamos nas margens do rio nos dão. Eles trazem para nossa proximidade os pássaros que ainda existem e a vida animal que restou.

É bom conviver com algo que ganhou vida de forma espontânea e pode se reproduzir, sem precisar para tanto de um laboratório, equipamentos sofisticados e cientistas.

Observação:
Pode-se notar uma semente da qual poderá brotar um sentimento, mais precisamente a tristeza, se houver o tempo necessário para isso.

O canto dos pássaros e o som da água corrente acariciando as pedras da margem trazem até mim e Jude um sentimento difícil de exprimir, talvez seja algo próximo ao que os humanos chamavam de *paz de espírito*, ou talvez até alegria.
O rosto dela parece ganhar uma luminosidade que vem de dentro e sinto por ela algo que não sei definir, mas sei que significa que quero ficar perto dela.
Os humanos falavam de amor e praticavam o sexo.
São conceitos difíceis de entender, no caso de um replicante, e têm sido cada vez mais discutidos pelos que dentre nós foram construídos com uma mente mais analítica.
Na comunidade de Manaus existem alguns grupos de estudos destes sentimentos e de suas diversas implicações no fracasso da humanidade em administrar o grande corpo que lhes provia morada e alimento, seu próprio planeta.

Ontem estávamos vendo a noite cair e sem querer encostei minha mão na mão de Jude.
Senti como se a pilha de urânio que me anima tivesse sofrido uma repentina perda de carga. Pensei que ia desligar. Foi ruim e ao mesmo tempo bom.
Algo nas feições dela mudou. Parecia um sorriso, exatamente como eu havia visto nos humanos, quando eles estavam felizes.

Jude... Não sei definir, mas acho que algo que poderia se chamar *sentimento* começa a manifestar-se em meu cérebro, no que diz respeito a ela.

Penso que ela sente algo parecido.

Porque isso deveria me preocupar, eu não sei.

## Excerto da narrativa do quinto século
## Século XXV

Vale do Amazonas, 28 de abril de 2447

Sem o vírus que o matava, o mundo está revivendo.

Os replicantes de Manaus já chegam pelo menos a quarenta mil, mas existem movimentos que visam acabar com as aglomerações.

Não existe razão para que vivamos juntos, uma vez que não dependemos de nenhum tipo de economia de grupo.

Nossa vida é mais contemplativa. Buscamos simplesmente viver e assistir às incríveis manobras da vida em seu desenvolver. Nosso alimento é a filosofia e nosso passatempo, tentar entender nossos criadores, que nos abandonaram.

Um sentimento que começa a se cristalizar e a se espalhar é o de que realmente estamos melhores agora.

Parece não existir mais dúvidas: as geleiras estão recuando e o planeta está voltando à vida. Ontem, depois de uma semana de chuvas intermitentes, o Amazonas subiu cinco metros e quase invadiu nossa casa.

Devemos mudar para mais distante de suas margens. Sugestão de Jude.

Apesar do quase desastre, andamos eu e ela na beira do rio, de pés descalços e de mãos dadas debaixo da chuva.

Não me pareceu uma coisa muito inteligente de ser feita, mas, em meu cérebro perplexo, guardei do passeio imagens e combinações de estímulos elétricos que não pensei que pudessem existir.

Como puderam trocar tudo isso pela tecnologia que veio exterminar todos eles?

## Excerto da narrativa do sexto século
## Século XXI

Vale do Amazonas, 3 de janeiro de 2558

Hoje faz quinhentos anos que Paulo e a família foram para o espaço em busca de um lugar seguro. Eles esperavam salvar a humanidade.

Não sei por que continuo gravando esses cristais. Nada acontece que mereça nota, exceto que a vida floresce por todo lado.

Talvez eu siga gravando esses cristais porque Paulo me pediu que assim procedesse.

Não me parece ter mais nenhuma lógica fazê-lo, uma vez que duvido que alguém jamais irá vê-los.

Os replicantes hoje se espalham por todo o planeta e raramente cruzamos com um.

Manaus está deserta e suas ruínas cobertas de vegetação já são quase invisíveis.

A beleza e o equilíbrio de tudo, a transparência das águas, o azul do céu, o verde, embora ainda tímido, das primeiras florestas que voltam a ocupar um chão antes árido, tudo isso traz uma sensação de que tudo está voltando à ordem natural que nunca deveria ter sido violada.

Como diziam os humanos: agora eu e Jude vamos ter tempo para ver a grama crescer em nosso jardim.

Pelos próximos quatrocentos e poucos anos Jody não gravou mais nada que não fossem pensamentos filosóficos que devem, se possível, ser estudados e analisados com o maior cuidado.

Eles contêm noções de importância vital para a humanidade.

## Excerto da narrativa do nono século
## Século XXIX

Vale do Amazonas, 23 de dezembro de 2999

Hoje terminei Paulinho.

Acho que ele será a pedra central do arco, ou seja, a responsável por manter toda a estrutura em pé, justamente a que, se retirada, fará ruir toda a obra.

Depois de muito pensar cheguei à conclusão de que assim devia ser feito.

Já faz bastante tempo que vejo Jude calada e distante, enquanto discorro sobre alguma questão existencial e filosófica a respeito de nossos criadores.

A cada dia eu a sinto mais distante.

Uma inquietação tomou conta de mim, tenho a sensação de que ela perdeu a razão de seguir nesta existência e a qualquer momento pode desligar a si mesma.

Acho que eu não poderia seguir existindo sem ela.

Os replicantes hoje cuidam do planeta como se este fosse um macrojardim e eles, seus jardineiros dedicados. Penso que se pudéssemos vê-lo do espaço essa seria uma visão linda.

Esta é uma missão que merece ser executada e pela qual vale a pena viver.

Amanhã à noite entregarei Paulinho a Jude.

Ele foi construído com a ajuda das memórias que guardo do filho de Paulo.

Será como um filho nosso, de oito anos, que nunca crescerá fisicamente, embora seu cérebro tenha uma capacidade infinita de apreender.

Isso deverá devolver a alegria a minha companheira.


Observação:

As palavras *alegria* e *companheira* são usadas pela primeira vez e com a naturalidade de quem sabe do que está falando. Seria de tremenda importância poder ver fotos da família desse Paulo botânico, que embarcou no lançamento das Arcas mil anos atrás, mas infelizmente os registros digitais se perderam no grande incêndio de 2339 que acabou com os arquivos que continham os dados das primeiras famílias.

Vale do Amazonas, 24 de dezembro de 2999

Anoiteceu e quando as primeiras estrelas apareceram no céu entreguei Paulinho a Jude dizendo:

— Aqui está seu filho, fruto de nossa convivência, para que você possa amá-lo e ensiná-lo a respeitar o planeta onde vive.

A frase me pareceu meio melodramática, mas evidentemente não foi o que pareceu a Jude.

Primeiro seus olhos ficaram opacos com se estivesse olhando para dentro de si mesma e logo em seguida se encheram de brilho, e ela abraçou Paulinho como se não quisesse nunca mais largá-lo.

Creio que os humanos chamariam de milagre a sua mudança de humor.

Confesso que demorou um pouco para que eu tivesse a ideia de dar um filho a Jude, mas seguindo antigos manuais encontrados em Manaus, nos assim chamados berçários de replicantes, não me tomou nem um ano construí-lo, com a ajuda de replicantes que conheciam as técnicas e o procedimento de montagem.

Enquanto Jude apresentava nossa humilde morada a seu filho, olhei para o céu estrelado e algo me pareceu errado.

Três grandes estrelas haviam aparecido logo abaixo do cinturão de Orion.

Mais tarde nessa mesma noite três replicantes vindos de Manaus bateram em nossa porta.

Eram parte de uma comissão científica que me havia ajudado a conseguir as peças e auxiliado no processo de atribuir vida ao Jed.

Segundo eles, as três estrelas que eu havia visto eram as naves do projeto Arca, voltando depois de mil anos no espaço, sem ter encontrado a segunda Terra.

A comissão há alguns dias vinha acompanhando suas comunicações.

Retornavam os descendentes dos que partiram, para reclamar de volta a posse do que um dia abandonaram por não ter mais valor.

Segundo os cálculos da comissão científica, eles deveriam se materializar em Manaus em algum momento dentro dos próximos dois dias.

Os membros da comissão haviam concordado em abandonar o local e não aparecer para os humanos, pelo menos até saberem quais eram suas intenções.

Também haviam decidido esperar por um período de tempo preestabelecido em votação, um ano a partir do desembarque.

Seria tempo suficiente para saber de suas intenções quanto ao planeta.

Pediram autorização para implantarem um artefato na barriga de Paulinho. Sabiam que nenhum humano desconfiaria de uma criança de oito anos. Replicantes não procriavam e não houve jamais replicantes na forma de uma criança.

Jude se opôs, mas compreendeu a necessidade de eventualmente ter de sacrificar seu filho por um bem maior.

De repente lembrei de um humano excepcional. Seu nome era William Shakespeare. Ele escrevera histórias maravilhosas. Eu e Jude éramos como Titânia e Oberom, vivendo um interminável sonho de verão que podia se transformar em um amargo pesadelo antes que tivéssemos tempo de fazer algo, se não tomássemos a decisão agora.

Amanhã abandonaremos a casa e Paulinho. Com os outros replicantes buscaremos um lugar seguro na floresta onde não possamos ser encontrados.

Aqui acabam as gravações.

Terra 1º de janeiro 3002

No último ano passei estudando estes cristais, para somente hoje chegar à parte do que me parece ser uma clara ameaça à nossa recém-formada colônia.

No último ano derrubamos alguns acres de floresta para construir nossas novas instalações.

Temos jogado no rio muito detrito das novas fábricas.

A fumaça das queimadas que temos promovido a fim de preparar o solo para o plantio frequentemente esconde o sol e empesteia o ar.

A colônia cresce a olhos vistos.

Minha descoberta mostra que não estamos sozinhos e, pior, elas sugerem que estamos sendo julgados pelo que fizeram nossos ancestrais. Se isso for verdade, sinceramente não temos nos comportado bem desde que chegamos a este paraíso.

Os replicantes estão nos vigiando, providências imediatas devem ser tomadas para contatá-los e propor algum tipo de entendimento.

Ontem meu filho de nove anos disse haver encontrado um amiguinho que nunca havia visto em nenhuma das três arcas. Ele está feliz.

Temos aproximadamente três mil crianças na colônia, trinta por cento delas em idade entre sete e dez anos, embora a princípio possa parecer complicado descobrir uma criança específica dentre tantas. Se tomarmos imediatamente as medidas apropriadas podemos descobrir Paulinho e tentar desarmar seja lá o que for que tenham colocado nele e...

Nesse momento uma luz tão clara como a de um bilhão de flashes explodindo ao mesmo tempo cegou a todos os humanos da colônia.

No milésimo de segundo seguinte tudo dentro de um raio de trinta quilômetros, com seu centro em Manaus, foi desintegrado.

Jody e June haviam sacrificado seu único filho para salvar o planeta e os de sua espécie.

No cérebro de Jody uma sensação que os humanos conheciam bem e denominavam *déjà-vu* aconteceu pela primeira vez.

Outro filho havia sido sacrificado três mil anos atrás para salvar a humanidade e, ao que tudo indicava, em vão.

Dessa vez seria diferente. Os últimos sobreviventes do que um dia se denominou *humanidade* acabavam de ser evaporados da existência. Os jardineiros haviam feito bem seu trabalho: tinham recuperado o jardim. Haviam eliminado a última praga que podia fazer-lhe dano.

A área da explosão levaria alguns séculos para voltar a abrigar vida.

Em algumas centenas de anos, onde uma vez existiram as ruínas da cidade chamada Manaus, um grande lago surgiria. Ia demorar, sim, mas o que eram alguns séculos para quem tinha toda a eternidade?

Também tomaria algum tempo, mas Jody, com ajuda dos três replicantes cientistas que o avisaram da chegada das Arcas, construiria outro Paulinho e outros casais de replicantes também o fariam.

O planeta estava sob nova direção, e a princípio nada nem ninguém poderia distingui-los dos antigos proprietários. A não ser pelo profundo respeito que nutriam, e não cansavam de demonstrar, pela natureza e por todo e qualquer ser vivo.

A humanidade, mesmo que por caminhos tortuosos e talvez não com o final esperado, havia cumprido seu papel no equilíbrio cósmico.
Agora podia finalmente descansar em paz.

# Vladja

IVAN HEGENBERG

IVAN HEGENBERG nasceu em 1980 em São Paulo (SP). É formado em Artes Plásticas e atualmente trabalha no mercado editorial. É autor dos livros *Será* (romance, 2007) e *A grande incógnita* (contos, 2005). Colabora esporadicamente com o site *Cronópios*.

*Sproing, sproing, sproing.* Ele costumava brincar assim com meus cabelos, o Goran. Brincava com minhas molinhas, deliciava-se com esse *sproing, sproing, sproing*, e ria e dizia que eu sou linda. Eu lhe retribuía com um pequeno murro no braço, bem fraquinho, de brincadeira. Deixava que ele me beijasse o pescoço e mordiscasse meus lábios. "Você é a criatura mais querida de todas", me dizia. Me puxava pela nuca e imprimia um beijo ardente, como só ele sabia fazer. Ninguém jamais me amou daquela maneira, conquistando-me a cada dia, fazendo meu sangue ferver sem qualquer piedade. Na cama, realizava todos meus desejos, cada fantasia minha. "A mais querida de todas, a mais maldita." Goran. Você foi meu anjo, você foi meu demônio.

Uma vez eu pedi, ele gravou o nome nas minhas costas, com uma faca quente e alguns milímetros de tinta na ponta. Machucou um pouco, eu não esperava que sangrasse tanto, mas me segurei firme para não gritar. Até hoje ainda dá para ler um pouco do G e uns tracinhos do A. Foi uma tarde engraçada: uma dessas máquinas-vigilantes que farejam sangue entrou de repente em nosso quarto, fazendo mil cálculos para averiguar se estávamos ou não em meio a uma briga. A maquininha ficou um bom tempo nos encarando da beira da cama, sem decidir se deveria nos interromper ou nos deixar em paz. Uma coisa que o Sistema nunca vai entender é o que é o amor, e o que o Goran estava fazendo nas minhas costas era a marca da nossa maior vitória, o gesto mais profundo da nossa união. Tudo que é bom e intenso pede um sacrifício, não se pode explicar isso a uma placa de metais que não pensa e não sente nada. Rimos muito, eu e Goran, enquanto o robozinho analisava nossos batimentos cardíacos e demorava para entender se dois corações acelerados como aqueles era sinal de conflito ou de prazer. Apitava estridente, zunia, não se decidia como interpretar aquele sangue que se esvaía, e por alguns instantes pensei que fosse nos apartar. Nem mesmo medindo nossas pulsões primárias a máquina chegou a uma conclusão, porém ao olhar para nossas pupilas, dilatadas, constatou um sinal de nossa paixão mútua, e nos liberou. Não sem antes esticar sua pata metálica e congelar os sulcos que me enfeitavam a pele, para estancar o sangramento. Aplaudimos efusivamente nosso intruso: a intenção da máquina era nos interromper, mas com esse toque final a tatuagem ficou perfeita.

A marca de um nome na ponta de uma faca, os rastros que as unhas deixam sobre pele, ou mesmo um longo beijo em que um pouco de sangue se mistura, como fizemos uma vez, solenemente. Nada disso me parecia doloroso, pois era sempre um sofrimento poético. Eram rituais, os mais intensos. "Você é pura poesia, Vladja. Poesia maldita." Goran acreditava muito em Deus, achava que quanto mais belas as nossas vidas, mais Ele nos amaria. Venerávamos nosso Deus, sentíamos sua presença, o Supremo Esteta, dramaturgo de nossas vidas. Eu também entendia dessa maneira, sentia que o universo nos observava e nos aprovava, porque agíamos com prodigiosa verdade. Nossa paixão e nossa entrega tinham origem divina. Ninguém mais precisaria entender, nem nossos pais, nem nossos amigos, era como se tivéssemos nossa própria maçonaria, com milhares de pequenos segredos que ocultávamos e resgatávamos todos os dias.

Por isso foi tão doloroso quando ele se foi. Alguma coisa se rompeu por dentro de mim, de um segundo para outro meu universo se denegriu. Nunca entendi muito bem por quê, até hoje não consigo assimilar. Diz pra mim, o que foi aquilo, Goran? Queria tanto te encontrar aqui, ao meu lado, para entender, para você me explicar. Foi de repente, disse que teria que viajar por dois dias ou três, que precisava tomar o próximo transporte. Fez as malas apressado, ansioso para se despedir logo. "Vai sair em uma hora." Evitava olhar nos meus olhos, ele que me cobria de atenção o tempo todo. Comecei a entender que ele fugia de mim, pedi a ele "Goran, olhe nos meus olhos", mas ele se esquivava, empurrava as roupas dentro da mala, murmurava qualquer coisa incompreensível. Ele não me explicava para onde iria, apenas que era urgente e que voltaria logo. Quando enfim olhou pra mim não foi meu *sproing, sproing*, foi um cafunezinho bem morno, apaziguante, igual se faz com uma criancinha assustada. Nunca me tratou daquela maneira antes, eu fiquei aflita. Tentei impedi-lo, ele foi inflexível.

Foi então que cometi o primeiro erro. Eu precisava saber se ele ainda me amava, empurrei-o com força, contra a parede, antes de perguntar, e ainda o agarrei pelo pescoço. O coração dele batia apressado, percebi que o machuquei, e o compasso surdo foi me enchendo de angústia. Eu sabia que segurá-lo daquela forma não faria dele meu prisioneiro, eu só queria uma resposta. E não queria ler sua mente, sempre fomos cuidadosos em relação a isso. Não se invade a cabeça de alguém que amamos, não é para isso que serve a telepatia — caso contrário não nos comunicaríamos tão à vontade com nossos corpos. "Fique tranquila, Vladja", ele disse, gemendo um pouco. "Eu volto pra cá. Eu te amo." Sua pupila estava dilatada. Não era mentira, ele ainda me amava. Apesar de toda minha violência, de meu jeito brusco, apesar de não merecer, ele ainda me amava.

Eu me arrependo muito, Goran, de te machucar. Não deveria ter feito assim, não foi um gesto bonito. Mas eu precisava, você era tão necessário quanto o ar ou a água, e naquele dia eu segurava nas mãos minha própria vida. Te pegando pelo pescoço eu parava você, você não fugia de mim, eu conservava alguma coisa daquilo tudo que foi nosso, só nosso, daqueles muitos momentos de prazer vibrante, em que meu corpo faiscava repleto de luz, em que o pior inverno se tornava verão radiante, e tudo se desfazia em poesia carnal, dueto voluptuoso. Eu não queria que terminasse de maneira tão trágica, eu não queria que fosse assim. Goran, meu paraíso ao alcance das mãos, o homem que me ensinou tantas suavidades e a quem eu retribuí com meu próprio horror. Meu *Guti-guti*, meu homem querido, não fui nem um pouco justa, eu sei.

'Ah, Kyoko, você se lembra como ele era carinhoso? Você lembra, não lembra? Ele foi bom contigo também, não foi?' Ai, Kyoko... Ela não me responde nunca, não fala mais comigo. 'Ele foi a pessoa mais especial de toda minha vida, Kyoko, sinto demais a falta dele. Se você entendesse o quanto eu ainda o amo, ainda hoje, tenho certeza de que me perdoaria.' Eu já entendi, tá bom, ela não vai responder, não vai falar comigo. Nós não somos mais amigas, eu entendi, não quero incomodar a Kyoko, não posso fazer isso. Ela sempre foi boa comigo, não quero que ela se irrite. O problema maior aqui (o problema visceral, porra) é esse tédio me sufocando. Nada mais difícil do que ocupar o tempo nessa situação aqui... Eu perdi tudo, a única coisa que tenho de sobra é o tempo. Aqui, nessa prisão semiabandonada, sem amigos, sem distrações, sem nada que fazer. Eu bem que deveria ter pensado nisso antes... que eu não conseguiria matar o tédio. Me esqueci disso, o tempo persiste, parece óbvio mas eu só pensei nisso depois, quando era tarde demais. Afinal Cronos é um deus, eu não pude atingi-lo com meu punhal.

    Goran, Goran, gostaria tanto de saber onde você está... Tudo que me restou de você é essa pulseira, que eu teci com tanta paciência e carinho, usando teus fios de cabelo. Ao menos um pedaço de você pertinho das minhas veias, contaminando minha pulsação, para eu não me esquecer nunca de você, jamais. Espero que exista um outro lugar, uma outra vida, melhor do que essa, onde eu possa te reencontrar, receber de novo tua luz, me desfazer em amor mais uma vez. Com sorte, por toda a eternidade. Não sei se você iria me perdoar, se poderia entender o que eu te fiz. Não sei o que você diria para mim, e nem mesmo se saberíamos nos amar depois da vida, sem os corpos, somente luz. O que eu sei, e ninguém pode duvidar, é que ninguém jamais te amou como eu. Não foi por outro motivo que eu te matei. Ah, meu querido...

    Por isso que me mordo de raiva ao me lembrar do julgamento. Teve um cidadão que não acreditou, não parava de repetir: "Isso não é amor, minha senhora, isso não é amor." Duplamente me irritou: me chamando de *minha senhora* e por duvidar da pureza dos meus sentimentos. Um senhor de meia-idade, feio de corpo e de alma, pelancudo, cheio de dentes tortos. O que um sujeito assim pode saber sobre o amor? Não lembro nem o nome dele, mas é a pessoa que mais detesto nesse mundo, por duvidar que meu gesto cruel não deixou de ser um ritual, o maior de todos, o de maior entrega. Amor e morte, as duas coisas juntas guiaram minha mão.

Tua mãe, Goran, ela não dizia nada. Chorava, eu sei, e eu também chorei muito. Tua mãe não saía mais na rua sem os óculos escuros. Ela se recusou a prestar depoimento, estava em estado de choque. Ela disse que nós duas nos dávamos bem, que não esperava nada desse tipo. Não se pronunciou além disso. "Ela era uma ótima nora, eu nunca teria imaginado. Eu gostava dela, posso dizer que nós éramos amigas, até o dia que..." e caía no pranto, não terminava nunca a frase. Era inútil fazê-la depor, ela não concluía. Não consigo esquecer da cabeça baixa, da voz que mal se ouvia, vacilante, tímida. Nem gosto muito de pensar nisso, fico com pena da minha sogra, ela nunca iria entender.

Algo que me pergunto, que me pergunto sempre (a única pergunta que importa, na verdade), não é porque eu te matei, Goran, isso eu sei muito bem. Só me pergunto se eu não deveria ter ido junto, logo na sequência. Porque rasgar a tua garganta com uma faca não foi pecado, eu sei que não, foi amor querendo desaguar. Você não podia ter me abandonado, Goran, e eu sei que você ainda me amava. Cometi um crime, mas não foi pecado. Seu nome estava gravado nas minhas costas. Nossas lembranças ainda zuniam na minha mente, e aquele gesto foi o único que daria sentido ao abandono. Você se foi, meu amado, porque já não queria mais viver. Não aguentava mais a vida, nós dois juntos éramos intensos demais. Felicidade demais pode ser quase insuportável, e você preferiu partir, deixar tudo para trás, em vez de se lambuzar todo de uma pureza que o organismo mal compreende. No fundo você queria morrer, e eu te ajudei.

Acho que você iria concordar. Se por acaso me ouvisse, se conversássemos serenamente. Talvez esteja me ouvindo de um outro lugar, não sei. É essa conversa que eu queria ter agora contigo, essa conversa repleta de uma paz quase impossível, com os afagos de quem não tem mais mundo — seja porque está morto ou porque está preso.

Durante meses eu pensei que você iria voltar para casa, que o transporte te traria de volta. Guardei minha esperança intacta por muito tempo, porque vi, minutos antes de você partir, que seu coração ainda tinha calor, que ainda tinha desejo, e eu achei que você não aguentaria viver sem mim. Porque o mundo sem tua Vladja, sem essa tua louca predileta, não faria o menor sentido. Eu era tua musa, parceira e serva, por isso não entendo como você pôde. Não entendo! Que outras coisas poderiam te satisfazer? Como é que você iria preencher os dias, se o que tínhamos era a união mais perfeita? O que poderia te saciar? Uma outra mulher? Um emprego? Amizades novas, paisagens, estudos? O que poderia ser? Até hoje não consigo imaginar, não me faz sentido.

Passou muito tempo. Meses. Fiquei muito tempo te esperando, antes. Até que desisti. De te respeitar. E quebrei mesmo nossa promessa: aquela de nunca lermos os pensamentos um do outro. Eu precisava saber, não havia escolha, precisava saber o que você sentia.

Ah... Me sinto sozinha demais nessa jaula. Não tem nada o que fazer. Abro uns arquivos para ler, logo me entedio, um tédio que oprime. Mesmo o Roger Hakas, meu escritor favorito, já não me atrai mais. Detestei o último conto dele, *A aldeia dos índios Tympi*. Um conto de humor, muito esquisito, cheio de adultos agindo como crianças. Mais cedo ou mais tarde todos os escritores começam a fazer humor. É aquela conversa de sempre, já ouvi mil vezes: "A única profissão em que o homem ainda supera a máquina é a de humorista. Qualquer outra atividade é mais bem realizada pelas máquinas." E é claro que eu adoro rir, queria muito soltar gargalhadas sonoras a ponto de comover até mesmo os robôs, mas não estou conseguindo... Nós ríamos tanto, até mesmo minha sogra ria conosco, ela tinha um riso fácil... Mas nesse momento eu precisava ler alguma coisa violenta, que me rasgasse toda por dentro, que me arrepiasse desde a nuca, só assim pra vencer o tédio que esses muros impõem. Só assim, uma pequena tragédia pra eu sentir alguma coisa, qualquer coisa por favor, menos o tédio!

Mas você, Goran... o que você sentia? Me responda, se puder me ouvir! O que você sentia, o tempo todo, desde que me largou, e mesmo quando a gente sentou pra tomar um café, e tentou conversar uma última, e a cada frase minha, a cada toque meu na tua mão? Era medo, querido. Você me disse uma vez que a gente não pode ter medo da vida. Você me disse isso, disse uma vez que não se pode viver como um covarde, que era melhor a morte. Mas naquele último dia era possível farejar seu medo, como um vigilante fareja sangue. Eu te libertei do medo, não foi isso que eu fiz? Você merecia uma vida mais corajosa, e a gente tava no caminho certo, tava tudo perfeito, antes de você pegar aquele caminho sem volta. Eu te coloquei de novo nos eixos, você merecia um momento heroico. E teve. Porque você não resistiu, você aceitou. Não foi assim? Você soube, naquele momento, que precisava se despedir de tudo, absolutamente tudo, porque eu era a tua vida e você renegou. Você aceitou tua morte, Goran, nem sequer reagiu quando eu puxei a faca. O que você me diria se pudesse falar comigo agora nesse momento?

"Louca, só pode ser louca." Aquele velho disse isso mais de cem vezes. Ninguém no tribunal popular aceitou, ninguém pensou por um único segundo que eu fiz aquilo que você queria e que precisava. Eles são capazes de absolver crimes de vingança, quem sabe até serem compreensivos com um criminoso político, já vi isso acontecer. Com os doentes mentais eles costumam ter um mínimo de solidariedade. Mas a mim consideraram um monstro. Porque meu assassinato fere tudo aquilo que eles entendem por amor. "Isso não é amor, Vladja, é doença", me disse o senhor Pelancudo. Ah, velho asqueroso, não sabe nada da vida, minha resposta foi perfeita. "Meu caro", ah, sim, *meu caro*, um brinde à ironia, velho nojento, "Meu caro, não separe as coisas desse modo. Amor sempre foi saúde e sempre foi doença." O Pelancudo vomitou um discurso interminável, os outros só tiveram o trabalho de concordar. Eu mostrava minha pulseira, que trancei tão diligentemente, os fios dourados do seu cabelo, que jamais deixei de usar. Mostrei também a tatuagem com seu nome nas minhas costas. Não os comovi nem por um segundo. Julgamento rápido, eles não precisaram pensar muito para me condenar, era o esperado. E agora eu tô aqui, na bosta dessa masmorra. Mas o que eu fiz foi tão inevitável quanto a eclosão de um terremoto. Não se controlam as forças da natureza, eles deveriam saber.

Ah, Deus, ah, meu deus. Eu era tão fiel a ti, e é assim que me pagas? Me tornei uma piada de mau gosto, chorando aqui, sozinha, patética. Eu, que sempre conduzi minha vida com o máximo de beleza, eu que somente quis agradar ao Senhor, a nosso deus, o Supremo Esteta. És o Supremo Esteta, não és? Aquele que ama o belo, aquele que faz da vida o maior espetáculo, aquele que concebe o homem como artista completo. O

Supremo Esteta, não? Como nos ensinam nos templos? Ilumina-me com a razão: como pudeste interromper a coragem de Goran? Por que o fizeste partir? Ilumina-me, pois não compreendo, definitivamente não compreendo! Por que não nos cobriste de glória? O que fizemos para te desagradar? Respondas, eu imploro! Cada noite de amor que tive com Goran foi como um ritual, uma celebração da poesia e da imaginação. Nós nos amávamos com a intensidade de quem sente o olhar do universo roçando a pele. Éramos totalmente devotos, Senhor, não há dúvida! Para que nos arremessar a uma armadilha fatal, se servo algum seria mais fiel do que nós? Por quê, quero saber?

Ou preferiste assim, talvez?... Amor e dor, rima barata, mas que há milênios tem escrito as melhores histórias. Preferiste assim, só pode ser... és um deus cruel e genioso. Um canalha, esse nosso deus. Capaz de trair o súdito mais fiel em nome do sadismo.

'Canalha, Kyoko, Deus é um canalha! A culpa é dele, do Supremo Esteta, você deveria me perdoar. Foi Ele quem tirou a vida... foi Ele... Ele tem o poder de dar a vida, e se regozija em tomar de volta.' O Supremo Esteta se diverte com nosso sofrimento, só pode ser essa a explicação. Eu aqui, presa, sem recurso algum para escapar dessa cena ridícula, dessa agonia... Deus canalha!

Mas não! *Non, no, nein, nope!* Não quero chorar. Não vou chorar mais, chega! E pensando bem, que morte poderia ser mais bela do que a que eu dei para o meu Goran? Como poderia ter sido melhor? O Supremo Esteta deve estar contente, fique tranquila, Vladja, fique tranquila. Goran morreu porque amou demais. E porque foi muito amado. Romeu e Julieta no século XXIII. Era sentimento demais para o mundo terreno, teve que atravessar a matéria, se estender até a morte. Isso é belo. A feiura é que eu sofro além da medida, não mereço esse castigo. Eu só queria o amor eterno, e o que eu tenho é miséria e mais miséria.

'Me deixa em paz, Vladja! Me deixa em paz! Já chega o que você fez.'

'Quem é? A Kyoko?'

'É claro, quem mais? Me deixa em paz, Vladja, por favor. Não faça mais contato comigo. Nem por telepatia, nem pelo computador, nem por telefone, nada!'

'Fala comigo só um minuto, por favor... É tão difícil aqui, nessa jaula.'

'Você merece estar na jaula mesmo'.

'Ah, Kyoko, não fale assim. Eu não pude me controlar, foi mais forte do que eu, não foi minha culpa.'

'Você não tem limites, Vladja, todo mundo precisa de limites...'

'Eu preciso muito de uma amiga como você, Kyoko, como você era antes, quando você me entendia...'

'Não sou mais sua amiga. E não te entendo mais.'

'Não fale assim...'

'Tudo tem seu limite.'

'Até o amor?'

'Até o amor, é claro.'

'Mas foi tudo tão inevitável...'

'Você nem mesmo se arrepende, não é? Quem sabe até o final da tua pena, você vai ter tempo pra refletir melhor.'

'Ah, Kyoko, eu sinto a falta dele, muito mais do que você... Você nunca o amou tanto quanto eu. Você nunca sentiu o que eu senti...'

'Adeus, Vladja. Só te peço pra me deixar em paz.'

Ah, Kyoko, Kyoko, por que ela faz isso comigo? Sempre assim, todos os dias, não aguento mais. Olha como eu tô, molhei todo o rosto, não aguento mais... Eu precisava tanto dela, ela só faz contato pra me humilhar, não sabe o quanto eu tô sofrendo. 'Kyoko, eu paguei muito mais do que eu devia. Você não faz ideia do quanto eu tô sufocando aqui dentro! Você não sabe.'

Não adianta. Amanhã ela faz contato de novo, como sempre. Trinta segundos me massacrando, sem uma única palavra de consolo, todos os dias. Só isso. Trinta segundos diários de penitência... como se a Kyoko fosse pura, como se ela tivesse algum direito. Não tem. Ela nunca gostou do Goran tanto como eu, o coração dela é de gelo. Ela é de gelo, percebeu que Goran tava se apaixonando por mim, e eu por ele, e não se importou. Terminou com ele, uma semana depois quis brincar de cupido, achou que formaríamos um casal bonito. "O que você acha da Vladja, Goran? Eu não tenho ciúmes, pode ficar com minha amiga." Foi ela quem propôs, ela quem insinuou, ela quem armou o jogo todo e nos amaldiçoou. Kyoko, insensível. Eu nunca entendi como ela pôde. Jogar o homem de olhos mais brilhantes do mundo nas mãos da melhor amiga, deixá-lo ir, desfazer-se de algo tão precioso. Não é à toa que ela perdeu Goran. Perdeu porque quis, porque se cansou. Então, minha cara, você não tem os mesmos direitos do que eu. Sou eu quem choro a perda dele, porque você nem sequer o perdeu, você jogou fora. É você quem não consegue entender...

A faca na garganta, o corpo caindo de lado. Tudo o que eu queria era um abraço dele, bem apertado. Por que não me deu, se nós dois queríamos? Preciso de calor humano, não tem nada parecido por aqui. O sangue dele se misturou com o preto do café. Akh! Uma aflição, que coisa ruim de lembrar! Eu não pude me controlar, não era para acabar assim. Akh! O corpo parado ali, no chão, sem pulso, coração parado, os olhos mortos. Não, não é isso o que eu queria, ninguém acredita em mim, eu só queria um pouco de vida. Eu... eu preciso parar de pensar nisso... preciso parar de chorar.

— Que foi, Vladja, você tá bem?

— Não, Balu, eu nunca tô bem, você sabe disso.

— Tenta dormir um pouco. Já são três da manhã, descansa. Não demora muito as máquinas vão nos acordar.

— Que diferença faz, Balu, o dia de amanhã? Tudo o que eu mais queria tá morto!

— Descansa, Vladja, amanhã a gente vê um filme, faz ginástica, conversa um pouco com as outras meninas.

— Pra quê, Balu? Eu só me pergunto porque não fui junto, o que é que eu tô esperando!

— Vladja, eu vou dormir, não vou falar contigo agora, não. Amanhã a gente conversa.

Dorme, Balu, que diferença faz. Dorme aí, tranquila. Você aguenta essa prisão muito melhor que eu, não é? De vez em quando agarra uma menininha mais delicada, não sente falta dos homens. Sorte tua, Balu, eu já não aguento nem rir das tuas piadas. Dorme aí, tranquila, nem queira saber o que eu penso de você. Tenho pena. Esse sorriso fácil, parece até que se esquece que estamos numa cadeia. Parece até que prefere estar aqui do que lá fora. Se todos fossem como você, não haveria nada que presta, seria o mundo inteirinho uma enorme prisão. Mas pra você tá tudo bem, você se adapta, você se conforma. Um roubo de drogas, crime leve, nem tua consciência tá pesada. Ninguém vai te odiar visceralmente, ninguém vai te considerar um monstro. Você roubou uma ou outra ração de cocaína pra consumo próprio, quando sair daqui vão te perdoar. Acho até que você vai sair daqui mais pura do que quando entrou. Vai largar o vício, vai estar mais velha e madura, e tem toda uma coleção de namoradas aqui na prisão, você pode até se casar com uma delas, daqui um ano ou dois. Eu não. Tenho vinte anos para cumprir. Mais de sete mil dias.

Eu preciso de uma bebida. Uma bebida, isso me cairia bem. Um pouco de vodca, quem sabe. Mas entorpecer é impossível, aqui dentro. Eles nos querem sóbrias, querem que a consciência nos torture. Porque é esse o castigo. Não são as brigas, não são as disputas, não são as máquinas nos dando ordens, distribuindo choques quando não cumprimos alguma regra. Tudo isso é banal, não tenho medo de nada do que se passa por aqui, não tenho nada a perder. O desafio, o maior de todos, é a consciência. Uma palavra girando na outra, uma imagem se enganchando em outra e formando um jogo infinito. Isso sim pode levar à loucura, isso sim é um risco sério. Todo cuidado é pouco, tenho que estar forte. Tenho que parar de sofrer, preciso me concentrar num objetivo, se eu quiser continuar. Sem uma meta eu não vou conseguir cumprir minha pena, meus vinte anos, não vou conseguir...

E eu sei, no fundo, porque é que eu estou viva. Eu sei porque ainda não arranquei minha vida, porque aguento tudo isso. Tem um motivo muito bom para eu ainda estar respirando, Julieta sem Romeu, suportando tantas injúrias. Eu jamais poderia evitar o que eu cometi, o crime infeliz, e não havia outra sentença a não ser a de culpada. Mas ainda não é esse o desfecho. Eu sei que não é, Deus tem planos melhores do que esse, eu sei que tem.

Amanhã mesmo, logo antes de dormir, vou pedir para a Balu: *Balu, me faz prometer uma coisa?* É assim que eu vou pedir para ela. Ela vai sorrir com todos os dentes, vai até estranhar minha delicadeza. Eu vou deixar ela perceber esse meu lado, não quero ser guerreira o tempo todo, preciso de ao menos uma amiga, uma confidente. Vou mostrar meu lado mais doce pra ela. *Balu, você guarda um segredo meu, me ajuda a manter uma promessa?* Ela pode até pensar que eu quero o amor dela, vai ver nos meus olhos um fogo de paixão. Mas não é amor por ela, vou deixar isso bem claro para não confundir as coisas. Eu vou, amanhã, fazer um juramento pra Balu. De que eu saio dessa prisão com vida. Vinte anos de sofrimento, mas eu vou suportar. Eu vou sair daqui, quero poder visitar o túmulo de Goran assim que eu ganhar minha liberdade. Goran, que ainda amo tão forte quanto no dia em que gravou o nome nas minhas costas. Goran, que eu amarei para sempre, com ternura, com fúria, com fervor, cuja memória honrarei. Visito teu túmulo, presto minhas homenagens. Meu plano continua, no dia seguinte me cadastro, vou trabalhar para o Sistema. Professora, repórter, artista circense, médica, humorista, pouco importa, só preciso juntar crédito, levar meu sonho adiante.

Tenho de tomar o máximo de cuidado, não posso perder essa pulseira. Preciso guardá-la comigo, eu sei que vou conseguir. A pulseira que eu trancei vai ficar em meu braço, por mais de vinte anos, sem se desfazer. Guardarei os fios de cabelo, por mais frágeis que pareçam ser, sem deixar desatar o nó. Porque aqui está a semente, está o código de meu amado, e a ciência vai me ajudar. São esses fios de cabelo em meu pulso que me convencem a viver, porque será a partir deles — para completar esta história de amor maldito que Deus teceu com tamanha dedicação — que gerarei um filho teu.

Esta é a promessa que farei amanhã, e sei que vou cumprir.

# A máquina do saudosismo

ATAÍDE TARTARI

ATAÍDE TARTARI nasceu em 1963 em São Paulo (SP). É empresário e autor dos livros *Tropical Shade* (romance, 2003) e *Amazon* (romance, 2001), ambos escritos em inglês. Tem contos publicados em diversas coletâneas de ficção científica. Entre 1999 e 2001 atuou como cronista e resenhista no *Jornal da Tarde*, de São Paulo.

Começou com uma sensação de cansaço. A princípio, César não se preocupou com isso. Seria normal sofrer de estafa em um trabalho como o seu, fazendo apostas arriscadas com o dinheiro dos outros. Na verdade, sua função na administração do fundo de pensão VaniPrev era cuidar dos vinte por cento destinados aos investimentos de risco. Mas foi essa pequena quota de vinte por cento que, rendendo cinquenta e sete por cento acima da taxa básica de juros, deram à VaniPrev a segunda colocação entre os fundos de maior rendimento — e deram a César uma promoção para o cargo de administrador-chefe.

Antes de tomar posse do novo cargo, porém, o exame médico obrigatório revelou que ele não estava com estafa; estava com leucemia. Se tivesse pendores místico-religiosos, ele certamente culparia alguma divindade ou conjunção sobrenatural pela sua má sorte. Como não era o caso, ele depositou sua fé em outro investimento de risco, o transplante de medula.

Entre os possíveis doadores, Augusto, seu único irmão, foi o escolhido. Augusto, apesar de viver no que César considerava vagabundagem artística, alegou vários compromissos inadiáveis para resistir à doação. Quando finalmente concordou, sob a ameaça paterna de corte de mesada, os médicos concluíram que sua medula não serviria. César se viu sem saída.

Mas, pensando melhor, ele viu que ainda lhe restava uma opção, um investimento mais arriscado ainda.

Uma das empresas nascentes nas quais ele tinha investido o dinheiro do fundo era a SobreViver, uma concorrente dos cemitérios e dos crematórios na disputa pelo destino dos falecidos. César tinha apostado neste negócio não só por imaginar que ele conquistaria muitos clientes que acreditam ser possível ressuscitar um corpo congelado, mas também muitos clientes que preferem torrar sua poupança antes de deixá-la de mão beijada para herdeiros ingratos. O que era, agora, seu caso. O irmão vagabundo não herdaria seu apartamento na Vila Olímpia, nem seu carro importado. Antes de morrer, ele vendeu tudo e investiu, agora como cliente, na SobreViver.

No leito de número 47 da fundação, César foi despertado. Seu coração já batia há uma semana e, nesse período, seu corpo fora reparado e os implantes necessários foram feitos. Agora, através de um desses implantes, a interface cerebral, foi dado o estímulo para que ele acordasse.

Ao abrir os olhos, César viu que estava numa enfermaria hi-tech sendo observado por um homem de pele morena e cabelos grisalhos.

"Olá", o homem disse. "Meu nome é Larsitron, mas todo mundo me chama de Lars. Você se lembra qual é o seu nome?"

A princípio, César achou a pergunta estranha. Por que ele não se lembraria do próprio nome? Mas então, outra lembrança, a do contrato com a SobreViver, o fez entender o que estava acontecendo. Ele sorriu.

"Isso é um teste pra saber se estou com amnésia? Acho melhor você perguntar qual é o meu time. Se minha resposta não for São Paulo, pode me congelar de novo."

"Bom, mas isso *eu* não poderia saber". Lars também sorriu. "Além disso, seu time não existe mais."

"Não?! Onde estamos, afinal? Em Marte?"

"Seu corpo nunca saiu de São Paulo. E aqui é a Fundação Reviver, que ficou com o acervo da SobreViver."

César apontou para um logo da fundação bem à sua frente onde se lia *Reliver*. "Não é isso que estou lendo ali."

"Isso está escrito na língua que falamos hoje, portuglês."

"E que ano é hoje?"

"Sei que você tem muitas perguntas, mas eu sou apenas o psicólogo que vai te acompanhar na adaptação. Seu cérebro, como o de todos nós, está conectado à inteligência artificial que controla todos os sistemas. Para usá-la é muito simples: basta pensar. Faça o teste repetindo sua pergunta sem pronunciá-la."

Foi o que César fez e, de repente, ele sabia a resposta: o ano era 2217.

"Divirta-se com sua pesquisa", disse Lars. "Eu volto mais tarde pra te acompanhar ao refeitório e ao apartamento."

Planejada pela fundação, sua adaptação não era exatamente uma licença. César voltou ao mercado de trabalho assim que pôde se expressar em português, algo extremamente fácil para quem já falava as duas línguas originais. E seu trabalho, embora fosse o mesmo, era focado na avaliação do potencial de empreendimentos que ele nunca teria imaginado, como a mineração de hélio-3 na Lua, um combustível para usinas de fusão nuclear que era muito raro na Terra.

O que César também não imaginara, no século XXI, é que pessoas como ele estavam literalmente comprando o mundo. O volume de capital, sempre crescente, continuou empregando cada vez mais administradores ousados como ele. Quando investimentos tradicionais ficavam escassos ou pouco lucrativos, um novo território tinha de ser conquistado. Desse modo, empreendimentos como infraestrutura, escolas e hospitais, que antes eram de governos e países, foram, ao longo dos séculos XXI e XXII, sendo totalmente adquiridos pelos investidores. Por fim, os próprios governos e países deixaram de existir como tal. No século XXIII, empresas de administração de condomínios geriam cidades, e a justiça era servida por tribunais de arbitragem.

Todo dia, depois da rotina de trabalho e de exercícios para recuperar o vigor físico, César voltava a seu passatempo favorito: pesquisar o passado. Descobriu que seu irmão se casara três vezes, todas com aspirantes a atrizes. Ele mesmo nunca fez sucesso como ator, continuou vivendo de bicos, de mesada e finalmente da herança do pai. Deixou duas filhas, das duas primeiras esposas. Uma delas teve dois filhos, que também tiveram filhos, netos, bisnetos. Em suma, César tinha seis sobrinhos-tataraneto espalhados pelo mundo. Ele até pensou em contatá-los, mas, pra dizer o quê? Se apresentar como o tio-tataravô congelado? Melhor não.

Quando se cansava de pesquisar pela interface cerebral, ele saía pelas ruas num roteiro saudosista. Em um de seus roteiros mais longos, num final de semana, ele fez o táxi robotizado levá-lo à Berrini, onde ficava o escritório da VaniPrev. O prédio ainda existia, mas a Berrini era agora um lugar estagnado. Prova disso era que nenhum dos edifícios tinha mais de cem andares.

Descendo na porta do prédio, ele quis que o táxi o esperasse, mas foi informado que, a não ser para embarque e desembarque, carga e descarga, eles nunca ficavam parados. Também não foi possível entrar no edifício, mas só a visão de sua antiga fachada lhe fez lembrar das muitas vezes em que passou por ali, dos colegas, dos dias de angústia e de euforia, e, por fim, do dia em que ele voltou do médico com o resultado do exame nas mãos e olhou para aquela porta se perguntando por quantas vezes ainda passaria por ela. Com os olhos lacrimejando, César sentou na mureta do jardim. De repente, ele se sentiu miserável por estar vivo enquanto todos aqueles amigos estavam mortos.

Enquanto enxugava as lágrimas, decidiu visitar a faculdade onde também passara bons momentos. Pediu outro táxi e foi à rua Maria Antônia, parando perto da esquina onde costumava ficar o Mackenzie. Desta vez, porém, a paisagem não lhe trouxe nenhuma lembrança: no lugar do antigo campus havia uma torre de trezentos andares.

Na sessão com Lars, César voltou a comentar sobre suas pesquisas e roteiros saudosistas.

"Você não acha que seria melhor procurar conhecer gente nova em vez de mergulhar cada vez mais fundo nessas suas memórias?", Lars perguntou com irritação. "Isso não vai trazer ninguém de volta."

"Eu sei...", suspirou.

"Então me fale sobre seu último encontro."

"Acho que ela não vai querer me ver de novo."

"E por que você acha isso?"

"Eu acho que ela ficou irritada por eu falar tanto do século XXI. Quero dizer, eu pensei que ela estava interessada, mas, num determinado momento, ela falou que meu século era uma merda. Aí nós brigamos."

"Sei..."

"Eu andei pensando, Lars: se namorar uma mulher de outra geração já era complicado porque a gente tinha referências culturais diferentes, imagine namorar uma de outro século. É loucura!"

"Se você estivesse fazendo um esforço sincero pra se adaptar, se tivesse curiosidade e se dedicasse a pesquisar e compreender o momento atual, as coisas não seriam nada complicadas. Você precisa ter *fome* pelo novo."

"Eu sei, Lars, eu sei. Mas eu não tenho essa fome. A saudade que sinto da minha vida anterior é muito mais forte. Assim que eu paro de trabalhar, minha mente volta a viajar pelo século XXI. É involuntário."

Lars fez um gesto com a mão, saiu de sua poltrona e foi à sala ao lado. Segundos depois, ele voltou com uma pequena caixa nas mãos.

"Já que você não está conseguindo se adaptar, este aparelho aqui vai lhe ajudar a diminuir o sofrimento", ele disse. "É um simulador mental. Eu o chamo de *máquina do saudosismo*. Ele vai ser capaz de simular sua existência anterior com perfeição."

Assim que chegou ao apartamento, César ligou o simulador e pediu à inteligência artificial que o conectasse à sua mente. Em segundos, ele se viu no campus do Mackenzie, em frente ao prédio de sua faculdade, a de Economia.

Do nada, recebeu um tapa na orelha. Virou o rosto e viu Marco, seu colega de classe.

"Que cara assustada é essa, meu? Tá perdido?"

"Pra falar a verdade, eu tô sim. O que é que vai rolar agora?"

"Cerveja, almoço, metrô. O que mais cê queria?"

"Mais nada", César respondeu. "Vamos nessa."

Era estranho reencontrar Marco depois de tanto tempo e da mesma maneira como o conhecera. Em suas pesquisas, ele vira que Marco fez carreira em um grande banco, viveu mais de noventa anos e se casou apenas uma vez. Mas, como havia registro de um filho com outra mulher, provavelmente viveu com ela depois do divórcio.

O restaurante na rua Maria Antônia estava lotado. Na mesa de seus colegas de classe, porém, eles tinham seu lugar reservado. Todos de sua memória estavam lá, inclusive Amanda, por quem ele arrastava uma asinha. Foi ela quem, olhando em seus olhos, perguntou:

"Você tá com cara de quem quer falar alguma coisa importante. O que é?"

Sua vontade era dizer que estava feliz por ter voltado ao convívio deles, mas, claro, não foi isso o que ele disse. Disse apenas: "Nada, não."

Ele também gostaria de contar a ela seu futuro, de falar do filho com ficha criminal, morto pela polícia, filho que teve com Marco, mas poderia ter tido com ele, César, se ele não tivesse sido tão idiota, e dizer que esse futuro poderia ser mudado a seu lado, mesmo sendo um futuro faz de conta. Mas César não teve tempo nem de começar a mudar esse futuro porque o simulador se desligou. Ao tentar religá-lo, foi informado de seu sistema de proteção que limitava seu uso a três horas por dia.

No dia seguinte, porém, César procurou alguém no escritório que soubesse como alterar a programação daquela máquina. Indicaram um técnico *alternativo* que, assim que contatado, veio a seu apartamento.

"Então", o técnico disse, "você quer que ele funcione por quanto tempo?"

"Não pode ser sem limite?"

"Poder, pode. Aí depende de quanto você aguenta. Conheço gente que colocou alimentação intravenosa só pra não sair do simulador pra comer."

Assim que o técnico foi embora, César, ansioso por reencontrar Amanda, voltou a se plugar ao simulador mental. Agora sem limites.

# Ponto crítico

CARLOS ANDRÉ MORES

CARLOS ANDRÉ MORES nasceu em 1964 em Botucatu (SP). É formado em Física, trabalha no mercado editorial e foi o editor de duas revistas de ficção científica: *Somnium* e *Hipertexto*. Dos prêmios que recebeu destaca-se o do concurso de contos realizado pela *Isaac Asimov Magazine*. Teve contos estampados nas principais publicações de ficção científica do país.

Examinou a sala, certificando-se de não ter deixado nenhum aparelho ou qualquer sistema ligado.

William Percival sempre fora um cientista muito cuidadoso, mas algumas vezes autocriticava-se pelo excesso de zelo. Não eram raras as ocasiões em que seu acompanhante tinha que esperar alguns instantes enquanto ele voltava à sala ou laboratório a fim de dar uma última olhada e confirmar que deixara tudo em ordem.

Naquela noite, porém, não se preocupou em verificar as outras salas do corredor, conforme seu hábito; a ansiedade comprometia todo seu apego pelo zelo. A expectativa de algo retumbante estar prestes a acontecer enchia-lhe o peito, causando-lhe uma aflição inexplicável. Essa expectativa também o preocupava.

Havia alguma coisa nas equações que ele não conseguia interpretar, por mais que se esforçasse. Mesmo sabendo estarem certas segundo os experimentos preliminares, e serem matematicamente consistentes, havia uma certa instabilidade nas equações de simetria a perturbá-lo. Talvez por isso resolveu, já quase na saída principal do centro de pesquisa, voltar para sua sala.

Entrou decididamente, acendeu a luz e dirigiu-se ao console de sua mesa; acionou o videofone e teclou os números nervosamente para esperar da mesma forma por alguns segundos. A tela acendeu-se mais ativa do que o rosto cansado e sonolento do outro lado da linha; sabia não ser conveniente chamar o chefe àquela hora da noite, sobretudo naquela fase de relacionamento com sua nova companheira. Mas sua ansiedade sobrepujava seus escrúpulos.

— Olá Davis, desculpe se o acordei, mas precisamos conversar, e é melhor ser agora; estou tentado a realizar a experiência amanhã mesmo e não sei ainda se...

Não terminou de se expressar; o interlocutor pareceu acordar de vez com suas palavras e a preocupação tornou-se visível em seu rosto:

— Está louco, Bill? Devemos completar os testes... você conhece bem os riscos, lembre-se do desastre com o Frank!

— O Frank... — o amigo hospitalizado veio à sua mente por uma fração de segundo. Voltou à carga: — mas Davis, precisamos conversar assim mesmo. Eu creio ter descoberto o que saiu errado com o experimento do Frank e, mais ainda, uma instabilidade nas equações de simetria impossível de ser observada sem antes considerá-las na forma tensorial. É uma instabilidade estranha; não leva em conta os diferentes materiais onde os elétrons estão abrigados.

— Certo, certo. Vou até aí, afinal você já me acordou mesmo... mas não faça nenhuma besteira, pelos diabos! E veja se prepara um café... seu maníaco...

William entendeu com um sorriso e sem dizer mais nada desligou o videofone, saindo da sala em direção à cozinha. Enquanto colocava a água para esquentar perdeu-se nas lembranças dos últimos acontecimentos. Tentou considerar quanto o brilhantismo de Frank afetava seu relacionamento com a maioria das pessoas. Mesmo para William era difícil compreender como Frank Barut era capaz de mesclar os mais profundos conhecimentos ocidentais com os mais sagrados conceitos orientais, a despeito da sua conhecida formação contemplativa, herdada dos pais hindus.

Frank sairia do hospital no dia seguinte, mas não sem passar por mais um eletroencefalograma. Pregara um susto enorme na equipe; chegaram mesmo a pensar que tivesse rompido os ligamentos entre os miolos... velho Frank...

Enquanto a água esquentava, divagou lembrando-se de quando seus pais transferiram-se da Inglaterra para os Estados Unidos, e como fora difícil a mudança de Londres para o norte do Texas. Tinha treze anos mas mesmo assim sentira dificuldades em se ambientar; Europa e América ainda pareciam-lhe *planetas* diferentes, mesmo no ano 2030. Sentiu-se mais calmo quando avivou suas lembranças dos tempos de universidade e da época em que, terminado seu doutoramento em Física de Partículas, fora convidado a integrar a equipe permanente do maior acelerador de partículas do planeta, o então recém-construído Paul Dirac.

Davis fora o orientador em sua tese, um trabalho de cunho experimental sobre a possível existência dos constituintes fundamentais do elétron, cuja predição teórica fora feita por Frank, que atuava na área de modelos teóricos. William caíra como uma luva a esse grupo; era ele o elo entre a previsão de Frank e a medição de Davis; tinham formado um trio dinâmico, sendo cotados para receber a premiação máxima do mundo científico.

A aurora do sonho para um trabalho mais revolucionário acontecera numa tarde de sábado preguiçosa, à beira de uma piscina... um sonho cuja tentativa de concretização jogara o pobre Frank numa cama de hospital em meio a convulsões. Esquentou os sanduíches, e sentiu-se mais desconfortável quando lembrou-se do dia de seu vigésimo nono aniversário, há uma semana. Refletiu ironicamente que estava ficando velho.

— Droga — deixou escapar em voz alta — estou nessa bodega há quatro anos e tudo que consegui, além de receber críticas o tempo todo, foram essas malditas equações...

Olhou para a água cujo borbulhamento parara com o desligamento automático do forno e resolveu concentrar-se no preparo do café.

Considerou que desde 1940 construíam-se aceleradores de partículas para tentar entender a natureza da matéria. Contudo, nos últimos anos o estado da arte tornara-se tão refinado que provavelmente mais nada de significativamente novo poderia ser observado até que resolvessem afinal construir o acelerador equatorial em torno do planeta. Era por isso que Davis, Frank e ele tiveram a ideia de explorar o microcosmo utilizando a mente humana como elemento sensor. Tal procedimento ainda não alcançara resultados... satisfatórios...

Mais alguns instantes e Davis chegava.

— Seu café está no bule, e não reclame se estiver com muito açúcar — disse, a título de cumprimento. Parou para morder o sanduíche enquanto Davis fazia o mesmo, e então continuou de boca cheia: — Estamos tentando fazer algo conhecido dos indianos e chineses há séculos: projetar a mente num objeto e fazer parte dele, de forma a adquirir conhecimento sobre suas características intrínsecas, não é mesmo... — fez uma pausa antes de completar: — Pois bem, sei o que deu errado na experiência com o Frank — ficou na espera.

— Diabos! — Davis estava impaciente. — Diga logo e deixe de rodeios. E se você me acordou para dizer o que já sei, a esta hora da madrugada, conto para Ane a sua pulada de cerca no Natal de 44.

— Pois então prepare-se: erramos em não fazer a experiência num sistema em equilíbrio. Aquele vaso ali no canto é um sistema em equilíbrio. Mas o Frank projetou sua mente no centro de um feixe de elétrons em sistema colisivo, com pedaços de partículas se espalhando para todos os lados, e isso não se trata, de forma alguma, de um sistema em equilíbrio. Aposto como eu, com um treinamento em projeção mental inferior ao dele, posso chegar a bons resultados.

Davis Connors era um homem calmo, embora aparentasse ter uma personalidade explosiva dentro do corpo musculoso; circulavam comentários sobre seu possível passado como estivador antes de entrar para a universidade. Pensou por alguns instantes, enquanto coçava o bigode com um olhar perdido na distância.

— Bill, você sabe perfeitamente que se a direção do Centro descobrir que estamos fazendo experiências totalmente heterodoxas com os aceleradores seremos mandados para a rua e não conseguiremos mais emprego nem mesmo como restauradores de tubos de televisão no Museu da Imagem de Nova York. Já foi um Deus nos acuda inventar algo para explicar o estado do Frank... sua proposta é razoável, mas sempre fica a pergunta: caso aconteça um novo acidente, como vou me explicar com o diretor? Direi que você sentiu inveja do Frank e também quis uma semana de folga? Que é epilético e não colocou esse dado em sua ficha médica? Que você é gay e está com conflitos psicológicos ou que é espírita e recebeu algum santo? — perguntou, após uma pequena pausa.

— Precisamos tentar novamente. Ninguém precisa saber, nem mesmo o Frank. No máximo terei algumas convulsões. Se nada aconteceu com ele, nada acontecerá comigo. Por favor, Davis, preciso de sua ajuda.

— Calma, espera aí, calma. O que você pretende alterar no experimento original?

— Quase nada. Vamos começar apenas com elétrons acelerados dentro do anel de armazenagem. Amanhã o anel principal entrará em manutenção e não haverá atividades por dois dias. Quando eu conseguir entrar em contato e souber reconhecer esse sistema estaremos aptos a passar para o próximo passo: desviar os feixes de elétrons um de encontro ao outro para, aí sim, estudar a atuação dos carregadores de interação entre as partículas fundamentais dos elétrons.

Com o olhar preocupado, Davis encheu a xícara de café e bebericou demoradamente. Usou esse espaço de tempo para se decidir:

— Maldita hora em que escutei você e o Frank. Alguma coisa me bateu alertando para a bebedeira, mas eu não quis ouvir... — por fim, após alguns instantes olhou sério para William — Quando quer tentar?

— Que tal amanhã ao meio-dia? As atividades cessarão e estaremos tranquilos.

— Está bem — concordou Davis, dando-se por vencido. — Agora, se não se importa, vamos dormir por hoje. Estou cansado e você também deve estar. Mesmo com o realimentador bioeletrônico é difícil atingir alfa sem um bom estado psicológico. Além disso vou levar as crianças e a Suzi ao zoológico amanhã cedo. Venho prometendo isso a elas faz duas semanas e você sabe como é a Chris.

William conhecia bem a filha do primeiro casamento de Davis e por isso não disfarçou um sorriso frontal, porém breve. Saíram os dois, corredor central afora, até se despedirem na portaria do prédio. Davis ainda passou alguns minutos em conversa fiada com o vigia, enquanto William foi direto para o estacionamento, pegou seu jipe e tomou o caminho de casa.

A cidade ficava a alguns quilômetros do centro de pesquisa, e o jeito foi curtir a madrugada com o vidro semiaberto e o som em alto volume, escutando a *Sinfonia do Novo Mundo*.

"Céus! Esqueci de mostrar ao Davis a instabilidade das equações... mostro amanhã", pensou consigo mesmo, enquanto se culpava por tirar o amigo da cama àquela hora da madrugada. Consolou-se no entanto ao lembrar-se que Davis morava em seu sítio, a apenas um quilômetro do centro de pesquisas, e estaria em sua cama muito antes dele. Só em casa, após uma ducha fria e relaxante, pensou em ler alguma coisa. Folheou umas poucas páginas e sentiu o sono bater. Cogitou que precisaria descansar para entrar em estado alfa, e entregou-se a Morfeu.


— São exatamente doze horas e dez minutos, senhor Músculos. Já alimentei o anel de armazenagem. Vamos começar logo com isso.

— Ok, vamos começar então. Apague as luzes enquanto ligo o detector de ritmo alfa e o eletroencefalograma. Depois ligue o eletrocardiograma, por favor. Vou mesmo precisar do realimentador bioeletrônico; faz tempo que não pratico isso.

Não demoraram para montar o aparato conforme já haviam feito outras vezes.

— Tudo sob controle e gravando — anunciou Davis. — Acelerador com feixe de elétrons em carga. Pode iniciar quando desejar. Fique tranquilo, estarei ao seu lado o tempo todo.

Pela extensão do laboratório, apenas uma singela luz fluorescente bem fraca pendia perto dos controles principais, onde Davis monitorava o experimento, iluminando parcamente o restante do recinto.

William mantinha-se sentado com uma verdadeira profusão de fios e eletrodos ligados a diversos equipamentos na mesa de controle. Entre eles um pequeno osciloscópio indicaria o ritmo das ondas alfa quando estas viessem a aparecer.

"Tudo em ordem... até o momento", pensou em desistir da ideia e levantar-se da cadeira. Controlou-se; era um cientista e buscava a verdade para perguntas que o afligiam. Pensou que dentro dessa nova maneira de estudar uma partícula, aquele simples elétron seria um verdadeiro universo onde sua mente se situaria como uma espécie de sonda; não seria êxtase maior explorar o próprio universo.

Mesmo alguém treinado levava alguns minutos para atingir o ritmo alfa. Nesse meio tempo Davis, um pouco nervoso, ponderou consigo o fato de que embora o experimento não fosse ortodoxo, sua realização poderia significar alguma descoberta muito importante para a ciência. Poderia ser um salto no conhecimento humano. Contudo poderia também não dar em nada, como já ocorrera antes.

Passaram-se cerca de vinte minutos quando então, emergindo de seus pensamentos, notou a onda alfa forte e nítida na tela do osciloscópio. Algumas luzes em seu console se acenderam, e assim permaneceram por alguns minutos. Foi quando algo bastante estranho aconteceu: algumas ondas cerebrais, inclusive a alfa, zeraram por um ou dois segundos. Sentiu o coração querendo parar por um momento, depois disparar como que para recuperar as batidas perdidas. Levou a mão ao aparelho para dar-lhe um pequeno solavanco, mas antes disso ele voltou ao normal. Num reflexo, procurou o eletrocardioscópio.

Abriu vagarosamente os olhos. Pareciam-lhe pesar uma tonelada, como se ele tivesse trabalhado quarenta e oito horas seguidas e acordado após uma hora de descanso. Olhou para o companheiro e recebeu de volta um aceno de ansiedade enquanto ele próprio cerrava os lábios apertadamente. Longe de seus olhos, o eletrocardioscópio indicava uma alteração, mostrando sensível arritmia cardíaca. Davis levantou-se para observá-lo mais de perto. William viu-o chegar enquanto a impressão de que tudo desabaria apossou-se dele, levando-o a descontrolar-se como se acordasse de um pesadelo, dando um grito abafado.

— Sente-se bem?

Sentiu o disparo na pulsação enquanto o outro se aproximava. Só pôde responder após puxar o fôlego duas ou três vezes. Ainda com os olhos dispersos e ofegante, começou a falar:

— Acho que sim...

Davis virou-se para o eletrocardioscópio e viu os sinais quase normais.

— Vamos dar um tempo. Seu coração quase parou... e o meu também... — depois de alguns momentos, como se não conseguindo mais segurar a curiosidade, emendou: — Conseguiu captar alguma coisa?

— Foi como se eu tivesse passado por uma cortina de luz — iniciou William claramente desapontado. — Mas...

Não terminou de dizer, pois desfaleceu e apoiou-se pesadamente no amigo. Estava realmente mal.

— Tenha calma, vou levá-lo ao hospital... eu sempre soube que devíamos ter um médico na equipe!

— Espere — William o segurou pelo braço, firmando-se novamente e mantendo os olhos fechados. — Estou melhor. É verdade, pode acalmar-se. Estou tentando lembrar do que aconteceu...

Sentaram-se frente a frente. William com o rosto suado coberto pelas mãos e Davis esperando mais calmamente.

— E então?

— Nada. Não consegui captar coisa alguma. Correu tudo bem ou tive alguma arritmia?

— Por um instante todos os seus sinais cerebrais falharam, mas voltaram logo a seguir e tudo se normalizou. Só ao acordar você teve a arritmia.

— Quanto aos sinais provavelmente foi mal contato. Mas só isso?

A resposta veio num aceno de cabeça breve, misturada a um suspiro desanimado. Por um momento Davis baixou o olhar, talvez procurando pensar em algo. Depois voltou a encarar o amigo e sua voz assumiu tom normal:

— O fato de você não ter tido convulsões deixou-me mais tranquilo. Se quiser, podemos tentar novamente qualquer hora. Amanhã, talvez. No começo da tarde.

— Ficamos direto até a noite?

— Como quiser.
— Bem... dezenove horas... ainda dá tempo de voltar atrás do convite da Ane para jantarmos fora. Talvez possa me distrair um pouco. Vamos juntos?
— Desta vez não, obrigado. Pegamos o Frank no hospital amanhã?
— Boa pedida.
— Combinados, então. Só não vá beber mais de duas doses.
— Não se preocupe, normalmente não bebo mais que uma...

Filtrada pela folhagem da árvore, a luz da lua cheia entrava pela vidraça e dava ao quarto um tom de penumbra.

O leve efeito do álcool sobre seu cérebro bastava para dar-lhe uma sensação de bem-estar. Quanto mais em momentos como naquele...

Sem mover a cabeça, seus olhos procuraram formas aleatórias. Ao alcance da vista, o espelho permitiu enxergar atrás de si. As portas abertas do guarda-roupas e sua camisa sobre uma cadeira prenderam-lhe a atenção por breve instante. Ane enlaçou-o e chegou-se mais perto, encostando-se em seu ombro. Ela assoprou-lhe com cuidado na nuca, depois beijou-o ternamente. Ele esticou a mão e pousou-a sobre sua perna, deslizando num vai e vem vagaroso.

— Pensando, Bill? — se normalmente a voz lhe parecia doce, quanto mais naquelas ocasiões.

— Para dizer a verdade sim.... sei que não devia trazer problemas para casa, mas estou tateando em algo grande... sinto isso.

— Tem algo a ver com o problema do Frank, não é?

— Sim, tem, mas é um pouco complicado de explicar, Ane. Eu mesmo não sei, estou confuso.

A garota gesticulou negativamente e com um olhar de reprovação continuou:

— Só porque sou uma técnica não quer dizer que não entenda um pouco do quebra-cabeças de vocês, professor William.

— Não é isso — disse com voz bem calma, enquanto deslizava o dedo indicador sobre a fronte dela. Beijando-lhe os olhos, continuou: — Lembra-se da arte Zen, a transcendência pela arte sem arte? Há cinco anos venho treinando algo parecido com o Frank. Os chineses chamam de Wu Lee que é, em palavras simples, um tipo de relaxamento alfa com uma pseudoprojeção mental.

— Projeção mental?

— Não, eu disse pseudoprojeção. É, na verdade, um efeito de transcendência.

— Bill! Se isso afetou o Frank pode afetar você também!

Ele virou-se de lado por um momento, procurando desviar o olhar e falando num tom distante:

— Não é perigoso, Ane. Além do mais, estamos fazendo isso na tentativa de sensorizar partículas subatômicas, em nosso caso, elétrons. O que aconteceu com o Frank foi um acidente, e eu acredito que não acontecerá mais, pois mudamos as condições iniciais do experimento.

— Eu não sei, Bill, vocês estão se metendo nisso como cobaias humanas.

— Deixe isso e venha cá... — virou-se novamente para ela e abraçou-a, os dedos perdendo-se no emaranhado de seus cabelos. Ela gostava, sabia. Ele também. — Onde iremos almoçar?

Ela fez uma cara de insatisfação antes de responder; sabia que não conseguiria demover o amante de seus propósitos.

— No clube de campo... à beira do lago, que tal? Mas tenho que voltar logo.

— Por quê?

— Entro de plantão no reator, esqueceu? Não se esqueça que vocês, grandes cientistas, nada seriam sem nós, os grandes técnicos... ou deveria dizer técnicas?

Recebeu um sorriso antes da resposta:

— Brilhante escolha, flor... isso mesmo... à beira do lago... — fechou os olhos e imaginou o lugar onde haviam estado juntos incontáveis vezes. Pensou nos gansos e patos que nadavam no lago e volta e meia procuravam comida perto das mesas. Alguns contentavam-se com um pouco de casca de pão, mas ele gostava de um em especial. Tinha o bico meio rachado, parecia-lhe. Passava caminhando tranquilo entre as pernas das pessoas e não parava de rondar enquanto não recebesse algo a altura de sua ousadia. E William sempre recompensava-o com um bom pedaço de torta. A mão de Ane correu-lhe o tronco. Sua razão foi se apagando lentamente até o derradeiro suspiro.

Frank recebera-os taciturno, meio cabisbaixo e creditando a si mesmo o fracasso do experimento. Tinham ido os três para sua casa, trocando apenas meia dúzia de palavras durante todo o trajeto. Aos poucos Davis foi conseguindo entabular conversa com ele, enquanto William apenas escutava. Falaram a respeito do experimento do dia anterior, convidando-o para a tentativa que fariam à tarde. Por fim William tivera de sair para encontrar Ane. Ao meio-dia estavam sentados um de frente para o outro, à margem do lago. O restaurante fora projetado em forma de L, e da varanda onde estavam acomodados ele percebia a fumaça da chaminé do forno à lenha cozendo lentamente sua lasanha. Tímidas, algumas aves os admiravam de longe. Bravamente, o pato de bico rachado rodeava-os mais de perto. William olhava-o disposto a repartir um pouco da salada, se ele, por sua vez, permitisse uma passada de mão cabeça abaixo. Talvez entrassem em acordo. Degustando seu martíni, Ane contemplava a cena com um sorriso no canto da boca.

Jogou-lhe uma rodela de tomate. Ele chegou perto, deu uma olhadela rápida e afastou-se, recusando. William retribuiu-lhe com gesto de desprezo e voltou-se para Ane. Ela ria.

— O que há com ele? — observou-o dirigindo-se para a mesa vizinha.

— E eu sei lá? Talvez não tenha dormido tão bem como nós...

O sorriso maroto despertou seu senso de humor. Enquanto trocavam um olhar, silenciosos, o garçom trouxe o prato e serviu. Ele provou um pouco do vinho, enquanto ela pediu mais uma dose.

Comeram trocando poucas palavras, mas uma infinidade de olhares e uns tantos sorrisos alegres. Foi ela quem terminou por último, enquanto ele a fitava, cotovelos apoiados na mesa e mãos segurando o queixo. Ela o imitou. Encararam-se e ele sentiu o coração bater mais rápido. Recostou-se na cadeira, fazendo-a equilibrar-se sobre apenas dois pés.

— Volto já — falou ela, finalmente. E levantou-se.

William puxou a tela da minitelevisão, até o momento deixada em paz. Um vento fresco tocou-o, desmanchando o cabelo. Absorvido pelo noticiário, só se deu conta da volta de Ane quando ela pousou as mãos em seus ombros e lhe tocou a cabeça com o queixo.

— Vai mesmo voltar ao laboratório?

- Preciso, Ane. É importante.

— Mas não estão consertando o anel principal?

— Não vamos utilizar o anel principal, apenas o de armazenagem. Por isso não será perigoso.

Usou o cartão para pagar a conta. Dirigiram-se para o carro. Saiu calmamente, contemplando os pinheiros que ladeavam a estrada, como estava acostumado a fazer ao ir embora. Não pôde notar, atrás de si, o pato do bico rachado passar pela rodela de tomate ignorando-a completamente, justamente como fizera antes.

No caminho resolveu ligar para a casa de Frank. Foi ele mesmo quem atendeu.

— Como está passando, Gavião... — uma breve pausa seguiu-se, enquanto ele escutava atenciosamente. — Tudo certo para as duas horas? — outra pausa. Para sua surpresa, o outro revelou-se extremamente entusiasmado. — Ótimo, ótimo. Vou deixar Ane em casa e sigo para lá. Nos encontramos no centro? — seguiu-se outra pausa. — OK. OK. Até...

Desligou o videofone com um sorriso de satisfação e voltou a se concentrar na estrada.

Estacionou o jipe quase em frente à porta principal. No laboratório, Davis já o esperava sentado a uma mesa, fumando tranquilamente. Olhou-o através da fumaça amarelada, mas nada disse. Em outra poltrona, Frank mantinha uma posição pensativa, absorto do espaço e do tempo. À sua chegada levantou-se, caminhando até ele abraçando-o fortemente, como aliás era seu estranho hábito; não dava muita confiança para as pessoas em certos momentos; em outros tratava-as com uma afetividade fora do comum.

— Bom vê-lo, Gavião.

— É sempre bom estar de volta. Sempre bom... — completou após ligeira pausa. — Meditei sobre algumas coisas naquela droga de hospital. Mas sobre isso conversaremos depois; agora ao trabalho.

— Sim... vamos lá.

— OK, vamos — Davis bateu palmas duas vezes como para animar os dois. Não parecia tão preocupado como no dia anterior, e após piscar para Frank voltou-se para William: — E veja se traz alguma informação dessa vez!

Este limitou-se a sorrir enquanto ocupava a poltrona para que aplicassem os eletrodos em sua cabeça. Frank, na posição de observador, limitava-se a controlar a filmadora enquanto Davis cuidava do restante do equipamento.

William fechou os olhos por alguns instantes, para abri-los em seguida, dando com Frank direto à sua frente. Estava mais seguro dessa vez, talvez reação psicológica devido à presença de Frank no laboratório, afinal ele fora seu mestre nas "coisas da mente", "coisas" que só o mundo oriental conhecia. Novamente pensou nos problemas de seu próprio universo macroscópico, em como poderia resolvê-los, contrapondo-os com os problemas do microcosmo que desejava estudar. Enfraqueceu os pensamentos até eliminá-los por completo; não deveria pensar em nada para atingir alfa. Dessa vez quase uma hora se passou.

— Tempo zero segundos, onda alfa aparecendo no osciloscópio — narrou Frank. Percebeu uma certa tensão no olhar de Davis e reagiu com um aceno, enrijecendo os lábios — Tempo trinta segundos — continuou. — Onda alfa, amplitude duzentos milivolts, estável. Pulsação cardíaca em quarenta batimentos, estável. Ritmo pulmonar normal. Onda "t" normal.

Passou um tempo olhando alternadamente William, parte do equipamento cuja interpretação estava a seu alcance e o relógio à sua frente. Mais nada aconteceu, o tempo seguiu sua marcha.

— Tempo quatro horas e trinta minutos. Condições inalteradas... espere... — engoliu a seco enquanto projetava-se para frente em sua mesa, apontando para o osciloscópio. Sua voz mostrou completa surpresa e uma ponta de nervosismo: — Olhe aqui, Davis, onda alfa distorcendo, está sumindo, sumiu, sumiu tudo!

Antes que Davis pudesse acionar o congelamento de registro dos oscilógrafos, tudo pareceu voltar ao normal. Voltou-se para Frank soltando um suspiro de alívio:

— Aconteceu como da outra vez... sumiu tudo por alguns segundos, depois voltou, como se fosse mal contato. Mas que interessante... — continuou. — A alteração só ocorreu em algumas ondas cerebrais. O ritmo cardíaco está inalterado.

Frank aproximou-se do amigo que abriu os olhos e piscava como se tentasse clarear a visão levemente alterada.

— Hum... hum... a mesma coisa — pronunciou com a voz meio rouca.

Davis e Frank entreolharem-se e quase ao mesmo tempo perguntaram um "como?", enquanto o terceiro esforçava-se por enxergar; respirou profundamente e ameaçou levantar-se da cadeira, mas evitou fazê-lo ao lembrar-se do experimento anterior. Voltou a esfregar os olhos com ambas as mãos antes de responder:

— A cortina... tem uma espécie de cortina de luz; eu a atravessei como da outra vez, porém não consigo fixar-me nela; sinto como se voltasse automaticamente para meu corpo após passar por ela.

— Será que isso ocorre no tempo em que a onda alfa some, Davis? Talvez tenha algo a ver — sugeriu Frank. O colega caminhou pensativamente, parou por uns instantes para examinar a filmadora ainda ligada e interromper a gravação antes de retornar:

— Segundo vocês mesmos, a interação mente-matéria não implica a perda de nenhuma função cerebral objetiva — Pensou mais alguns segundos antes de continuar: — Quando alguém se projeta em alguma coisa, ocorre uma transcendência, não uma transferência, estou certo?

— Sim, é verdade — concordou William. — Porém o sistema em questão não é convencional; talvez se eu me concentrar na cortina e tentar permanecer nela por mais tempo vocês possam encontrar uma correlação temporal entre o sumir e o reaparecer da onda alfa.

— Concordo — salientou Frank. — Mas você não pretende fazer isso agora, não é? Temos que dar um intervalo, talvez vinte e quatro horas, para observar possíveis alterações. Não vamos esquecer das ocorrências da primeira tentativa.

— Não — protestou William. — A partir de amanhã o anel principal voltará a funcionar e isto aqui estará coalhado de gente. Precisamos concluir isso hoje, ou será necessário esperar um belo tempo para podermos trabalhar nisso novamente.

Recebeu um olhar severo de ambos os companheiros. Numa fração de segundo, ponderou o quanto estava errado; era necessário esperar um intervalo entre um experimento e outro.

— Isso vai contra todo o método científico que você também conhece, Bill. Além do mais, não estou disposto a correr riscos desnecessários. Dentro de algumas semanas o pessoal irá montar uma nova experiência e enquanto instalam os detectores no anel principal nós voltaremos a brincar com o de armazenagem, mas até lá vamos sossegar os ânimos, OK? — repreendeu-lhe Frank, irritado.

Um pouco contrariado, William mandou-lhe um aceno positivo.

Ainda sentia-se incomodado. Sabia ser necessário respeitar o tempo de espera para analisar suas reações; era uma questão óbvia de ética e padrão profissional. Havia, entretanto, alguma coisa estranha no ar que apenas agora, só, em seu apartamento, num divã à meia-luz, passara a atormentá-lo. Sentia-se bem fisicamente, sem sono algum. Evitou com certa disciplina abrir o bar da estante e tomar uma dose. Aquela era a situação física ideal para entrar em alfa, sem sono porém descansado. Sabia que a leve irritação mental proveniente de sua inquietação com o resultado dos testes não o prejudicaria se ele desejasse; poderia controlar-se, estava ficando bom naquilo, pensava consigo mesmo, e talvez até mesmo sem o realimentador bioeletrônico, por que não...

No âmago de sua mente acreditava que a solução da transcendência estava na espécie de cortina luminosa. Deveria fixar-se nela da próxima vez? Haveria próxima vez? Dirigiu-se para a estante da videoteca para assistir a alguma coisa, mas deteve-se em frente ao néon flamejante a envolver uma versão ultramoderna da estátua de Palas.

"Espere aí, utilizamos o anel do centro muito mais pelos equipamentos periféricos que desenvolvemos lá no laboratório que por ele próprio. Posso fazer a experiência aqui mesmo, utilizando o bulbo do kit do experimento de "e/m" que o Davis me emprestou... Ele gera um fluxo estável de elétrons num sistema não colisivo..."

Caminhou lentamente, arrastando as sandálias com desleixo enquanto ponderava algumas ideias. Tropeçou num calombo do tapete, e uma das alças já quase arrebentada terminou por partir-se. William parou, abaixou-se vagarosamente envolto em seus pensamentos e apanhou a sandália inutilizada, passando a mão pela tira. Entrou pela porta do pequeno corredor que dava acesso à sua suíte. No lado oposto ao do quarto a outra porta ostentava a placa *escritório*. Atirou o calçado por trás do ombro e caminhou até lá.

Acendeu a luz e à sua frente iluminou-se a fotografia em pôster do antigo centro de pesquisas de Stanford, numa vista aérea. Caminhou calmamente em direção ao armário-mesa sextavado no centro da sala. Abriu uma de suas portas, retirando uma maleta de alumínio com tarjas laterais vermelhas e uma inscrição em preto: "Experiência para determinação da relação entre a carga e a massa do elétron — e/m. Laboratório Cavendish."

Fechou cuidadosamente o armário e abriu a maleta sobre a pequena mesa, pondo-se a montar o aparelho. Dirigiu-se por fim à parede e apagou totalmente a luz ambiente, girando o *dimer*. Lá estava o feixe de elétrons fluorescendo em tom esverdeado, iluminando fracamente a mesa de cor clara.

Regulou a intensidade da luz, deixando-a bem fraca; acionou a trava do videofone ligando a secretária eletrônica, puxou a confortável cadeira e sentou-se, iniciando o relaxamento. Reprimiu o pensamento intenso de esperar ver qualquer coisa dessa vez. Lembrou-se, contudo, de se fixar na cortina de luz etérea caso voltasse a vê-la novamente.

Não pensou mais.
Não desejou mais.
Não se moveu mais.

Tornou-se completamente indiferente a tudo e até mesmo ao que deveria estar fazendo. Através de longos anos dedicados à meditação, ele descobrira que, no fundo, a vida e a morte eram uma única coisa, e ambas pertenciam, juntamente com as coisas imateriais, ao mesmo plano de existência.

Lá estava a cortina de luz, uma luz fria e sólida. Não ansiava nada, mas sabia ser a luz algo importante, embora nada tivesse importância e ele também soubesse disso. Ele era tudo, inclusive a luz, mas a luz era fria e sem propósito, era sólida e ao mesmo tempo rarefeita. Dirigiu-se a ela, para tocá-la, para senti-la, e experimentou a sensação de atravessá-la; experimentou cada parte da cortina penetrando seu corpo, e seu corpo varando a cortina. Viu os pontos luminosos que a compunham, e depois um grande e vasto negrume com pequenos pontos ao longe, e ele a boiar no nada. Tinha consciência de estar parado, e de que poderia colocar-se em movimento se assim o desejasse. Aproximou-se de um ponto luminoso sem contudo assumi-lo com seu ser. Corpos vinham de longe, avantajavam-se e iam embora, tornando a diminuir com o tempo. Fixou-se num ponto amarelo e notou, perto dele, gravitando à volta, pequenos corpúsculos a refletirem a luz. Reconheceu planetas, dez ao todo, dois deles com anéis. Rumou ao terceiro com curiosidade, sem contudo contê-lo ainda.

Sabia por que estava ali, mas isso não tinha a menor importância; era óbvio estar ali, pois aquele era o caminho. Penetrou em sua densa atmosfera cheia de nuvens brancas e expandiu-se.

Imensos oceanos de água líquida, cheio de animais estranhos que ele nunca vira. Superfícies sólidas, e sobre elas animais e homens estranhos, mas certamente em estágio recente de evolução, grandes mamutes vagueando por planícies cobertas de gelo. Vulcões vomitando fogo e lava de um interior em chamas. Enormes escarpas e sinuosos lagos de água borbulhante margeados por verdes florestas úmidas e quentes; abarcou-as em seu ser para senti-las completando-o. As escarpas e lagos pareceram-lhe muito mais do que escarpas e lagos. Interpenetrou-se às florestas e rios, a sensação fluía através de seu corpo. Então entendeu: as escarpas não eram escarpas, nem os lagos eram lagos ou as florestas, florestas; mas compreendia que eram apenas escarpas, lagos ou florestas.

Elevou-se, deixando de conter o planeta e evoluindo para o vazio. Sentiu o pequeno corpo cheio de crateras a girar perto. Afastou-se mais e mais, até que o sol fosse apenas um ponto novamente.

Expandiu-se numa direção aleatória, passou por uma imensa estrela azulada na qual orbitavam grandes planetas gasosos. Expandiu-se em todas as direções, até a galáxia tomar forma, disco repleto de grandes e pequenas estrelas. Mas isso não mais importava, pois agora abarcava um aglomerado de galáxias, onde cada uma não passava de um minúsculo ponto, tudo a afastar-se mais e mais, e tudo sendo apenas uma cortina, uma cortina de luz, contínua, rarefeita, porém completa.

Experimentou novamente a sensação de penetrá-la outra vez, e partiu à procura de algo definido. Não perdeu tempo nos aglomerados de galáxias, nem nos incontáveis astros. Desejava um e apenas um. Um planetinha azul onde se pudesse ter uma existência tranquila, à sombra das copas das árvores. Encontrou-o sem dificuldades, vagueou por vales e planaltos. Encontrou animais e homens, mas homens primitivos, em vestes igualmente primitivas, preocupados com a sobrevivência. Viu o passo lento do brontossauro, a enorme pata levantando-se, a sombra formando-se sobre ele, a pata ganhando tamanho ao se aproximar. Tudo escureceu mas não se preocupou, afinal nenhuma emoção conflitante ocorreu-lhe entre a angústia de viver e o temor da morte. Expandiu-se dali raciocinando que o homem primitivo não havia coexistido com brontossauros. Expandiu-se mais rapidamente, mais e mais, tornando as galáxias novamente pontos luminosos. Lá estava ela mais uma vez. Aproximou-se da cortina de luz, sentiu sua granulação, sua continuidade, sua completeza. A cortina porém era parte do feixe esverdeado preso num pequeno tubo de vidro sobre uma mesa de mármore...

O videofone tocava ininterruptamente, indicando mal funcionamento da secretária eletrônica.

— Alô.

— William? — a voz esperou alguns instantes. — Quer acionar a tela, por favor?

— Ah, Davis — acordou de vez de seu transe. — Davis, você não vai acreditar, é fantástico, incrível, chame o Frank.

— Espere, seja lá o que for fica pra depois, tem algo sério acontecendo no reator de antimatéria. Recebi o comunicado agora.

Um sobressalto acometeu-o: Ane estava trabalhando lá. Não esperou Davis dizer mais nada; com o coração ameaçando saltar-lhe pela boca saiu sem desligar o videofone e correu para o centro.

Ao chegar, deu com um verdadeiro batalhão de cientistas já concentrados na resolução do problema. Ao longe, iluminado, erguia-se o edifício do reator. Ane ocupava-lhe a mente; onde estaria? Correu até a sala de reuniões no terceiro andar, dando de cara com Davis logo na entrada:

— Parece que o vaso de contenção está sofrendo formação de orifícios devido a fortes transientes eletromagnéticos; acho que o sistema de controle automático entrou em pane. O computador central está fazendo a verificação dos sistemas, mas ainda não temos dados — foi logo explicando.

— E Ane?

— Ainda está lá. As comunicações estão obliteradas, a maioria dos canais está transmitindo telemetria.

— Tudo bem, vou até lá, podem precisar de mais um veículo para evacuação...

— Nada disso, você é necessário aqui. Precisamos traçar a estratégia de ação e repassá-la aos técnicos do reator. Venha... — mas quando se virou, William já tinha atravessado a porta em direção à saída em passo acelerado.

Desceu ofegando três lances de escada, tomou o corredor em frente e ganhou o anfiteatro, procurando a segunda porta, no outro extremo. Afastou as cortinas, surpreendendo-se por não achá-la de imediato. Na afobação, procurou mais para a esquerda, mais para a direita. O coração em disparado, adrenalina começando a fazer efeito, ele puxou com força, desesperado, quebrando os trilhos e desnudando a parede: não havia porta. O cérebro paralisou-se e um arrepio percorreu-lhe a espinha. Não era possível! Sempre houvera uma porta ali, e agora...

Tomado pela indecisão, fez um esforço sobre-humano para dar o primeiro passo. O clarão atrás de si revelava: prótons e antiprótons estavam aniquilando-se ao longe, o sol aprisionado no reator ganhava liberdade, suas chamas consumindo as almas de seus captores. Sentiu algo a dilacerar-lhe o peito, um sentimento de perda incontrolável. O chão pareceu sumir-lhe sob os pés, as mãos seguraram a cabeça prestes a explodir; quedou-se de joelhos, o tronco pendendo para trás, os olhos querendo saltar das órbitas. Avistou-se à sua própria volta, milhões de Williams, todos brigando entre si, e muitas Anes desintegradas em frações de segundo. Sentiu-se agredido e agredindo, imagens especulares e imagens especulares de imagens especulares por todas as partes, em combate por uma nesga de universo para dominar. Sentiu-se caindo em rodopio, os olhos procurando algum ponto para fixar-se, quando a sensação forte tocou-o profundamente. Com o canto dos olhos percebeu uma cortina de luz afastando-se dele. Perdeu a razão e desfaleceu.

— William, acorde. William, vamos...

Abriu olhos pesados, fechou-os novamente tentando armazenar força suficiente para uma nova tentativa.

— William...

— OK, acho que estou bem... — respondeu com certa dificuldade. Respirou fundo, pôs-se sentado e finalmente conseguiu ver ao redor. A porta! Sobressaltou-se. Procurou a parede, afastando com desespero o homem a seu lado. Os trilhos estavam perfeitos, e a cortina arrumada. Levantou-se com certa dificuldade, cambaleante, e não notou o leve chiado quando correu a cortina para o lado. Lá estava, impassível, a porta. Sentiu o toque forte em seu braço e voz de Davis, firme:

— Você não está bem. Vamos, sente-se.

— O que aconteceu?

— Eu pergunto. Estávamos com uma pane no reator, você saiu correndo e caiu aqui. Foi sua pressão baixa?

Perturbado, William fitou a paisagem pela janela panorâmica: o edifício inteiro, três quilômetros adiante, sua confusão aumentando... Gaguejou um "não" e ensaiou andar. Chegou até a primeira fila de poltronas, apoiou o joelho no assento e, curvando-se, segurou no encosto buscando equilíbrio, fixando-se mais uma vez no reator.

— Estou mal — concluiu.

Frank olhava pensativo pela janela. Davis, cabeça entre as mãos espalmadas, não acreditava no que ouvira. Da cadeira, William Percival cogitava se não tinha sido um erro revelar sua confusão mental. O reator não tinha explodido; entrara em pane, mas sua atividade fora relaxada pelo sistema de monitoração, possibilitando seu posterior desligamento. A lembrança da luz cegante ainda estava viva em sua mente, tão viva como se ele realmente houvesse presenciado o evento.

— Você tem consciência de seu ato, William?

A voz calma de Davis, o olhar profundo, cara a cara, era a pior repreensão que ele podia esperar. Nada de berros histéricos, volume sequer alterado, simplesmente a afirmação nas entrelinhas: "Tem ideia do quanto foi burro? Logo você...?"

— Não pude evitar, Davis — abaixou o olhar enquanto falava. — Estava tomado pela curiosidade, frustrado por não poder continuar. Sei lá, descontrolei-me...

— Deixe estar, Davis, agora já foi mesmo. Se não quiser discutir, vá carregar um saco de farinha por aí enquanto conversamos, depois eu lhe conto tudinho — a intervenção de Frank invocando o possível passado do outro animou William e ao mesmo tempo quebrou o gelo, pondo-o à espera do veredicto com maior segurança.

— Não, não. Vamos ver o que você aprontou — um olhar mais maneiro voltou-se para o réu, como a dizer "tudo bem garoto, mas não faça mais isso".

Pacientemente, William narrou tudo quanto se lembrava, de como fixara-se na cortina de luz, a volta, a nova tentativa, igualmente bem-sucedida, e, por fim, o derradeiro retorno à realidade.

— Bem — iniciou Frank, após vários minutos de silêncio absoluto na sala —, eu também estive pensando hoje, durante toda a tarde, e cheguei a algumas conclusões. Vou até minha sala pegar a pasta e já volto.

Nesse pequeno intervalo, William não se atreveu a trocar qualquer palavra com o amigo que ficara. Arriscou duas olhadas rápidas, e em ambas as vezes Davis olhava para o teto, pensativo.

— Venham ver, encontrei algo em minhas listagens — Frank voltara a plena disposição; procurava em suas anotações com paciência, passando pelas folhas mais velhas, do mais profundo amarelo, até as novas, do mais límpido branco, na tentativa desesperada de encontrar o que procurava. Finalmente passou-lhes uma folha um tanto amarelecida pelo tempo:

— Entendeu esta transformação canônica?

— Sim, mas onde quer chegar?

Frank levou-os até o terminal, obteve acesso à sua área e abriu seus documentos relativos ao assunto. Seguiu-se uma espera silenciosa enquanto as instruções eram processadas. Ao cabo de alguns segundos, uma expressão matemática enorme ocupou quase quatro linhas da tela.

— Não se preocupem em entender tudo. Observem apenas o termo neste colchete — indicou-o com a lapiseira. William e Davis acenaram com a cabeça. — Isto — continuou —, mostra-nos uma possível solução tremendamente instável em torno da região crítica. O menor *quanta* de energia e puf! O sistema desequilibra-se.

— Sim, concordo. Aliás também encontrei problemas na região crítica em alguns cálculos, mas de outra maneira, creio — comentou William.

— Ah, é?

— Sim, usei de cálculo tensorial, aí você nota que esses pontos não só podem existir, como de fato forçosamente existem. Mas na afobação esqueci de comentar com Davis.

Davis, na posição de melhor experimental dentre os três, pouco entendeu da discussão excessivamente teórica.

— Mas o que tem a ver isso tudo?

— Tem a ver que pode não ser possível explorar o elétron como estamos tentando. Os nossos próprios anseios podem compor um tipo de regra de seleção para o que vamos observar e assim só veremos aquilo que nossa mente desejar.

— Ah... — comentou Davis. — O velho problema da realidade objetiva...

— Não sei quanto ao Davis — tornou William —, mas eu só estarei satisfeito depois de tentar e ter certeza que falhou. Além do mais, acho...

No centro de pesquisas, Nathanael Jones era o técnico de plantão no turno das 14 horas. Havia brigado com a esposa, e talvez por esse motivo achasse que devia fazer um trabalho melhor que o que normalmente fazia, embora sob xingamentos e resmungos. Abriu a porta do laboratório e observou de longe os controles a indicar que o equipamento estava em pleno funcionamento.

— Malditos sejam esses cientistas miseráveis que saem e deixam tudo ligado. Um dia esse centro vai se transformar numa enorme cratera e mesmo assim ainda terá o nome de algum deles.

Não era exatamente sua função desligar aparelho, mas de qualquer forma puxou o disjuntor e desativou os microinterruptores, interrompendo as grades magnéticas a forçar os elétrons em sua trajetória circular; o sistema colisivo formado entre eles e as paredes internas do acelerador não foi sentida ou detectada por qualquer ser vivente, mas também foi inevitável.

William tinha um comentário adicional a traçar. Abriu a boca para fazê-lo mas começou a sentir-se estranho. A sala escureceu-se à sua volta. Os contornos foram se apagando e de repente ele não estava mais lá. Sentiu a taquicardia de volta, as bochechas se esquentando como se sua face estivesse em chamas, em seguida a parada cardíaca, o cérebro fixando-se na última imagem gravada pela retina, o arrepio espinha acima. Perdido no espaço, caindo sem direção alguma. Milhões de Williams a atormentá-lo, agressão generalizada em torno de si. Instantes de loucura, sua alma desejando deixar o corpo, socos, empurrões, o grito perdido, os rodopios sem ter onde apoiar-se. Teve novamente a sensação de completeza quando algo atravessou seu corpo, sua alma, e enquanto caía vislumbrou novamente a cortina de luz. A visão foi tornando cada vez mais turva, a despeito de sua luta para mantê-la registrando o que pudesse. Por fim cedeu, deixou de pensar, deixou de sentir.

Escutou a voz aparentemente longínqua e pouco nítida:
— Está voltando a si.
O recinto estava fracamente iluminado, mas mesmo assim abriu os olhos com dificuldade. Reconheceu três vultos a olhá-lo com certa curiosidade.
— Bill!
Imaginou que a mão em sua testa a afagar-lhe os cabelos por um instante fosse a de Ane. Sentiu algo áspero deslizando por seu rosto, numa clara evidência de que seus sentidos estavam adormecidos.
— Sede...
Alguém saiu do quarto, para voltar momentos depois, trazendo um copo. William só reconheceu a figura massuda de Davis quando ele chegou perto e o ajudou a levantar-se um pouco para poder beber.
— O que aconteceu?

— Não sei — respondeu Ane. — Você estava conversando com o pessoal no centro e de repente entrou em convulsão. Então me chamaram e nós o trouxemos para minha casa.

— A explosão do reator!

— Não houve nada com o reator, Bill. Deve ter sido só um sonho.

— Não — insistiu ele. — Eu tenho certeza que explodiu! Não foi uma simples pane, explodiu, e foi tão real!

— Não houve nem pane nem explosão alguma, Bill. — A voz de Davis soou pausada, mas com uma ponta de intranquilidade. — Durma mais um pouco. Depois voltaremos a conversar. Você está confuso.

— Mas Davis... A conversa que eu tive com o Gavião... — algumas palavras saíram mecanicamente, como se ele não as controlasse. Sentiu a mão tocá-lo firmemente no antebraço, e ouviu um suspiro pesado antes da voz:

— Durma. Deixe essa conversa para depois.

— Mas...

— Vá por mim — ele imprimiu um tom mais firme, quase uma ordem. — Um bom sono o deixará novo em folha. Durma umas quatro ou cinco horas. Nós esperamos.

William virou-se de lado e fechou os olhos. Escutou-os saírem do quarto mas não dormiu. Meditava sobre os acontecimentos, procurando convencer a si mesmo, consolidar melhor suas ideias. Tinha uma vaga noção de como tudo tinha transcorrido, e a nítida impressão de que se dormisse acordaria sem memória dos fatos.

Não soube dizer quanto tempo ficou a pensar, mas sua atenção foi desviada por alguém que entrou no quarto ainda na pe-

numbra. Sentiu a mão em sua bochecha. O tato voltara ao normal, para seu alívio. A audição também, pois ouviu alto e claro:
— Está melhor?


Do lado de fora do quarto, Frank, impassível, descansava as costas no batente da janela. Davis, sentado no sofá, parecia mais pensativo que de costume. Talvez por isso não percebeu a primeira chamada do outro:
— Davis, está me ouvindo? — perguntou pela segunda vez.
— Hum? Sim, diga.
— Pode repetir as palavras de William?
Davis inspirou profundamente, como se a resposta fosse um fardo.
— Ele fica repetindo sobre a explosão do reator experimental, e um mundo primitivo que ele visitou...
— Não, não é isso — insistiu Frank. — Sobre o ponto crítico.
— Eu sei lá! Ele afirma ter entendido o ponto crítico de suas equações. A propósito, quais equações?
Frank franziu as sobrancelhas e passou a mão pelo semblante semicalvo antes de responder:
— Não sei como ele soube, eu não revelei nada a ninguém... é uma sequência de equações para os elétrons, eu creio ter... — estava para pronunciar algo, mas reprimiu as palavras com um sorriso, um sorriso de satisfação, o qual Davis não percebeu, pois naquele instante Ane saía do quarto, fechando a porta atrás de si. — Como está ele, Ane?
— Conseguiu dormir. Precisa descansar mais.
— Ótimo — disse Davis. — Ainda não entendo; passamos toda a manhã juntos, ontem, e a tarde toda, hoje, no centro, e ele estava bem.

— Não notou nada estranho? — perguntou Ane.

— Não... bom, a menos do fato dele resmungar várias vezes sobre a disposição das mesas no laboratório e jurar de pés juntos ter me mostrado um sistema de equações tensoriais, no sábado, coisa que decididamente não fez. Por uns momentos cheguei a pensar se ele não tinha ficado pinel... Pensei mesmo que ele estava estressado, agora não sei se isso pode ter alguma relação com os desmaios.

— Tudo estranho... — disse Ane. — Ele precisa descansar. Quando acordar talvez possamos esclarecer as coisas. De qualquer forma, ainda acho que tem a ver com a experiência de vocês. Deveriam tomar mais cuidado com o tipo de coisa que fazem.

Davis encarou-a fixamente, como se pretendesse assumir a responsabilidade pela situação toda. Frank antecipou-se:

— Tenham calma, não deixem a coisa parecer maior do que realmente é. Está tudo bem agora. Não vai acontecer nada com o William, tenho certeza. Acho que dei com a chave de tudo isso. Preciso ir, mas ligo mais tarde.

— Você não vai tentar nada, vai? —perguntou Ane, assustada.

— Não, fique tranquila. Nos veremos amanhã, Davis...

— OK, Frank. Talvez você tenha razão, mas vou ficar aqui até ele acordar. Dê notícias.


Em seu chalé, Frank abriu a porta de correr da sala para acompanhar o surgimento da manhã. O sol nascia calmo à sua frente; a segunda-feira convidava para um dia produtivo de trabalho no centro. Mas decidiu trabalhar em casa.

Folheou o caderno onde costumava fazer anotações e leu suas últimas notas, datadas de antes de sua entrada no hospital. Pensou por algum tempo antes de atualizar a data e sentir o prazer de desenhar as primeiras palavras:

"Creio ter entendido o que houve. Meu amigo William passou por uma experiência sem precedentes. Sua mente, entretanto, essencialmente treinada pelo modo de vida ocidental e pela filosofia cartesiana, não poderá, por algum tempo, entender em toda plenitude o que realmente ocorreu."

Olhou fixamente para a janela, como se desejasse subtrair a energia do sol antes de continuar.

"Os ocidentais são brilhantes, à sua maneira! Eles idealizaram o universo através da linguagem matemática, e aí reside seu crédito. Infelizmente, não têm sensibilidade suficiente para sentir a interação entre essa linguagem e a realidade. Estão no caminho certo, apenas não sabem disso. Sequer imaginam o significado da divergência do ponto crítico! Na verdade ele diverge para uma convergência em todas as dimensões, num número infinito de vezes, do tamanho de um simples elétron, porém igual a um universo."

Voltou-se novamente para a janela e soltou a caneta sobre o caderno. Sentou-se no chão, esticou o corpo e relaxou. Começou a recitar em voz alta, em transe, quase como a declamar um poema composto naquele momento:

— Princípio da Incerteza, hum... incerteza no tempo, regras de seleção, épocas distantes ou paralelas. Será que...

Acreditava estarem ali expressas todas as suas dúvidas. Levantou-se e dirigiu-se calmamente para a porta, fechando-a. Depois caminhou até o armário e pegou um pequeno espelho. Colocou-o em frente ao espelho de seu banheiro, e entre os dois dançou o indicador com tranquilidade, observando as múltiplas imagens formadas. Voltou para a sala, aproximou as cortinas e deitou-se, olhando para cima.

Olhava fixamente para a lâmpada fluorescente fixa no teto. Milhões de elétrons a circular... milhões de universos a esperar por ele... mas aquilo já não bastava. Por uma fresta na cortina olhou para o céu azul. Sentiu o que estava mais além, o espaço, e mais além, o espaço profundo, grupos de galáxias e grupos de grupos de galáxias, e depois, mais e mais além... suspirou para então voltar a si:

— Vejamos aonde isso irá me levar.

# Onde está o agente?

RINALDO DE FERNANDES

RINALDO DE FERNANDES nasceu em 1960 em Chapadinha (MA). É professor universitário, editor, autor do livro *O perfume de Roberta* (contos, 2006) e organizador da coletânea *Contos cruéis* (2006), entre outras. Dos prêmios que recebeu destaca-se o Prêmio Nacional de Contos do Paraná. Atualmente é colunista do jornal *Rascunho* e do *Correio das Artes*.

Um trecho da rua sem asfalto. Só terra. Uma terra avermelhada, solta, os redemoinhos arrastando-a para os matos no terreno baldio. O sol, ah, tem a mesma cor e cheiro daquele, das antigas histórias! Os mesmos raios. As ruas... os mesmos ruídos e roupas, é? A tarde vai pela metade, o céu limpo. Pio de pardais, buzinas. Distante, uma ponta do mar desta cidade que nunca deixo. Os meninos, na parte asfaltada da rua, disputam a bola, abalroam-se. E ali, na janela da casa branca, vejo a mulher.

Ali, na janela do primeiro andar, olhando a rua, o jogo de bola dos meninos, a tarde. Eu estou no bar da esquina, a quinhentos metros dela, bebendo cerveja NZ4 alemã, um copo após o outro. Há, do outro lado, os outdoors beirando a avenida, os eucaliptos do parque ao fundo. Os carros são formigas passando no pente da pista.

Sim, e aquela mulher? Eu preciso vê-la de perto. Em certo momento ponho a carteira de cigarros VT6 canadenses no bolso, pago as cervejas. Saio do bar. Já na rua, olho para trás. Vejo o garçom na pia lavando o copo FG8 chinês que acabei de usar. Ele levanta o rosto, sorri-me suave, como quem diz "volte sempre". Quando me viro para seguir o meu caminho, ir de encontro àquela estonteante mulher, uma Blazer XW8 da Bélgica (a de modelo mais antigo, aquele que numa Rodovia Voadora, quando acionadas as turbinas MZ2 japonesas, segue a apenas quinhentos quilômetros por hora) freia brusca na minha frente. Um moreno, bigode breve, sorri-me de dentro do carro, os dentes muito amarelos de cigarro. Vejo-lhe a insígnia de delegado.

— Você viu por aqui um agente? — pergunta o delegado.

— Agente? Não, não vi.

— Preciso encontrá-lo, desculpe-me.

— Você pode ir aqui, pegando à direita. No fim da rua tem um mercado de raridades. O pessoal lá pode informar.

— Obrigado.

E vai-se, o carro muito veloz.

Eu vou andando para perto da mulher. Piso a calçada quebrada onde o velho, por trás de um tabuleiro, vende frutas. Olho a hora: quatro e meia. O velho, à minha passagem, oferece-me bananas da Bolívia novinhas, recebi hoje mesmo. Paro, olho as pencas. Não quero as bananas, mas apanho a faca FZ2 russa no tabuleiro, descasco uma laranja. O velho oferece-me ainda uma garrafa de água mineral TG8 peruana (o preço terrível!), num isopor VP7 da Austrália debaixo de sua cadeira. Água geladinha, diz ele, coloco bem cedinho, antes de vir, meu isopor é a maravilha das maravilhas. Diz que já o assaltaram várias vezes, levaram recentemente um isopor cheio, está muito perigoso vender água. Aí, para puxar brincadeira, pergunto se ele ainda transa, se come ovos de codorna (há alguns expostos no canto do tabuleiro) para levantar. A mulher lá em casa não reclama, meu filho, a bomba aqui ainda funciona, é! E ri. Ri aberto, a boca com três dentes. Olho a extensão da rua, os meninos misturando-se no jogo de bola. As árvores largam folhas, que fogem. Reparo na janela. Ela ainda está lá, finamente debruçada. Uma bela mulher, a quatrocentos metros de mim.

Pago a laranja, sigo. Agora vou um pouco mais apressado. Na porta da padaria paro e, sentindo fome, olho as fatias de bolo sobre o balcão. Entro, peço uma fatia e um refrigerante TM2 da França (detesto o TM2 espanhol!). Fico na porta, mastigando o bolo, bebendo devagar o refrigerante. Na verdade, sentindo a presença dela ali na janela. Mas descubro, depois de um longo gole, que ainda não tenho coragem de encará-la. Porque, desde o momento em que parei para chupar a laranja, sinto que ela me observa. Volto a vista para o bar, o garçom espalha mais cadeiras no salão. Espalha-as, depois sai, vem varrer a calçada. Olha-me, acena, é um sujeito agradável. Vejo adiante a flanela rubra do açougue. O sol cai atrás das casas, brilha nos telhados. A cabeça de um menino, no jogo de bola, é dourada. Pago o bolo e o refrigerante, deixo a padaria. Volto a caminhar pela rua.

Estou agora, aproximadamente, a trezentos metros da mulher. E, digo a mim mesmo, se ela continuar me olhando assim, vou parar diante de sua casa, invadi-la. Eu digo — vou passar por aquele portão, entrar na casa, subir ao primeiro andar, chegar até a janela, encará-la. Aí vou beijá-la fundo. Beijá-la como há muito não beijo uma mulher. Dali da janela posso ver bem a rua, o jogo de bola dos meninos, o movimento do bar. Vou beijá-la mais, não importa se alguma vizinha se importune, se se formem grupos nas portas. Vou agarrá-la muito, espremê-la contra o crepúsculo. Quando atravesso a rua para pegar o lado do açougue, a Blazer do delegado freia outra vez na minha frente.

— Não tive notícias do agente — ele vai logo dizendo.

— Pois pegue a outra rua, a da esquerda. No meio do quarteirão tem um posto de gasolina. Os frentistas podem informar.

— OK.

O carro arranca, a poeira fervendo atrás. Entro no açougue, ando olhando as carnes, as linguiças. Mas saio logo. Descubro o Museu do Livro Machado de Assis no meio do quarteirão. Entro, pego um romance, folheio-o. Finjo interesse. Porque, eu sei, de sua janela a mulher confere as páginas que abro. Ainda uma vez, digo para mim mesmo — vou criar coragem, chego lá, abro o portão, entro na casa, subo até o primeiro andar, vou à janela, puxo-a para os meus braços. Deixo o museu. São seis e quinze. As sombras de algumas árvores, na rua, incham-se com a noite chegando.

Continuo andando. Aproximando-me cada vez mais da mulher. Em certo momento descubro na rua, escondido embaixo de uma gameleira, um salão. Entro, um senhor magro apara-me a barba com uma tesoura WC5 suíça. Quer fazer o pé do meu cabelo, não, estou apressado, eu digo. Porém, com a insistência, aceito. Quando vou deixando o salão é que, afinal, resolvo encarar a mulher. Sim, ela me espera, seus olhos me puxam. Agora é só eu chegar, abrir o portão, entrar na casa, subir a escada, aproximar-me da janela... Mas, a mulher, ainda faltam duzentos metros para eu alcançá-la.

Vejo, no lado oposto ao que ando, uma mercearia, os homens conversando ao pé do balcão. Quando vou entrando nela, ouço o estouro da buzina. A Blazer do delegado, uma vez mais, para do meu lado.

— Nenhuma notícia ainda do agente — ele diz.

— Nada?

— É... Entenda, o agente tem a missão de pegar um homem hoje, à meia-noite. Mas é o homem errado...

Ele me revelar isso? Suspiro:

— Bem, indo em frente há uma praça. Procure saber com os taxistas.

O carro parte, a descarga aos estalos. Na mercearia compro um vidro de Nescafé VC3 da Itália, uma lata de leite SP7 da Holanda e um pacote de cream craker VQ9 da Dinamarca. O rapaz, meio sonolento, sem atentar muito na conversa dos outros ali no balcão, embrulha tudo numa folha de jornal. Ô descuidado! Saio da mercearia, o pacote debaixo do braço. Vejo a hora: oito e cinco. A noite arriada sobre os muros, a brisa mastigando os galhos das árvores. Olho na direção dela. Ah, meu Deus, como essa mulher me deseja!

Faltando cem metros para chegar ao portão da mulher, paro, começo a brincar de bola (eles não se cansam de tanto jogo?) com os meninos. O Brasil acabou de conquistar a sua 21ª Copa, a de 2202. Chute vai, chute vem, os meninos muito contentes. Dizem — vai, goleiro, ele é o goleiro, agora tem goleiro! E eu agarrando os petardos, a bola espocando-me nas coxas, barriga. Cansou, ele cansou, o goleiro já quer ir embora! — gritam. Eu ainda estou ali encurralado, recebendo os bolaços contra o muro, quando a Blazer freia forte no asfalto, os meninos saltando para a calçada.

— Pois é, ninguém informa nada — diz o delegado, agora me olhando de quina, desconfiado.

— Você vai ali no bar, conversa com os fregueses. É só onde resta.

— É, vou lá.

A Blazer novamente arranca. Os meninos continuam enviando-me bolas, eu ao pé do muro, encurralado o tempo todo. Quando dou por mim, estou em frente ao portão da casa da mulher. Olho para o alto. Ela não se encontra mais na janela.

Entro na casa, passo por móveis, tapetes. Subo a escada escura. Chego ao primeiro andar. Chego, abro a porta do quarto. Boto o embrulho com as compras, todo esfrangalhado, sobre a cama. Olho em volta, vasculho. A mulher, realmente, não se encontra mais no quarto.

Resolvo esperá-la na janela. De onde agora vejo o delegado na Blazer, perturbado pelas ruas, entrando e saindo de becos, ainda atrás do agente. A cerveja deixou meu estômago embrulhado, oco. Vou à cama, apanho o pacote de cream craker. Descubro o uísque RB9 escocês na mesa de cabeceira. Tomo vários goles recostado ao travesseiro. Volto para a janela, fico quebrando pedaços do biscoito nos dentes. É então que, olhando para o bar de onde vim, avisto a mulher sentada ali. Na mesma mesa onde estive bebendo. Olho-a firme, como que querendo arrancá-la dali, chupá-la para mim, vem, que eu te quero, não vê, maravilhosa? Mas ela permanece parada, impassível. Há as outras mesas, os homens conversando. Eu sinto, eles falam dela, admiram-na. Mastigo o biscoito. E digo para mim mesmo — você pode beber aí quantas cervejas quiser, filha, não importa, eu espero. Estou na contemplação dela quando o carro do delegado para lá embaixo, rente à calçada. Ele desce, abre o portão, invade a casa. Aí me impaciento. O que diabo esse delegado quer aqui?! Olho para o bar, a mulher continua lá, quieta. Mas eu sei que ela percebe o que está se passando. Ela está vendo a Blazer do outro ali no portão. Ela me vê aqui na janela. Agora me assusto, porque o miserável do delegado sobe a escada. Ouço-lhe a violência dos passos. Corro para a porta do quarto, passo a chave, atravesso a cômoda na frente dela. Em pouco tempo ele esmurra a porta, esbraveja. Abre, filho da puta, abre logo essa porra, eu sei, é você o único que sabe onde está o agente! Vai, abre, caralho! E força mais a porta, trovejam pontapés. Empurro também a cama para protegê-la melhor. Vai, abre, vou te foder todo, imbecil! Pego o embrulho das compras, meto-o debaixo da camisa, eu preciso chegar em casa com o leite do meu filho. Trepo na janela, passo para o muro, arrastando-me sobre a marquise. Os meninos, lá embaixo, na rua, agora banhados e bem-vestidos, me vaiam, olha aí, o goleiro está fugindo! Salto na calçada e, rápido, entro na Blazer do delegado. Saio em disparada, dobro na primeira esquina, arrodeio alguns quarteirões. Até que, de repente, me encontro novamente em frente ao bar.

Entro, peço um conhaque BT5 português, eu não me aguento mais de nervoso. Olho o relógio: onze horas. Eu já devia ter chegado em casa com o leite do menino. Aí me lembro. Por onde anda a mulher? Está lá outra vez, na janela da casa branca. E me observa. Me observa da penumbra, a samambaia roçando-lhe o rosto. De repente a Blazer volta a zoar. É que o delegado acaba de apanhá-la em frente ao bar e agora volta a disparar pelas ruas. Tá bem, é melhor ele continuar aí na sua correria, rondando os quarteirões, atrás desse agente — digo para mim mesmo, antes de chamar um outro conhaque.

Depois que viro o copo, percebo. O garçom, no balcão, me observa, abre um sorriso. Talvez queira trazer logo a outra dose. A brisa pende os eucaliptos após os outdoors beirando a avenida. Poucos carros na pista. Amanhã é sábado, vou terminar de pintar o muro, à tarde tem futebol na TV? Olho a hora — puxa, vinte para a meia-noite! Olho na direção da mulher. Ninguém suporta tanto tempo numa janela!

Deixo o bar, vou para a outra esquina, pegar um táxi na avenida. Mas, após cinco minutos de espera, é a Blazer do delegado que quase mastiga meus pés com a freada. Ele desce, revólver em punho, vai, me diz logo, imbecil, onde posso encontrar o agente! É uma ordem do Governador, o homem não é o que ele deve pegar e... Vai, canalha, diz, você é o único aqui que sabe! Eu te arrebento! E põe o cano da arma no meu ouvido, eu agonizando de medo, me tremendo todo. A língua dura, não consigo dizer uma palavra.

— Vai, fala, filho da puta! — berra o delegado.
— V-você está vendo a mulher na janela, lá...
— Sim, estou.
— Vai, ela é quem deve saber.
— Vou te dar mais uma chance. Eu vou lá. Se ela não me informar nada, venho, não converso mais, te liquido aqui mesmo!

Saca o embrulho da minha camisa, rasga-o, manda o vidro de Nescafé na calçada. Derrama os biscoitos no chão, dá dois tiros na lata de leite. Entra no carro, parte.

Vejo quando o delegado para em frente ao portão da casa. Vejo quando ele desce da Blazer. Vejo também quando a mulher, avistando-o ali, bate-lhe a janela na cara. Ele grita para o alto, força o portão, grita mais. Apanha uma pedra na calçada, atira na janela (o vidro azulado TT7 da janela — quase todas as casas do país são assim agora — certamente é à prova de balas). Mas a mulher não abre. Afinal, desiste. Aí volta-se para mim, furioso. Entra no carro, bate a porta com violência. Faz a curva ali mesmo, em frente à casa. Eu tenho pouco tempo para agir. Quinhentos metros me separam dele. E ele já fez a curva. Olho para o bar, o garçom recolhe mesas, cadeiras. Para, cumprimenta-me com a cabeça. Tenho pouco tempo, quatrocentos metros me separam do homem. Dou alguns passos na direção do bar, só me resta o bar. E a Blazer vem vindo, já está a trezentos metros de mim. Corro, agora corro, porque o garçom está fechando a última porta. Você não pode fazer isso comigo, por favor, não feche esse bar, não feche essa porta, deixa ela aberta, que a Blazer já vem a duzentos metros, deixa, garçom, eu te imploro, por favor, só restam cem metros, e o carro está chegando, pelo amor de Deus, são cinquenta metros, trinta, vinte, dez... É no momento em que alcanço a calçada do bar, é nesse exato momento que ouço o estampido, o seco estampido, o baque fundo de uma porta se fechando.

Este livro foi composto na tipologia Minion, em
corpo 11,5/16, e impresso em papel off-white 80g/m²
no Sistema Cameron da Divisão Gráfica
da Distribuidora Record.